# 평화 통일로 가는 길

# 평화 통일로 가는 길

| | |
|---|---|
| **인쇄일** | 2020년 2월 10일 |
| **발행일** | 2020년 2월 15일 |

| | |
|---|---|
| **편저자** | 차종환(한미 교육연구원 원장) · 조봉남 |
| **대　표** | 장삼기 |
| **펴낸이** | 백선영 |
| **펴낸곳** | 도서출판 사사연 |

| | |
|---|---|
| **등록번호** | 제10-1912호 |
| **등록일** | 2000년 2월 8일 |
| **주소** | 경기도 부천시 원미구 도당동 120-4 시그니엘빌 402호 |
| **전화** | 02-393-2510, 010-4413-0870 |
| **팩스** | 02-393-2511 |

| | |
|---|---|
| **인쇄** | 성실인쇄 |
| **홈페이지** | www.ssyeun.co.kr |
| **이메일** | sasayon@naver.com |

값 16,000원
ISBN 979-11-89137-05-2  03890

# 평화
# 통일로
# 가는 길

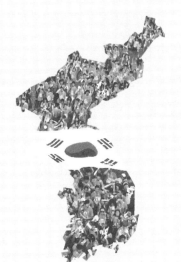

차종환 박사 (한미 교육연구원 원장) · 조봉남 편저

절대 비난의 서곡은 화해 협력 및 격려의 서곡으로 바꾸어야 한다. 화해 협력은 평화공존을 위해 냉전 문화의 대결 문화를 버려야 한다.

SASAYON 도서 출판 사사연

머리말

   그 동안 북한에 대한 가짜 뉴스가 판을 쳤다. 한국 전쟁 이후 적개심과 증오심을 키운 결과다. 군사정권 출범 후 더욱 심화되며 반공을 국시로 강화된 반공 교육 일색이었다. 문민 정부는 북한에 대한 무관심으로 통일철학이 빈약했다. 진보 정권은 북에 대해 우호적 접근했으나 북은 이 호의를 배신하고 핵과 미사일로 핵 보유국의 강국을 만들어 최강국 미국과 핵 폐기와 체제보장등을 가지고 흥정을 하고 있다. 이젠 남북이 달라져야 한다. 평화 모드를 조성하고 통일로 가야한다. 북의 핵 보유는 국제 법상 불법이지만 보유국임을 인정할 수밖에 없다. 예를 들면, 인도 파키스탄, 이스라엘들도 핵 보유국이다. 국제법은 미, 영, 불, 러시아 중국만 핵 보유국으로 인정했다.

   남북이 평화 공존해야 한다. 그리고 통일로 가야한다. 그러기 위해 북한을 알아야 한다. 그리고 평화를 외치고 통일로 가야 한다. 다름과 이질성을 이해하고 인정해야 한다. 옳고 그름(틀림)은 평화 통일 선상에서 없어져야 한다. 나만이 옳다는 사고를 버려야 한다. 선과 악의 이분법 세계관은 공존하고 패러다임으로 변해야 한다. 절대 비난의 서곡은 화해 협력 및 격려의 서곡은 바꾸어야 한다. 화해 협력은 평화 공존을 위해 냉전 문화의 대결 문화를 버려야 한다.

## 머리말

　남북은 동질성 추구보다는 이질성을 포용해야 한다. 군사 지대는 평화지대로 정전체제는 평화 체제로 가야한다. 안보 접근은 평화접근으로 바꾸어야 한다. 그러면 평화 통일로 가는 길이 단축 된다. 여기서 통일이 되면 북한이 남한의 경제를 살리는 길이 된다는 희망을 갖고 통일에 관심을 가져야 한다. 통일 비용을 걱정할 것이 아니다. 분단 비용이 훨씬 많다. 통일에 긍정적인 사고 방식을 가져 보자.

　한반도 통일 정책은 단계적 점진적 방식의 통일로 가야 한다. 내 의견만 맞다고 주장하지 말고 보수와 진보는 한 발자국씩 물러 서보자. 보수는 담대한 혁신으로 따뜻한 보수가 되어야 한다. 진보는 너무 앞서 가지 말자. 보수와 진보는 중용의 길을 택해야 한다.

　본서는 뒤에 인용을 찾고 문헌을 참고하여 편집한 것이다. 평화통일교육에 약간이나마 참고 자료가 되었으면 한다. 어려운 여건에서도 본서 발간에 뜻을 같이하여 주신 사사연출판사 장삼기 사장님께 감사드립니다.

2020년

편 저자 일동

# 목차

## 제1장 북한의 교육

CONTENTS

## 제2장 북한의 교육과 특수 대학

## 제3장 평화교육

CONTENTS

## 제 6 장 평화적 통일교육의 기대효과

# 제7장 통일교육과 평화교육의 문제점

# 제8장 한국에서 시도되고 있는 평화교육

# 제9장 한국의 평화 운동

# 제10장 해외 평화교육의 사례들

CONTENTS

CONTENTS

# 제12장 갈등해소와 소통 및 협력의 시대로

1장

# 북한의 교육

# 1-1  교육 정책과 교육 제도

## 1) 북한 교육의 기본 원칙

　북한의 교육은 '공산주의적 새 인간'을 만드는데 그 목표를 두고 있기 때문에 공산주의 교육관을 충실히 따르면서, 한편으로는 교육이 정치권력에 완전히 종속되어 있기 때문에 지도자(김일성, 김정일, 김정은)을 절대시하는 우상화 교육과 대남, 대미 적개심 고취에 교육의 강조점을 두고 있다.

　따라서 북한 교육의 가장 핵심은 철저한 사상교육에 있다. 이와 같은 북한교육의 가장 핵심은 공산주의 일반 교육원리에다 북한의 독특한 교육이념을 접목시키고 있는 것이 특징이다. 이들을 요약해 보면

　1)북한의 교육은 근본적으로는 마르크스의 인간관, 사회관, 역사관, 및 레닌의 교육관과 교육정책을 도입, 학교교육의 목적과 기본원리로 삼고 있다고 볼 수 있다.

　2) 정치사상 교육이 최우선 강화이다. 공산주의 혁명이론을 실천으로 옮기기 위해 공산혁명 이데올로기를 교육의 기본이념으로 삼고 철저한 사상 교육을 통해 혁명정신의 함양을 교육의 최우선 목표로 삼고 있다.

3) 공산주의식 평등주의의 원리이다. 북한의 교육은 자본주의 사회의 상호 경쟁원리를 배격하고 상호협력의 효과를 강조하며 각 개인의 차이를 무시한 평등주의를 적용하고 있다. 북한은 이 같은 사회주의식 평등주의 교육 이념으로 삼아 '공산주의식 새인간'이라는 정형화된 인간개조를 추구하고 있다.

4) 집단주의 사상강화이다. 집단주의는 인간의 본능적인 욕구로 인해 파생되는 이기주의를 없애기 위해 재화의 국가적 소요, 집단적 생산과 분배 등 '전체상위 사상'으로 연결된다. 북한이 개개인의 창의성과 존엄성 등의 가치를 인정하지 않고 조직집단에 속하도록 전체상위의 사상교육에 치중하고 있는 것이 바로 이 때문이다.

5) 조기 교육과 계속 교육, 반복 학습의 강조이다. 발달심리학으로 보아 인간개조의 최적기를 이용하는 것이다. 조기교육론은 서구사회에서도 그 중요성이 인정되고 있다. 그러나 서구사회와 사회주의 국가, 특히 북한에서의 조기 교육은 그 목적과 방법에서 차이가 있다. 아동의 선천적인 소질과 지능을 조기에 발견, 개발시키는 것이 서구사회의 조기교육론이라면, 마르크스, 레닌의 절대적 가치관을 어릴 때부터 기계적으로 반복 학습을 시켜서 공산주의 인간으로 개조하자는 것이 사회주의 국가의 조기교육론이다. 여기에다 북한은 유아기부터 집단교육을 통해 그들이 원하는 지도자 중심의 사상교육을 계속 반복함으로써 공산주의 이외의 사상이 침투될 소지를 원천 봉쇄하고 부모 특히 여성노동력을 최대한 동원하자는 데 조기교육의 목적을 두고 있

는 것이다.

6) 이론과 실천의 연계강조이다. 사회주의 사회의 최고덕목은 실천적 노동과 생산 활동이라고 강조, 어떠한 이론이든지 반드시 실천돼야 가치가 있다고 주장하고 있는데 북한에서는 이 점이 유난히 강조되고 있다.

7) 증오사상 주입의 고취이다. 프롤레타리아 계급이 아니면 모두가 타도대상이라는 이분론적 판단에 기초하여 유산 계급에 대한 증오심을 끊임없이 주입하는 것이다. 북한은 또한 긍정적인 사실이다 모범적인 실례로 사람을 감동시키고 잘못을 뉘우치게 함으로써 참다운 공산주의적 인간으로 개조시킬 수 있다는 것이다.

8) 공산주의의 일반 교육원리에다 북한은 혁명전통 교양의 원리, 주체사상의 원리, 인간개조의 원리를 첨가하여 지도자 중심의 독특한 교육이념을 설정하고 있다.

북한에서는 "사람이 모든 것의 주인이며, 모든 것을 결정한다는 진리를 밝혀주고 모든 것을 사람 중심으로 생각하고 사람을 위하여 복무하게 하는 사람 중심의 세계관인 주체철류학에 기초해 교육을 행해야 한다."고 강조하면서, "사람들의 자주성이 완전히 실현되는 사회, 사회주의, 공산주의 사회를 실현하려면 자연과 사회를 개조해 모든 사람들을 전면적으로 발달된 공산주의적 인간으로 만들어야 한다"고 역설하고 있다.

이는 사회 각계각층의 서로 다른 개개인을 주체사상으로 무장된

'새로운 공산주의적 인간'으로 개조하여 동일한 제품을 생산하듯, 지도자 추종자로 모두 획일화하겠다는 전체주의적 교육관을 그대로 드러낸 것이라 하겠다.

또한 주체사상의 도입이 북한의 교육을 사회주의 교육의 보편적 특성으로부터 멀어져 가게 함으로써 남북한간의 교육의 차이는 단순히 사회주의와 자본주의 교육의 차이에 넘어서게 된다. 다시 말하면 북한의 교육은 사회주의적 교육으로서보다는 주체 사상적 교육의 특색을 지닌다. 주체 사상적 교육은 곧 북한이 스스로 창시했다는 '사회주의교육학'에 의해서 진행되는 교육을 말한다.

'사회주의적 교육학'은 바로 김일성 주석의 영도와 인도에 적극적으로 순종하는 사람을 키우는 교육원리이자 학습 방법, 그리고 교육행정체계를 의미하는 것이다. 이러한 교육학에서 키워진 북한의 젊은 세대는 '주체화'되어 갈 뿐이다. 이때의 '주체화'란 혁명의 주체인 김일성 주석과 김정일, 김정은 위원장의 명령과 지시에 성실히 따르려는 책임감과 복종심이 철저히 내면화된 경우를 말한다.

교과서에는 김일성, 김정일, 김정은 그리고 당이 가르쳐 준 대로, 지시한 대로만 행동하도록 가르치는 내용을 담고 있다. 자주와 창의가 필요하다고 하면, 그것은 단지 명령에 대한 자발적, 창의적 수행의 필요성에서일 뿐이다.

## 2) 북한의 교육 목표

출생 시 생물학적 존재에 불과한 인간은 교육을 통하여 사회적 인간으로 성장한다. 교육은 가족이나 또래집단, 보다는 넓게는 매스미디어 등 비공식적인 방법에 의할 수 있으며, 공식적인 학교교육을 통해서도 이루어질 수 있다. 특히 학교교육은 오늘날 어느 사회에서나 중요시되고 있으며 북한이라고 해서 예외가 아니다.

북한 교육의 목표는 공산주의적 인간관을 갖춘 혁명투사의 육성이다. 북한은 사회주의 헌법 제 43조에서 "후대들을 사회와 인민을 위하여 투쟁하는 건강한 혁명가로, 지덕체를 갖춘 공산주의적 새 인간으로 키운다"라고 명시, 교육 이념이 공산주의적 새 인간으로의 육성임을 밝히고 있다.

이러한 교육의 이념에 따른 교육 정책을 구체적으로 제시한 지침으로는 김일성 주석이 교육문제와 관련하여 한 연설, 교시와 명령으로 정리하여 1977년 9월 5일 공표한 '사회주의 교육에 관한 테제'이다. 여기에는 "모든 학생들이 개인주의 이기주의를 없애고, 집단주의적 원탁에 따라 사회와 인민의 이익, 당과 혁명의 과업을 위하여 몸 바쳐 투쟁하도록 교양하여야 한다"고 제시, 충직한 혁명투사로서 필요한 소양을 길러주는데 교육목표를 두고 있음을 밝히고 있다.

1999년 8월에는 교육법을 채택하여 그 동안의 교육에 대한 각종 교시와 지침을 종합함으로써 교육정책의 방향을 분명히 하였다. 동법은 제 1장 교육법의 기본, 제 2장 전반적 무료 의무 교육제, 제 3장 교육기관과 교육일꾼, 제 4장 교육내용과 방법, 제 5장 교육조건보장, 제 6장 교육 사업 등 6장 52조로 구성되어 있다. 동 교육법은 지난 1977년 제정된 '사회주의 교육 테제'에서 동법 제4조에서 '교육과 실천을 결합하여 쓸모 있는 지식과 실천능력을 겸비한 인재 육성'을 강조, 이념성보다 실리적 측면을 부각시키고 있는 점이 주목되고 있다. 북한의 교육은 이러한 이념과 목표에 따라 계급의식을 고양, 공산주의인간으로 육성하면서 또한 집단 주의 원칙에 따라 일하고 생활하며, 사회와 인민의 이익, 당과 혁명의 이익을 위하여 몸 바칠 것을 교양함으로서 당과 수령의 영도 밑에 하나의 사상, 하나의 조직으로 결속하도록 하고 있다.

2001년 4월부터는 각지의 중학교에서 학생들에게 실제 써먹을 수 있는 산지식을 교육하기 위한 선택과목 교육을 실시하고 있다. 특히 2002년 10월 내각 전원회의 확대 회의를 통하여 '새 세기의 요구에 맞게 교육 사업을 개선할 데 대한 지침'을 제시하였다. 이에 앞서 9월부터는 초등교육기관인 '인민학교'를 '소학교'로, 중등교육기관인 '고등중학교'를 '중학교'로 각각 개칭하면서 학제를 개편하였다. 또한 일부 대학에서는 양질의 기술 인력을 조기 배출하여 산업현장에 공급하기 위해 수업연한을 4년으로 축소 조정하고 종래의 점수제에서 학점제로 변경하였다.

이와 같이 최근 들어 북한은 교육체계 및 내용 개편을 통해 실용주의적으로 교과냉용주의적으로 교과내용과 교수의 질을 개선하면서 과학기술교육 강화의 일환으로 실력 있는 양성에 집중하는 교육개혁을 추진해 나가고 있다.

## 3) 교육행정체계

북한의 교육행정체계는 당, 내각, 그리고 학교 등으로 구성되는 3원 구조에 기초하고 있는 바, 그 관계는 〈그림 1-1〉에 제시되어 있다. 여기서 당은 지시와 감독을 하고, 내각은 당에서 내려온 지침을 통해 구체적인 교육정책을 관장하며, 학교는 교육을 실시한다.

① **노동당** : 북한 교육제도의 큰 특징은 노동당의 통제를 수반한다는 점이다. 당은 교육과 관련된 당중앙위원회의 결정을 하급 당위원회와 내각에 지시, 전달한다. 북한의 행정이 그러하듯이 당은 내각이나 일선 학교에 대해 우선적인 권한을 갖고 인사나 교육문제를 다룬다. 모든 학교는 형식상 교장이 책임을 지고 있지만 학교에 파견된 당위원회 위원장이 실권을 장악한다. 따라서 교원들도 교장에 대해서는 형식상 복종하지만, 실제로는 당이 파견한 담당자에게 잘 보이기 위해 노력한다.

② **내각** : 행정적, 실무적인 업무는 내각의 교육성이 담당한다. 교육성 산하에는 보통 교육부와 고등 교육부가 있다. 보통교육부에서는 소학교와 중학교 그리고 교원대학을 관장하며, 고등교육부에서는 일

반대학과 사범대학을 관장한다. 교육성은 해당 업무를 각 도(직할시)에 위치한 인민위원회 교육처로 하달하고 인민위교육처는 다시 해당시, 군, 구역에 위치한 인민교육과로 송부한다. 이 교육지침이 최정적으로 각급 학교에 하달되면 그 지침에 의거하여 교육을 실시한다.

③ **학교** : 학교는 교육이 이루어지는 현장이다. 북한에는 소학교, 중학교, 대학교가 있다. 소학교와 중학교는 유치원 높은 반과 더불어 의무교육제도. 북한의 고등교육기관으로는 김일성종합대학, 김책공업종합대학, 고려성군관 등 3개의 종합대학을 비롯하여 280여 개의 대학이 있으며 평양외국어확원과 만경대혁명학원등 특수교육기관이 있다. 체육 및 예술전문학교와 기술계 전문학교도 600여 개에 달한다. 이들 각급 학교는 당과 내각의 지도 및 통제를 받아 교육을 실시한다.

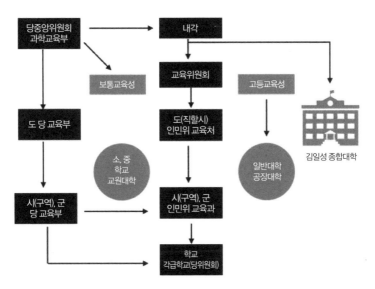

[그림 1–1] 북한의 교육 행정 체계

## 4) 교육제도의 행정적 특징

북한교육의 행정적 특징을 보자

(1) 북한의 교육체계는 복선제(複線制)라는 점에서 남한의 단선제와는 다르다. 남한의 특징인 단선제(單線制)란 일정의 교육 연한 동안 모든 학생이 동일한 과정의 교육을 이수하도록 되어 있는 제도를 뜻한다. 남한의 기본 학제에 따르면 6년제 초등학교 교육과 3년제 중학교 교육을 포함하는 9년간의 교육과정은 누구에게나 같은 내용의 것을 제공하도록 되어 있으며, 3년제의 고등학교 교육에서부터 인문계와 자연계, 그리고 기술계와 예·체능계로 나누어진다. 따라서 중학교 3학년까지의 교육은 누구나 동일한 교육과정을 이수하도록 되어 있는데 이를 단선제라고 볼 수 있다.

그러나 북한의 경우는 소정의 학력을 인정하는 교육체계가 일반교육의 체계, 특수교육 체계로 나누어져 있어 이를 복선제라고 하는 것이다. 그 중에서도 대중을 이루는 일반 교육체계는 남한의 기본 학제와 같이 중학교까지 동일한 교육과정을 제공하고 있으나, 특수 교육체계에 해당되는 예능계와 특수계층의 자녀를 위한 교육은 초등교육 수준에서 별도로 선발하고 특수한 교육과정을 제공하고 있다.

(2) 북한의 의무교육 연한이 11년간이라는 점에서 남한의 6년(또는 9년)제 의무교육 연한보다 길다는 특징을 갖는다. 그러나 이 같은 특징적 성격을 이해함에 있어서 몇 가지 유의해야 할 점이 있다. ①교

육재정의 확보 방법이 남한과 북한이 다르다는 점이다. 남한의 경우 국민의 세금에 의해서 정부의 모든 재정이 확보되고, 그 재정의 영역별 배분이 정부에서 계획되고 국회의 인준을 받아 확정되고 지출된다. 그러나 북한의 경우 생산에서부터 소비에 이르기까지 중앙 집권적 계획경제 관리를 원칙으로 하고 있어 모든 재정의 확보와 배분과 지출이 모든 권력을 원칙으로 하고 있어 모든 재정의 확보와 배분과 지출이 모든 권력을 장악하고 있는 당 중앙위원회와 그 산하의 정치국과 비서국에 의해 결정된다. 따라서 모든 공산국가가 그러하듯이 북한의 경우도 모든 교육은 무상으로 실시하는 것을 원칙으로 하고 있다. ② 북한의 의무교육은 '일하면서 배우는 교육제도'라고 규정하면서 모든 학생들에게 일정시간의 노동을 의무적으로 부과하고 있어 무료교육의 대가를 학생들이 직접 지불하고 있다고도 볼 수 있다.

　(3) 조기 교육(早期教育)의 제도화를 일찍부터 시도하고 있는 점에서 북한 교육제도의 특징을 지적할 수 있다. 어느 나라에서나 조기교육의 중요성을 인식하고 그 확대를 위한 노력을 시도하고 있으나 북한이 시도하는 조기교육의 제도화는 다른 특징적 성격이 있다. ① 모든 공산국가에서와 같이 여성의 노동 동원을 용이하게 하고 ② 집단주의 교육을 포함하는 정치사상교육의 효과를 높이기 위해서 조기교육을 확대강화하고 있는 점이다. 따라서 생후 3개월 된 유아를 수용하는 일일 탁아소 주·월 탁아소를 마을과 직장단위로 설치 운영하고 있다.

(4) 학생의 노동력 동원을 제도화하고 있는 점에서 또 하나의 특징을 지적할 수 있다. 그 취지는 앞에서도 지적한 바와 같이 '일하면서 배우는 교육'이라는 명분을 제시하고 있으나 기실은 부족한 노동력을 보충하기 위한 취지도 내포되어 있다. 이러한 명분상의 취지와 실질적인 취지에 따라 지금도 모든 학생을 일정시간 노동에 동원하고 있으며, 소학교 학생은 연간 2 ~ 4주 중학교 학생은 4 ~ 8주, 고등전문학교 학생은 연간 10주, 대학생은 연간 12주 등의 기간동안 의무적으로 노동에 참여하도록 하고 있다.

(5) 당의 교육 통제 기능의 강화를 제도화하고 있는 점이 또 하나의 특징이라 하겠다. 모든 교육 정책이 노동당 중앙위원회 교육부에서 수립되고 그 정책의 집행과정에도 '당의 지도'라는 명분으로 시 · 도 · 군의 지역에 지방당 학교 교육부와 인민위 교육부를 두어 각급 학교교육의 운영과 경영에 참여하여 감시감독을 할 수 있도록 제도화하고 있으며 각급 학교 내부에도 학교당 위원회를 두어 학교 경영에 직접 간여하도록 하고 있다.

(6) 고등학교의 정책면에서 고등 전문학교와 단가대학의 수를 확대하고 잇는 점이 하나의 특징이라 지적할 수 있다. 앞에서도 지적한 바와 같이 종합대학으로서는 김일성대학 등 몇 개만 존속시키고, 고등 전문학교와 단과대학의 수는 계속 늘려왔으며, 1984년 한 해 동안에만도 무려 40개의 단과 대학고가 8개의 공장대학을 신설하게 되었다. 공산국가의 공통된 종전까지의 고등교육 정책의 하나는 대학의

수를 제한 하는 것이 었으나 최근에 와서는 고급인력을 필요를 충족시키기 위하여 소규모의 대학을 확충하는 방향의 정책으로 전환되고 있는 것이 일반적인 추세라 하겠다.

지금 북한은 컴퓨터 교육에 대단한 열기를 보이고 있다.

## 5) 교육 제도

북한에는 크게 보아서 다음과 같은 세 가지 교육제도가 있다.

### (1) 일반교육제도

북한의 교육제도는 탁아서와 유치원을 포함하는 각급 학교교육을 중심으로 하는 일반교육제도를 기본골격으로 특수교육제도와 사회교육제도로 구성된 일종의 복선제 형식으 취하고 있다.

일반 교육제도는 정규의 학교교육제도를 의미하는 것으로 탁아서와 유치원 2년, 소학교 · 4년, 중학교 6년, 대학교 3 ~ 6년, 연구원 3 ~ 4년, 그리고 박사원 2년으로 구성되어 있다. 탁아소와 유치원의 취학전 교육은 학교교육을 원만히 받을 수 있도록 학교 교육의 기초를 닦는 것을 목적으로 하고 있다.

일반적으로 소학교와 중학교는 공산주의 사회생활에 필요한 기초적인 일반교육과 생산노동을 통한 기술교육을 실시하고 있다. 중등교육기관인 중학교는 4년의 중등반과 2년의 고등반으로 나뉘어져 있다.

대학교는 종합대학, 단과대학, 전문대학으로 나뉘어져 있다. 종합
대학은 김일성종합대학, 김책공업종업대학, 고려성균관 등 3개교가
있으며 대학은 공업대학, 의학대학, 외국어대학, 경영대학, 사범대학,
음악대학, 무용대학 등 전문계열의 단과 대학이다. 이들 단과대학은
지역별 조건과 산업배치에 따라 각 도에 산재, 설치되어 있다. 2 ~ 3년
제 고등전문학교와 3년제 교원대학 외의 대학은 대부분 4년제이다.

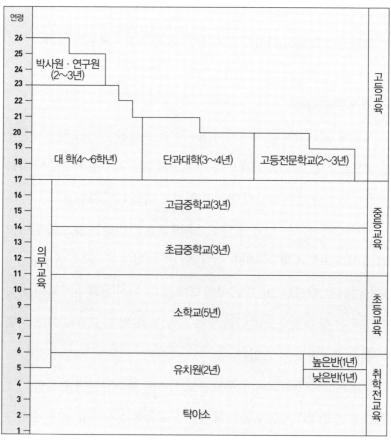

〈그림 1-2〉 북한의 학제

## (2) 특수교육제도

특수교육제도는 무용, 음악, 조형예술, 공예, 체육 등의 예·체능과 과학, 외국어 등 분야의 특수인재를 양성하기 위하여 특수교육을 실시하는 제도이다.

예술분야의 전문교육을 실시하는 음악학교, 무용학교, 조형예술학교는 유치원의 '높은반' 과정부터 중학교까지의 의무교육과정인 11년제로 되어 있다. 체육학교와 공예학교는 중학교 졸업자 중 체육과 공예부문의 특기자를 선발하여 4년제의 전무교육을 실시하는 고등교육 단계의 특수학교이다. 전문체육인 양성기관중 중앙체육학원은 8년제로 소학교 졸업생 중 체육특기자를 선발, 전문교육을 실시하는 학교로서 국가대표 후보선수를 양성하는 데 주력하고 있다.

제1고등중학교는 전문적인 과학기술자들의 조기양성을 위한 6년제의 특수과학영재 교육기관으로 1984년에 창설된 평양제1고등중학교를 비롯하여 전국에 약 12개교가 있다. 제1고등중학교는 소학교 졸업생 중 과학기술분야의 성적이 우수한 학생들을 선발하여 수학·물리 등 과학교육을 중점적으로 실시한다. 그리고 외국어학교는 소학교 졸업생 중 외국어에 소질이 있다고 인정되는 학생들을 선발하여 외국어 전문교육을 실시하는 7년제 특수중등교육기관이다.

이러한 특수학교는 입학시에는 엄밀한 신분조사가 시행되고, 일반학교와 횡적이동이 거의 불가능하게 되어 있다. 출신성분이 좋은 특수계층 자녀들 중에서 특별히 재능이 있다고 인정되는 어린이와 청소년들을 대상으로 일반학교와 별도로 선발하여 전문교육을 집중적으로 실시한다. 특수학교 졸업 후에는 상급학교 진학과 취업에 있어서 여러 가지 특혜를 받기 때문에 입시경쟁이 치열하다. 졸업생의 대부분은 당에 의하여 진로가 결정되는 일반 청소년들과 달리 각자의 희망에 따라 해당분야의 대학에 진학하거나 외국 유학을 가기도 하며, 졸업 후에는 해당분야에서 활동할 수 있다. (그림 1 -2)

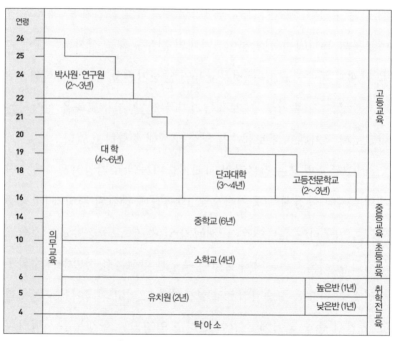

〈그림 1- 3 〉 북한의 특수교육제도

전문계열의 특수학교 외에 혁명 유자녀와 특권층 자녀를 대상으로 특수교육을 시키는 혁명학원이 있다. 혁명학원은 원칙적으로는 항일투쟁 및 6 · 25에 참전하였던 소위 혁명투사의 유자녀 및 고아들에 대한 특별우대교육을 실시하기 위하여 설치된 혁명유자녀학원이었으나, 최근에는 주로 당·정·군 고위간부 자녀들이 다니고 있다.

현재, 만경대학명자녀학원(평양시, 1947년 10월 창설)을 비롯하여 남포혁명학원(남포시, 1951년 1월 창설, 1980년대에 강반석 혁명유자녀학원에서 개칭), 해주혁명학원(해주시, 1958년 9월 창설), 그리고 평양외국어학교(평양시, 1958년 9월 창설, 그리고 평양 외국어학교(평양씨, 1588년 9월 창성) 평양외국어혁명학원에서 개칭)가 있다. 만경대 혁명학원과 해주 혁명학원은 남학생을 남포혁명학원은 여학생만을 교육싵키게 되어 있다. 이들 혁명학원은 의무 교육과정인 11년제이다. 그러나 외교관 양성을 목적으로 하는 평양외국어 학교만은 소학교 졸업생 중 외국어 소질이 있는 학생들을 시험을 통해 선발하는 7년제 교육기관으로 되어 있다.

혁명학원은 당·정 간부양성이 주요 목적인 직업혁명가 양성기관으로 다른 학교와는 달리 인민무력부에 소속되어 있다. 학생들은 일반학과 동시에 기숙사에서 숙식을 하고 군관가 같은 장교복 차림으로 군대식 생활규율 하에 집단생활을 하면서 기초군사교육과 혁명역사를 집중적으로 교육받는다. 학생들에게는 인민군 중좌에 해당하는 대우를 해주고 있다. 혁명학원 중 '만경대혁명학원'은 당·정 핵심간부를 양성하는 직업혁명가 양성기관으로 귀족학교로 불리고 있다.

만경대혁명학원은 김일성종합대학과 함께 북한 최고의 엘리트코스로서 김정일 비롯한 강성산, 오극렬, 연형묵 등 현재 북한 지도집단의 핵심인사들이 이 학교 출신이다.

### (3) 사회교육제도

이 제도는 '일하면서 배우는 교육체계'라는 명부 하에 과거에 학업의 기회를 갖지 못하였던 근로자들에게 배움의 기회를 주기 위한 지업고가 학업의 병행교육제도이다. 일하면서 배우는 근로자 사회교육기관으로는 기업소, 공장, 협동농장, 어촌과 광산 등의 노동현장에서 필요한 기술과 직능교육을 실시하는 산업제 부설학교들이 많이 있다. 정규의 중학교를 졸업하지 못한 근로자를 대상으로 한 3년제의 근로자 중학교와 4년제 공장 고등전문학교가 있으나, 주로 현직교육의 성격을 가지고 있는 5~6년제의 공장대학, 농장대학, 어장대학 등 노동생산대학이 대부분이다.

이 학교들은 해당 공장 · 기업소의 자금으로 관리, 운영되고 있다. 교육은 학생들의 작업에 따라 주야 2부제로 운영되며, 졸업자에게는 일반학교를 졸업한 학생과 동등한 자격을 인정한다. 그러나 이들 학교의 대부분은 학교 규모가 작을 뿐만 아니라 교육내용과 방법이 매우 낙후되어 있기 때문에 대학이라기보다는 근로자들의 기능과 기술 향상을 위한 기술양성소로 볼 수 있다.

현장학교 외에 대학에 진학하지 못한 청소년 및 일반인들에긱 대학과정을 이수하도록 하기 위하여 설치된 방송통신대학이 있다. 방송통신대학은 TV나 라디오 등에 의한 일정한 교재학습과 자기학습을 통하여 학습하는 통신교육과정으로 5년의 교육과정으로 되어 있다. 통신 교육은 아무나 받을 수 있는 것이 아니라 당의 추천을 받은 사람만이 받을 수 있다. 현재, 방송통신대학으로는 1973년 4월 15일 김일성 주석의 61회 생일기념으로 창설된 김일성 종합대학과 TV방송대학이 있다. 그리고 김일성대학을 제외한 모든 대학에는 직장인들을 위한 야간대학이 설치되어 있다.

근로자를 위한 사회교육기관 외에 현직 당·정 간부들의 자질 양성을 위하여 1개월에서 4년까지 다양하게 편성된 재교육 기관이 있다. 여기에는 당 중앙위원회 직속으로 마르크스-레닌주의학원을 비롯하여 김일성고급당학교, 금성정치대학 등이 있고, 지방간부의 재교육을 위한 도(직할시)단위의 공산대학과 시·군 단위의 당학교가 있다. 그리고 정무원 부서 및 주요 단체별로 인민경제대학, 사로청대학, 사회안전부정치대학, 중앙보건간부대학, 중앙교육간부정치대학등과 같은 특수교육기관이 있다. 이중 김일성 고급당학교 구내에 설치되어 있는 마르크스-레닌주의학원은 중앙당 과장급 이상과 정무원 부장급 및 인민군 상장 이상의 고위간부를 대상으로 한 북한 최고의 당간부 재교육기관으로 알려져 있다.

이상의 교육제도상의 특징을 요약하면 ① 취학전 교육이 발달되었다. ② 자연부락 단위의 소규모 초등교육기관의 발달 ③ 예체능계의 조기교육기관의 발달 ④ 사상교육을 위한 특수교육기관의 발달(김일성 고급당학교, 금성정치대학) ⑤ 산업별 기술교육제도의 발달(1956

년경부터) ⑥각종의 조직과 집회를 통한 사회교육의 발달 ⑦ 1986년
부터 각 시 · 도에 OOO제1고등중학교라는 이름의 천재 교육 기관의
설립 ⑧ 김형직 사범대학(5년제) ⑨ 종합대학(김일성원리) 성인고등
교육기관의 발달 ⑩ 일하면서 배우는 (이론과 실천의 결합) 성인고등
교육기관의 발달  ⑪ 이공계 대학(약 70 %)의 발달 ⑫ 초 · 중등학교
의 남녀공학의 원칙  ⑬ 1990년대 들어 10개의 중심대학의 설치 등을
들 수 있다. (그림 1-4)

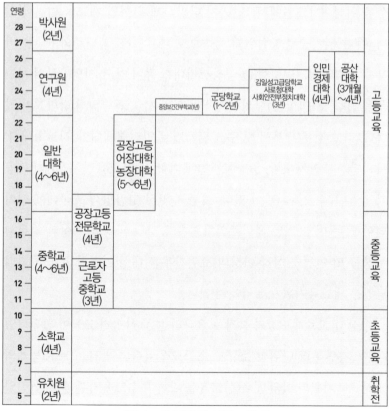

**(표 1- 4) 북한의 사회교육제도**

# 1-2  교육 관리 체제

## 1) 보통교육

북한에서는 해방과 더불어 [북조선 학교교육 실시 조치법]을 제정하여 종래의 국민학교를 일제의 잔재를 청산한다는 명분에서 인민학교로 개칭하고 예비반 1년 과정을 포함하여 6년제 인민학교를 시작으로 근대적 교육을 실시하여 왔다. 그 후 여러 차례에 걸쳐 학제를 개편하였으며, 최근 실시되고 있는 학제의 골간은 1975년부터 실시된 '전반적 11년제 의무교육'제도이다. 11년 의무교육기관은 유치원 높은반 1년, 소학교 4년, 그리고 중학교 6년을 의미한다.

북한의 의무교육제도는 "사회의 모든 성원들을 공산주의적 인간으로 키우기 위한 전민적 교육"으로 하기 위함이며, 이는 사회주의 사회에서만 가능하다고 주장한다. 북한의 의무교육은 최고인민회의사회에서만 가능하다고 주장한다. 북한의 의무교육은 최고인민회의 제1기 4차회의(1949.9)에서 1950년 7월 1일부터 전반적 초등의무교육제를 실시하였다. 구체적으로 1958년부터 3년제 중등학교까지 의무교육이 확대되었다.

북한의 11년제 의무교육방침은 1972년 제 5기 4차 당 전원회의에서 결정하였으며, 같은 해 9월부터 학교전(유치원) 의무교육을 단계적으로 확대 실시하도록 하였다. '전반적 11년제 의무교육'이 시행된 것은 1875년 9월부터이다. 이에 따라 의무교육을 시작하는 연령은 유치원 높은반, 즉 취학전 나이인 만 5세로 1년이 낮아졌고, 소학교와 중학교(6년)를 의무교육으로 하게 되었다.

북한에서는 의무교육제도의 실시로 보통교육이 무상으로 진행된다고 주장하고 있지만, 실상은 그렇다고 보기 힘든 면이 있다. 앞에서 기술한바 첫째, 북한은 사회주의 체제이므로 모든 자원이 정부의 소유로 되어있고, 또한 모든 생산물 역시 정부가 소유하여 분배한다. 따라서 이런 자원 독점 하에서 무상교육이라는 말은 그 자체로 의미가 없다. 둘째, 북한의 학생은 학교의 등록금을 노동으로 보상하는 의미도 있다. 북한의 교육은 '노동을 병행하는 원칙' 하에서 진행되기 때문에 모든 학생들은 의무적으로 생산 활동을 해야 한다. 이런 생산 활동이 보수를 수반하지 않는다는 점에서, 학교의 등록금은 노동을 통해 지불되고 있다고 볼 수 있다. 그리고 마지막으로 모든 교육이 무상으로 진행된다는 주장은 무리이다. 북한의 학생들은 각종 명복의 잡부금을 내야하여, 교과서 등 교육 자료도 돈을 내서 구입해야 한다.

그러나 북한이 보통교육을 의무교육으로 규정함으로써 북한 주민의 교육수준은 비교적 높아졌다고 볼 수 있다. 따라서 이 점은 높이 평가할만하다. 지금 현재 문맹인 북한 주민은 거의 없는 것으로 알려지고 있다.

## 2)고등교육

북한에서 고등교육기관은 1946년 조직된 북조선 임시인민위원회가 동년 9월 1일 김일성종합대학을 평양해 건립할 것을 결정함으로써 시작되었다. 한국 전쟁 휴전 후 3개년 복국건설기 (1954 ~ 1956)에는 정치 · 경제분야 대학들이 신설되었으며, 1957년부터 시작된 5개년 계획기간에는 전반적 중등의무교육의 실시와 관련하여 중등교원의 대량 양성을 위한 교원대학과 사범대학의 확장에 주력하였다. 1960년에는 6개년 계획의 수행에 필요한 기술자 확보를 위해 '일하면서 배우는' 공장대학 · 야간 대학 설립을 결정하였으며 7개년 인민경제계획(1978 ~ 1984) 기간에는 부족한 각급 학교건설을 당면과업으로 설정하고 소규모의 공장대학 · 통신대학 · 전문학교 등의 증설에 주력하였다.

최근 과학기술 중시 요구에 맞게 관련분야 인재양성에 역량을 집중하고 '강성대국'건설에 필요한 전문가 양성에 주력하고 있다. 1999년에는 김일성종합대학의 자동화학부와 물리학부를 일부 개편하여 컴퓨터 과학대학을 2001년에는 김책공업종학대학에도 정보과학기술대학과 기계과학기술대학을 신설하였다. 또한 평양컴퓨터기술대학과 함흥컴퓨터기술대학을 설립하고 일부 전문학교를 단과대학으로 승격시켰으며, 각 대학에도 컴퓨터 관련 학부나 학과를 신설하였다.

그러나 대학진학은 복잡한 과정과 절차를 거쳐 이루어진다. 중학교를 졸업하면 보통은 70% 정도가 군에 입대 (남자의 경우)하며 20%는 직장에 배치된다. 그리고 나머지 10%가 중학교를 졸업하면서 곧바로 대학에 진학하는 이른바 '직통생'이다. 직통생은 성분이 확실하고 가정환경이 우수해야 한다. 그렇다고 하여 '직통생'만 있는 것이 아니다. 중학교를 졸업하고 2~5년간 직장생활을 하거나 7년 이상의 군 복무를 마치고 난 후에 추천을 받아 대학에 가기도 한다.

중학교 졸업반이 되어 대학에 진학하려면 각 도 및 시·군에 조직되어 있는 대학추천위원회의 사상 검토를 포함하는 복잡한 추천과정을 거쳐야 한다. 그리고 대학진학을 위한 예비시험을 거쳐 대학입학자격고사를 치러야 하는데 경쟁이 매우 치열하다. 해마다 입시철이 되면 시(구역)·군 인민위원회(대학모집과)에서 중학교별로 지정표를 배치한다. 지정표란 특정 중학교에서 대학에 보낼 수 있는 학생들의 수를 의미하여, 시(군·구역)단위로 결정되기 때문에 일부 학교의 경우는 지정표를 받지 못한다. 그러면 각 중학교는 그 지정표에 맞는 수의 학생을 선발하여 배정된 대학에서 시험을 치르도록 한다.

중학교에서의 선발은 일반적으로 시험성적을 기준으로 한다. 이 시험은 1980년대부터 중학교 졸업반 학생 전원을 대상으로 수학·물리·화학·외국어·김일성 혁명역사 등 5과목에 걸쳐 치르는 '국가판정시험'이다. 여기서 합격해야 추천을 받는다. 1980년대 중반 이후 출신성분을 기준으로 하는 것은 많이 완화되었지만 당과 보위부에서 출신성분을 조사해 보고 나쁘면 변경할 것을 학교 측에 종용하기도 하며, 수준이 낮은 학교로 보낸다. 학교 측에서는 학생 지도 목적상 성적을 우선시하고자 하기 때문에 갈등이 일어나기도 한다. 대학진학 추천을 받으면 각 대학별로 시험을 치른다. 시험은 혁명역사, 국어, 영어, 수학이며 과목별로 3 ~ 5개의 논술식 문제를 출제한다.

## 1-3  교육 과정

### 1) 교육과정

#### ① 초등교육과정

초등교육과정은 〈표 1-2〉에 제시되어 있듯이 소학교 재학 5년 동안 지도자의 어린 시절, 국어, 수학, 자연, 영어, 정보기술 등 총 13개 과목을 교육하도록 편성되어있다. 주당 수업 시간은 국어 · 수학 · 자연 · 체육 · 음악무용 · 도화공작의 순으로 많으며, 학제 개편 이전보다 영어, 수학 음악무용, 도화공작 등의 시수가 증가하였다. 소학교에서는 '경애하는 김정은 원수님 어린 시절' 과목이 신설되어 전체적으로는 정치 사상 교과 시간이 확대되었고, 음악이 음악무용으로 통합 변경되었다.

소학교 학생들

소학교 교과서

## 표1-2. 북한의 소학교 교육과정

| 구분 | 교과명 | 학년별 주당 수업시간 수 | | | |
|---|---|---|---|---|---|
| | | 1학년 | 2학년 | 3학년 | 4학년 |
| 1 | 위대한 수령 김일성 대원수님 어린시절 | 1 | 1 | 1 | 2 |
| 2 | 위대한 령도자 김정일 원수님 어린시절 | 1 | 1 | 1 | 2 |
| 3 | 항일의 녀성영웅 김정숙 어머님 어린시절 | | | | 1 |
| 4 | 사회주의 도덕 | 2 | 2 | 1 | 1 |
| 5 | 수학 | 6 | 6 | 6 | 6 |
| 6 | 국어 | 6 | 6 | 7 | 8 |
| 7 | 자연 | 2 | 2 | 2 | 2 |
| 8 | 위생 | | | | 1 |
| 9 | 음악 | 2 | 2 | 2 | 2 |
| 10 | 체육 | 2 | 2 | 2 | 2 |
| 11 | 도화공작 | 2 | 2 | 1 | 1 |
| 12 | 영어 | | | 1 | 1 |
| 13 | 컴퓨터 | | | 1 | 1 |

주) 1. 북한 교육성의 과정안(1996년 3월)을 바탕으로 작성하였으며, 2012년 학제 개편 이후의 교육 과정은
아직 공개되지 않았음.
2. 1학기 16주, 2학기 18주(여름·겨울방학 외에 3월 말 1주일 간 봄방학)

### ② 중등교육과정

중등교육과정은 기존 6년제였으나 2012년 학제 개편에 따라 낮은 단계와 높은 단계로 구분하여 초급중학교 3년과 고급중학교 3년으로 분리 운영되고 있다. 중등학교의 교육과정은 '지식 경제 강국'을 이끌 과학기술인재 양성을 명목으로 '기초과학, 컴퓨터 기술, 외국어 교육'과 자립적인 학습능력과 창조적 능력의 배양, 실험실습 교육을 강조하는 방향으로 개편되었다. 개정이전에는 중학교 재학 6년 동안 23개 과목을 교육하였으나 개정된 이후 초급중학교와 고급중학교의 교과

목이 각각 16개와 22개로 분리 증대되었다.

### ③ 고등교육과정

대학의 교육과정은 학교와 전공별로 다양한데, 대체로 정치사상 교과, 일반 교과, 일반기초, 전공기초, 전공 등 다섯 가지 영역으로 구분되어 있다. 정치사상 교과와 외국어, 체육 등 일반 교과는 전공과 무관하게 모두 이수해야 한다. 일반기초 과정은 전공과목과 전 대학에 규정된 공통 과목으로 구성된다. 전공기초 과정은 전공에 필요한 준비 과목으로 구성되며, 전공 과정은 지정과목과 선택과목이 있다.

교과영역별 수업시간 비중은 대학의 설립 목적이나 성격에 따라 다양하다. 보통 정치사상 교과 25 ~ 35%, 일반 교과(외국어, 체육) 10 ~ 15%, 일반기초 10 ~ 40%, 전공 기초 10 ~ 40%, 전공 10 ~ 15% 등이다.

최근 북한은 정보통신 및 컴퓨터 교육 강화를 목적으로 대학에 컴퓨터공학부, 정보공학 강좌, 정보공학과를 설치하여 IT 중심 학부로 대학 제도 개편을 시도하였다. 또한 대학에서 정보교육, 생명과학, 나노과학기술 교육의 강화를 위해 여러 학과 및 학과목을 통폐합하여 새로운 학과와 학과목을 신설하고 이에 따른 교육과정안을 개편하고 있다.

# 2) 중학교

### ① 초급중학교

초급중학교 과정은 주당 수업시간이 32시간이며 교육과정은 정규 수업시간 이외 과외 학습, 소년단 생활, 과외 체육 등으로 편성되어 있다. 교과목별로는 수학에 이어 자연과학과 영어 교과의 시수가 가장 많다. 초급중학교에서는 '김정은 혁명활동'과목이 신설됐고, '자연과학', '음악무용' 등의 통합 교과목이 도입되었다. 개정이전의 '제도, 실습' 등의 과목이 '기초기술'과목으로 '컴퓨터'과목이 통계, 그림 파일의 기초 및 응용에 관한 부분을 포함하여 '정보기술'과목으로 새롭게 편성되어 도입되었다.

**표 1-3. 북한의 초급중학교 교육과정**

| 구분 | 교과명 | 학년별 주당 수업시간 | | |
|------|--------|:-----:|:-----:|:-----:|
|      |        | 1학년 | 2학년 | 3학년 |
| 1 | 위대한 수령 김일성 대원수님 혁명활동 | 2 | 2 |   |
| 2 | 위대한 령도자 김정일 대원수님 혁명활동 |   | 2 | 2 |
| 3 | 항일의 녀성영웅 김정숙 어머님 혁명활동 | 1 |   |   |
| 4 | 경애하는 김정은 원수님 혁명활동 | 1 | 1 | 1 |
| 5 | 사회주의 도덕 | 1 | 1 | 1 |
| 6 | 국어 | 5 | 5 | 5 |
| 7 | 영어 | 4 | 4 | 4 |
| 8 | 조선력사 | 1 | 1 | 2 |

| 9 | 조선지리 | 1 | 1 | 1 |
|---|---|---|---|---|
| 10 | 수학 | 6 | 5 | 6 |
| 11 | 자연과학 | 5 | 5 | 5 |
| 12 | 정보기술 | 2주 | 2주 | 2주 |
| 13 | 기초기술 | 1 | 1 | 1 |
| 14 | 체육 | 2(1주) | 2(1주) | 2(1주) |
| 15 | 음악무용 | 1 | 1 | 1 |
| 16 | 미술 | 1 | 1 | 1 |

② 고급중학교

고급중학교의 경우 주당 수업시간이 34시간으로, 교육과정은 정규 수업시간 이외 과외 학습과 청년동맹 생활과 과외 체육 등으로 편성되었다. 교과목별로는 수학, 물리, 화학 등 자연과학 교과와 영어 교과의 비중이 높다. 고급중학교에서는 '김정은 혁명력사'과목이 신설됐고, 세분화된 분과형의 교과목이 편성되어 초급중학교의 '자연과학'이 물리, 화학, 생물로 세분화되었다. 또한 초급중학교에서는 없던 '당정책', '심리와 론리', '한문', '공업(농업)의 기초', '군사 활동 초보'등의 과목이 추가되었다.

## 표 1- 4. 북한의 고급중학교 교육 과정

| 구분 | 교과명 | 학년별 주당 수업시간 | | |
|---|---|---|---|---|
| | | 1학년 | 2학년 | 3학년 |
| 1 | 위대한 수령 김일성 대원수님 혁명력사 | 3 | 2 | |
| 2 | 위대한 령도자 김정일 대원수님 혁명력사 | | 2 | 4 |
| 3 | 항일의 녀성영웅 김정숙 어머님 혁명력사 | | 1/2 | |
| 4 | 경애하는 김정은 원수님 혁명력사 | 1 | 1 | 1 |
| 5 | 당 정책 | 1주 | 1주 | 1주 |
| 6 | 사회주의 도덕과 법 | 1 | 1 | 1 |
| 7 | 심리와 론리 | | | 1주 |
| 8 | 국어문학 | 3 | 2 | 3 |
| 9 | 한문 | 1 | 1 | 1 |
| 10 | 영어 | 3 | 3 | 3 |
| 11 | 력사 | 1 | 1 | 2 |
| 12 | 지리 | 1 | 1 | 1 |
| 13 | 수학 | 5 | 5/4 | 4 |
| 14 | 물리 | 5 | 4 | 3 |
| 15 | 화학 | 3 | 4 | 2 |
| 16 | 생물 | 3 | 3 | 2 |
| 17 | 정보기술 | 2 | 1 | 1 |
| 18 | 기초기술 | 2주 | 3주 | 3주 |
| 19 | 공업(농업)기초 | | | 4 |
| 20 | 군사 활동 초보 | | 1주 | 1주 |
| 21 | 체육 | 1 | 1 | 1 |
| 22 | 예술 | 1 | 1 | 1 |

# 1-4  교육내용

북한의 학교교육에서는 정치사상, 과학기술, 체육 등을 강조하며, 최근에는 외국어 교육과 컴퓨터 교육도 강조하고 있다.

북한의 정치사상교육의 목표는 지도자에 대한 충성심 배양이다. 이에 따라 '백두산 3대 장군'(김일성, 김정일, 김정숙)과 김정은의 위대성에 관한 교양을 기본으로 한 '어린 시절'이나 '혁명활동'과 '혁명역사', '주체정치경제학' 등을 이수해야 한다. 북한의 정치사상교육에는 반제국주의교양과 계급교양도 중시되는데, 이는 군 입대 장려 교육에도 활용되고 있다.

2000년대에 들어와 영어와 중국어가 가장 인기 있는 외국어가 되면서 2008년부터는 소학교 3학년부터 영어를 가르치기 시작했다. 현재 영어는 소학교 4학년부터 고급중학교 때까지 모든 학생이 배우며, 교육 방법도 문법에서 회화 위주로 전환할 것을 강조하고 있다. 대학교육에서도 평양외국어대학의 영어과 정원을 대폭 늘리고, 다른 어학 전공자도 영어를 필수과목으로 수강하도록 하고 있다. 일부 대학에서는 전공과목 교재를 원서를 채택하는 한편, 자연과학 부문 교원들을 대상으로 '전공과목 외국어 교수 경연'을 개최하기도 하였다.

컴퓨터 교육은 1990년대 말부터 정규 교과로 편성되기 시작했다.

2001년에는 만경대학생소년궁전과 평양학생소년궁전, 금성 제 1중학교와 제 2중학교에 컴퓨터반을 개설하고 전국의 소학교 졸업자 가운데 선발된 소수의 영재들이 컴퓨터 기술을 배울 수 있게 하였다.

2000년대 이후 북한은 실리주의 교육을 표방해왔다. 김정은 시기 북한 교육은 과학기술 교육, 특히 정보통신과 컴퓨터 교육의 강화를 통한 인재 양성에 중점을 두고 있다. 이 같은 교육정책은 김정일 시대의 과학기술인재 양성과 연속선상에서 "지식경제 시대가 요구하는 창조형 인재 양성"을 강조한 데 따른 것이다. 그러나 폐쇄적인 북한체제의 특성상 자율적이고 창조적인 사고에 한계가 있다는 점에서 북한이 강조하는 '창조형 인재양성'은 그 성과를 기대하기 쉽지 않다.

## 1-5  교육방법

북한의 교육은 5개의 방법을 중요시하고 있다. 첫째는 '깨우쳐 주는 방법'이다. 이는 한 마디로 가르치는 사람은 이야기 · 담화의 형식으로 설명을 하고, 배우는 학생은 토론과 논쟁의 '문답식 방법'을 통해 잘 습득해야 한다는 것이다. 그리고 '해설과 설복'이 동시에 나오도록 해야 한다는 점을 강조하고 있다. 여기서 중요한 기본 방법은 긍정적 모범으로 감화시키는 것이다. 북한에서 주장하는 '항일 혁명 인물들의 투쟁'이나 '누구누구를 따라 배우자'는 방식들이 이에 속한다고 할 수 있다. 그러나 실제 교육현장에서는 문답식 방법을 거의 찾아볼 수 없고 대부분 강의위주로 진행한다.

둘째, 이론교육과 실천 교육, 교육과 생산노동의 종합방법이다. 책에서 배운 이론을 혁명의 실천으로 써먹어야 '산지식'이 된다는 주장이다. 따라서 교육은 생산노동에 직접 참가하여 노동계급의 혁명성과 조직성을 동시에 학습할 수 있어야 된다는 것이다. 이는 정신노동과 육체노동의 구분을 막고, 이론과 실천을 결합한다는 명분을 내걸면서 학생들의 노동력을 끌어내는 이론적인 기반도 된다.

셋째, 조직생활과 사회정치활동의 강화방법이다. 북한에서 조직생활은 공산주의의 품성과 태도를 집단적으로 단련하는 '정치생활' 자체로 규정하고 있다. 그 중에서도 노동당이 차지하는 정치사회화의 비중은 절대적이다. 조직생활을 통해서 사상교육을 더욱 굳건하게 만들고, 실제로 정치활동에 참여케 하는 방법인 것이다. 이에 따라 어린 시절에는 '조선소년단'에서 그 이후의 청소년 시절에는 '김일성사회주의 청년동맹'에서 조직 생활을 하게 된다. 특히 소년단의 활동은 '과의 교양기지'로 일컬을 만큼 중시한다.

또 성인이 되어도 각자가 직장 조직 외에 각종 직업 조직 등에 참가해야 하므로, 평생 동안 조직 활동을 하게 되는 셈이다. 이 조직의 벽은 이중·삼중으로 둘러 쌓여 있어서 조직생활의 틀을 벗어난 다는 일은 생각하기 어렵다. 따라서 언제나 조직을 우선하는, 즉 집단 우선의 정치사회화가 이루어진다.

넷째, 학교교육과 사회교육의 결합방법이다. 이 방법은 정규 학교교육 이외에 다른 정치사회화의 일차적 매체인 가정과 '사회교양수단(당과 외곽조직단체, 언론매체)들을 잘 연계해서 활용해야 한다는 것이다. 이 중에서 언론매체의 역할은 '사회의 거울'로서가 아니라 '당의 얼굴'로서 중시되고 있는 점은 널리 알려진 사실이다. 북한의 언론매체는 개인 찬양·충성, 사회주의 체제의 우월성과 노력동원 내용이 주류를 이룬다.

다섯째, 학교전 교육, 학교교육, 성인교육의 병진방법이다. 이 방법은 "사람들의 사상의식은 고정불변한 것이 아니라 조건과 환경에 따라 변할 수 있다."는 전제 아래, "어린이로부터 늙은이에 이르기까지" 끊임없이 교육을 강화해야한다는 것이다. 북한에서는 유치원에서부터 성인교육에 이르기까지 공산주의 혁명사상과 교양과 도덕교양을 기본으로 교육한다는 점을 이미 지적하였다.

북한의 어린이, 학생들은 물론 성인들까지 하나같이 비슷한 생각을 하고 그를 행동에 옮기는 것은 이처럼 각 '교육공정'이 조직적으로 연계되어 있기 때문이다. 성인들의 경우 '토요일 학습, 수요 강연회에서 매일 2시간 학습'을 의무화하고 있는 것도 좋은 예이다. 북한의 교육은 다섯 가지 '혁명적인 사회주의 교육방법'을 기초로 하여 가능한 모든 매체(당, 가정, 교육기관, 조직단체, 대중매체)들이 관여한다.

# 1-6 학교 생활

## 1) 수업과 과외 활동

북한의 교육 시간을 보면 소학교는 하루 평균 5시간을 가르치며, 과목당 45분 수업에 10분 휴식을 원칙으로 한다.

중학교는 1~3학년이 6시간, 그리고 4~6학년이 7시간을 가르친다. 대학은 하루 4강좌를 기준으로 하며, 강좌당 90분당 수업을 진행한다.

수업은 보통 8시에 시작한다. 소학교의 경우 8시에 1교시를 시작하여 12시 35분까지 5교시를 마친다. 3교시와 4교시 사이에는 15분간의 '업간 체조' 시간이 설정되어 있으며, 5교시를 마치고는 1시간 45분간 (12:35 ~ 2:20) 점심시간을 갖는다. 점심시간에는 오침시간이 포함되어 있다. 점심시간이 끝나면 6교시가 시작되어 3시 15분에 끝난다.

대학생의 경우 등교 후 30분간 독보와 상학 전 검열이 실시되며, 8시 반부터 오전 강의가 시작된다. 오전에 3강좌를 마치고, 1시 반부터는 점심 및 오침시간이며, 오후 강의는 4시에 시작하여 1강자를 하고, 5시 반에는 정규강의가 종료된다. 그러나 농촌지원이나 노력 지원 등으로 수업에 결손이 있는 경우는 1강좌를 더하여 7시까지 강의를 하기도 한다.

북한에서는 남한과 같은 과외 열풍은 없다. 고급 관리의 경우 대학생이나 학교 교원을 초대해 부정기적으로 자녀의 지도를 부탁하는 경우는 있다.

## 2) 학생들의 동아리 활동은

• 북한 학생들은 방과 후에 우리의 동아리 활동과 유사한 소조활동을 한다. 소조활동은 조직적이고 엄격한 규율 속에서 진행된다. 학생들이 자발적으로 동아리를 만드는 경우는 없다.

• 실력이 우수하나 재능을 갖춘 학생으로 선발되면, 수업을 마친 후 평양학생소년궁전, 만경대학생소년궁전 등 '궁전'이라는 이름이 붙은 과외 교육기관에서 교육을 받는다.

## 3) 학생들의 하루 일과는

• 학생들은 8시부터 수업을 시작하기 때문에 7시 40분까지 학교에 도착해야 한다. 예전에는 대열을 짓고 노래 부르며 동교하였으나, 최근 이러한 모습은 지방에서는 모두 사라졌다.

• 학생들도 생활비를 버는 데에 협조해야 되므로 학교수업이 끝난 후 가사를 돕는다. 부모가 밤낮으로 장마당에서 일을 해야 되는 형편이기 때문에 가사 일은 학생들의 몫이 되었다.

# 1-7  남북한의 언어 비교

## 1)남북의 언어

남북한의 언어 규범 변천사를 보면 1933년 조선어학회 한글 맞춤법 통일안 발표 이후 1948년 1월 북한은 조선어 신철자법을 발표하였고, 남한은 동년 10월 조선어학회 맞춤법 통일안을 개정한 한글 맞춤법 통일방안을 펴냄으로 격차가 나기 시작했다.

남과 북은 분단 반세기가 넘는 이 순간 언어의 통일이 절실한 시점에 놓여 있다. 특히 남북 언어의 격차는 민족분열이라는 측면에서 볼 때 더욱 심각하다. 오늘날 남북 언어의 이질화에 대하여 단편적으로 나타나는 현상에서도 놀라움을 감출 수 없다.

조국통일 이전에 언어의 이질화 장벽을 허물어야 한다. 언어의 이질화는 남한 사람들의 시각에서 보면 북한의 언어에서 웃음을 이따금 자아낸다.

그러나 북한 사람들의 입장에서 남한의 언어를 본다면 정말 심각한 언어의 외래화를 느끼게 될 것이다.

민족의 특징은 언어의 공통성이 가장 중요한데 남북의 언어가 이렇게 이질화된 현상은 통일 전에 바로잡아야 한다. 영토가 남북으로 분단된 이후 남과 북의 왕래가 중단되면서 남북한의 말에도 많은 이 질화 현상이 상상 이상으로 많이 나타나고 있다.

## 2)말다듬기 운동

북한의 [조선말대사전]에 수록되는 새로운 문화어로서 표제어 성 립을 전제로 한 것이므로 일종의 새로운 어휘의 창안이라고 할 수 있 다. 1964년 재검토에 이어 1986년에는 약 2만 5천개의 어휘를 다듬은 말로서 성립시키고 나머지는 폐기하였다.

참고: 1966년 말다듬기 사업이 본격화되어 1970년대 초까지 5만여 개의 새로운 낱말이 생겨났다고 한다.

## 3) 남북한 비교

|  | 남한말 | 북한말 |  | 남한말 | 북한말 |
|---|---|---|---|---|---|
| 한자어 | 추수 | 가을걷이 |  | 공통집단 | 꼼무나 |
|  | 관절 | 뼈마디 | 경제용어 | 원가 | 본값 |
| 외래어 | 레코드 | 소리관 |  | 출고 | 내기 |
|  | 시아게 | 끝손질 |  | 지출 | 내기 |
|  | 오봉 | 쟁반 |  | 대부름 | 꾸어준 돈 |
|  | 살균 | 균죽이기 | 문화용어 | 디테일 | 잔데 |
|  | 파마 | 볶음머리 |  | 경사무대 | 비탈무대 |
|  | 코너킥 | 모서리볼 |  | 국부조명 | 몰아비추기 |
|  | 싸인 | 수표 |  | 발단 | 실마리 |

| | | | | | 유모 | 우스개 |
|---|---|---|---|---|---|---|
| | 결속 | 끝내다 | | | 양계장 | 닭공장 |
| | 화장실 | 위생실 | **기타** | | 돌풍 | 갑작바람 |
| | 동양화 | 조선화 | | | 소형차 | 발바리차 |
| **방언을문화어** | 강냉이 | 옥수수 | | | 전기밥솥 | 전기밥가마 |
| | 아저씨 | 아바이 | | | 괜찮다 | 일없다 |
| | 수레 | 달구지 | | | 창피하다 | 열스럽다 |
| | 곧 | 인차 | | | 라디오 | 라지오 |
| **외래어** | 그룹 | 그루빠 | | | 러시아 | 로씨야 |
| | 시험 | 에꾸자멘 | | | 서커스 | 교예 |
| | 이념 | 이데오도기야 | | | 메모리 | 기억기 |
| | 주제 | 쩨마 | | | 업그레이드 | 갱신 |
| | | | | | 이순신 | 리순신 |
| | | | | | 비해 | 리해 |
| | | | | | 촛불 | 초불 |

**1-8  교육의 현황과 입학**

## 1) 각급 학교의 현황

북한은 현재 군 단위별로 소학교 및 중학교가 있다. 전문학교도 지역산업 발전의 특성에 따라 군단위로 있는데 농촌지역의 경우 농업전

문학교가 있다. 사범대학, 교원대학, 의학대학, 공산대학 등은 특별시
및 도 단위로 1개씩 있으며 해당 지역의 간부 양성 기능을 수행토록
하고 있다. 그 외 근로자들의 교육을 위해 공장지대별 공장 대학, 공장
고등전문학교, 근로자 고등중학교 등이 있다.

학급 정원은 평균적으로 소학교 60명, 중학교 50 ~ 60 명, 전문학
교 50명, 대학 30명 정도이다. 그러나 야간학교나 통신학교는 제한이
없이 개교되고 있다. (표 1-1)

### 〈표 1 – 1〉 학교 현황

| 구분 | 학교수(개) | 학생수 (단위: 천) | 교당 학생수 | 학년별 학급수 | 비 고 |
|---|---|---|---|---|---|
| 유치원 | 37,000 | 3,500 (탁아생 포함) | | | 탁아소는 27,000 |
| 소학교 | 4,813 | 1,884 | 10~398 | 4~5 | |
| 중학교 | 4,842 | 3,020 | 743 | | |
| 전문학교 | 576 | 158 | | | |
| 대학교 | 286 | 4,923 | | | 공장, 농 · 어장 대학 포함 |

## 2) 학교 입학

### ①유치원

현재 북한 어린이는 (만 4세가 된 어린이는) 유치원 낮은반 1년, 높
은반 1년 생활을 시작한다. 이 중 높은반 1년은 의무교육에 포함되어
있다.

북한은 1995년 중반 경 [어려서부터 충실성 교양을 잘 해야 한다.] 제하의 자녀교육 지침서를 제시, 유아 대상의 사상 교양을 강화할 것을 독려하는 정책을 시행하고 있다.

### ② 소학교

소학교의 취학 연령은 만 6세의 아동이다. 행정위원회에선 전 2회에 걸쳐 학령아동에 대한 실태조사를 실시하여 입학통지서를 발부하게 된다.

취학률은 98%를 상회하고 있다. 취학률이 높은 이유는 1949.9.10 전반적 초등 의무교육제 실시에 관한 법령이 채택될 당시 "학령아동을 취학시킬 의무는 부모 및 후견인에게 있으며, 이 의무를 이행하지 않는 자는 법에 의하여 처벌한다."고 벌칙 규정을 명문화시켜 놓았기 때문이다.

시험은 1년에 2차례, 학기말 시험이 있다. 시험 평가는 10점을 만점으로 하여 최우등(9~10점), 우등(7~8점), 보통(5~6점), 낙제(4점이하)로 구분된다. 낙제는 2번까지는 가능하나 세 번째는 퇴학당한다.

복장은 소년단복 이외 지정된 교복이 없기 때문에 자유복장에 교모만 착용하면 된다. 과외활동으로는 김일성 연구모임(일과시간전후), 생활총화(토요일)가 있다.

만 7세인 2학년이 되면 전원 의무적으로 소년단에 가입하여야 한다. 1980년 중반까지 남녀가 다른 학교였으나 지금은 남녀공학이다.

### ③ 중학교

소학교 졸업생은 중학교에 입학하게 된다.

복장은 남학생의 경우 교복이 있으나 여학생의 경우 검정치마에 상의는 자유복이다. 상하급 학년간 알력이 심한 편이다. 6·25전쟁무렵 때는 남한도 상급생의 위력은 대단했다. 상급자라도 대부분 존칭을 쓰지 않고 '동무'로 호칭하고 있다.

시험은 주기 및 평가 방법이 소학교와 동일하다. 학급은 입학할 때 편성된 그대로이며, 담임교사는 졸업 시까지 변함이 없다. 졸업 후 약 10%정도만 상급학교에 진학하게 된다. 35%는 군, 30%는 직장, 25%는 농어촌으로 진출한다. 따라서 진학자의 대부분은 고위간부의 자녀이거나 최우등 성적을 거둔 학생에게 한정된다.

만 14세가 되는 5학년부터 소년단을 그만두고 사로청에 가입하게 된다. 남학교와 여학교가 별도로 있다. 1988년부터 남녀공학교가 등장하고 있다.

### ④ 전문학교

지원생들 중 해당 학교별로 8월중에 시험을 실시, 9월초 첫 학기 (최근 첫 학기가 4월로 변함)에 입학하게 된다. 입학 구비서류는 입학원서, 이력서, 자서전, 출신 학교장(졸업예정자) 또는 소속기관장(기졸업자) 추천서, 신체 검사증, 졸업증명서 또는 자격을 인정하는 증명서 사본 등이다. 서류 제출하는 희망학교가 아닌 거주지 시(구역)·

규 행정위원회이다. 시험 과목은 학교별로 상이하나 대개 조선역사,
김일성혁명활동, 국어, 수학, 물리, 화학 과목 등이 응시 과목이다.

### ⑤ 대학

최고 학부인 대학의 경우는 입학이 까다롭다. 우선 당의 유일사상
체계가 확고히 서고, 계급적 각성이 높으며, 당과 혁명을 위하여 충실
하게 복무할 수 있어야 한다. 이러한 원칙은 학교성적보다 더 중요시
되는 경우가 많다. 이 때문에 당해연도 졸업자보다는 제대군인이나
중학 및 전문학교 졸업 후 직장생활을 한 자들이 더 많이 입학을 하고
있다. 입학 배율은 당해연도 졸업자 10%, 제대군인 70%, 직장생활자
20% 정도이다.

입학 지원서는 입학원서, 최종학교 졸업장 사본 또는 동등 학력 증
명서, 소속 기관장이나 학교장과 소속 사로청의 공동추천서, 신체 검
사표이다. 지원서는 매년 6월 25일 이전에 소속기관이나 학교를 통해
해당 지역 시(구역)·군 행정위원회 대학생 모집처에 제출해야 한다.
모집처에서는 종합평가 후 대학추천위원회에 회부하고 이를 다시
시·도 단의 추천 위원회에 내려 보내게 된다. 이 시·도 대학추천위
원회에서 이른바 [폰드] (합당연합)에 의거 응시자를 희망 대학으로
보내 시험을 치르도록 한다.

시험과목은 필답고사와 면접으로 실시된다. 팔답고사는 사회과 학
문야의 경우 당 정책사, 국어, 외국어, 수학, 체육, 물리 등이다. 입학시

험든 7월 중에 실시된다.

예·체능계는 당 정책사, 공산주의도덕, 국어, 외국어, 수학, 체육 및 실기이다. 교원대학은 공산주의도덕, 국어, 외국어, 수학, 물리, 체육이다. 시험은 대학에 따라 7월말에서 8월초에 응시하게 된다.

북한은 1990년부터 신학기를 9월 1일에서 다시 4월 1일로 변경했다.

# 2장

# 북한의
# 교육과
# 특수 대학

# 2-1  간부코스와 야간대학

북한에서 간부가 될 조건은 대학졸업, 3대혁명소조, 군 복무의 3가지를 충족해야 한다. 간부가 되기 위해서는 반드시 대학을 졸업하고 해당학과 관련 기업에서 3년간 소조 생활을 해야 한다. 즉 수업을 교실 안 책상 물림이 아닌, 체험을 통해 지식을 공고히 하는 과정을 거쳐야 한다.

고등교육 즉 4년제 대학을 나오지 않으면 작업반장도 할 수 없다. 김일성은 '사회주의 교육테제'를 발표하면서 대학은 곧 '민족간부 양성기지'라고 말했다. 온 사회의 인텔리화를 위해 누구나 배울 수 있도록 만든 것이 바로 야간 공장대학이다.

대학졸업을 하지 못한 간부들은 이 야간대학에서 자격증을 취득했다. 야간대학과 주간대학과 똑같은 비중을 두었다. 졸업 후에는 그대로 해당 공장에 근무했다. 대학 자체는 공장소속이었고, 교수진은 대체로 정규대학 퇴직교수들로, 해당 기업에서 임금을 받았다.

또한 중앙대학 부속으로 대학교원들이 현지에 가서 일정 기간 강의를 하고 과제를 주는 방식으로 대학전 과정을 수료하는 '현지반'도 있다. 현지반은 각 대학 통신학부의 한 부분이다. 평양 국제관계대학이나 외국어대학을 제외한 모든 대학에는 야간통신반을 두고 있다.

통신반은 등교반과 현지반으로 나눈다. 등교반은 매학기 할당된 교육을 대학에 가서 받는 반이고 현지반은 교원이 직접 해당 기업소에 내려가 강의를 하는 형식이다. 그러나 2000년대에 들어서면서 이런 교육현장은 거의 없어졌다.

## 2-2  교원양성제도와 대우

북한은 교원을 1~5등급으로 나누고 있으며, 3급 이상의 교원만을 '자격교원'이라 부르고 있다. 소학교와 중학교 교사는 반드시 사범대학이나 교원대학을 이수해야만 교원자격을 부여한다.

교원들은 직업적인 혁명가라고 하여 마음대로 장사에 나서거나 퇴직할 수도 없는 사회적 책임과 도덕성이 요구되는 신분이다. 따라서 요즘 북한의 젊은이들은 교직을 선호하지 않는다.

## 2-3   김형직사범대학

북한의 가장 대표적인 교원양성기관으로 사범대학과 교원대학의 교원(교수)를 양성하고 있다. 1946년에 개교한 평양교원대학을 모체로 하여 1948년부터 평양사범대학, 1972년부터 평양 제 1사범대학으로 불리다가, 1975년 김일성의 아버지 이름을 붙여 김형직 사범 대학으로 개칭되었다.

## 2-4  노력영웅

북한에서 '영웅'은 최고의 칭호이다. 영웅칭호에는 '공화국영웅'과 '노력영웅' 두 가지가 있다.

노력영웅은 공화국영웅보다는 한 등급 아래로 평가되고 있으며, 공화국영웅의 경우 고위 정치인이나 군인 등으로 제한돼있는 반면, 노력영웅은 모든 계층에 폭넓게 주어지고 있다.

## 2-5   북한의 교육열

북한 당국은 학부모의 교육열을 이용하여 국가의 교육비를 부담을 메우고 있는 정책을 추진하고 있다. 돈이면 돈, 기름이면 기름, 학부형들 힘으로 학교운영을 해결해야만 한다. 부유층을 중심으로 개인지도 형태의 사교육이 성행하면서 교원들도 중요한 생계 수단을 확보하게 된 것이다. 대도시에서는 개인지도를 받는 학생이 20 ~ 30 % 정도에 이르고 있다.

## 2-6  외국어 교육

북한은 러시아어 중심의 외국어 교육을 해 왔으나, 소련의 해체 이후에는 영어가 제 1외국어가 되고 있다. 아울러 중국과의 활발한 교류를 반영하듯 중국어의 인기도 높아지고 있다. 2009년 11월에 평양외국어대학은 2010년부터 전국 대상 외국어 원격교육을 실시하며, 2012년부터 일반 기초과목의 100 % 외국어 강의를 목표로 사업을 추진하고 있다.

## 2-7  평양외국어학원

1958년 9월에 설립되었고, 입학자격은 혁명유자녀 또는 '영웅' 칭호 수여자 및 영예군인 자녀 중에 외국어에 소질이 있는 소학교 졸업자들에게 주어진다. 이 학교는 6년제 중학교 과정인데, 7년 과정도 병설되어 있어서 이 과정을 졸업한 학생은 평양외국어대학에 무시험으로 진학한다.

# 3장

# 평화교육

## 3-1  평화 교육의 필요성과 지향

### 1) 평화교육의 필요성

평화의 문화를 발전시키기 위해서 평화교육은 필수적이다. 교육이 개인과 사회발전의 중심에 있고, 보다 인간적이고 평화적인 세계 건설을 위한 도구가 되기 때문이다. 평화교육은 1999년 100년 만에 다시 모인 '헤이그 평화회의'(the Hague Appeal for Peace)의 주요 의제 중의 하나로 제시되었다. 1997년 유엔총회에서는 2000년을 '국제평화문화의 해'(International Year of the Culture of Peace)로 선포하고 그 이듬해인 2001년부터 2010까지의 10년을 '평화의 문화와 세계 어린이들을 위한 비폭력 10년'(International Decade for a Culture for Peace and Non Violence for the Children of the World)로 지정하였다. 그리고 유엔과 유네스코는 새 천년의 평화 문화를 세우기 위해 '국제 문화와 비폭력을 위한 선언 2000'(Manifesto 2000 for a Culture of Peace and Noviolence)을 발표하고 전 세계 1억명의 서명을 받은 바 있다.

평화문화에 대한 비전은 다음과 같은 가치, 태도, 전통, 사고와 행동방식을 반영하고자 한은 것이다.

차별이나 편견 없이 모든 사람의 존엄성, 인권, 생명을 존중한다.

모든 형태의 폭력거부, 대화. 협상을 통해 폭력적 갈등의 뿌리를 근절하고 방지하는데 헌신한다.

현재와 미래세대가 추구하는 개발과 환경적 요구를 공평하게 하는 과정에 참여한다.

여성과 남성의 평등한 권리와 기회를 증진한다.

모든 사람의 표현, 의사, 정보의 자유를 인정한다.

국가와 인종, 종교, 문화, 그룹간, 그리고 개인간의 자유, 민주주의, 관용, 연대, 협동, 다원주의, 문화적 다양성, 대화와 이해의 원칙에 헌신한다.

여기서 평화의 개념은 단순히 전쟁이나 직접적 폭력의 부재가 아니라 권력과 자원의 불평등한 분배로 드러나는 구조적 혹은 간접적 폭력의 극복을 의미한다. 즉 평화는 두 가지 개념으로 구성된 통합적 개념이다. 그 하나는 전쟁과 다양한 형태의 물리적 폭력의 부재로서의 '소극적 평화'(negative peace)이고, 다른 하나는 갈등의 원인이 제거되는 등의 착취적 관계의 극복 혹은 정의와 안녕을 위한 조건의 실현을 의미하는 '적극적 평화'(positive peace)가 그것이다. 평화문화 운동은 의식적 선택과 지속적 노력을 요구하는 사회적 전환(social transformation)과정을 의미한다. 그 가운데 하나가 평화를 위한 교육이다.

평화 교육의 목적은 (1) 사람들로 하여금 평화의 기회와 평화의 근

69
·······

원뿐만 아니라 반평화의 문제와 그 원인데 대해서도 비관적으로 인식하도록 하고, (2)사람들의 평화문화를 위한 행위와 행동을 할 수 있도록 격려하는 기술과 가치를 기를 수 있도록 하는 것 등이다. 즉 평화교육의 목적은 평화에 관한 지식, 기술, 가치와 일치된 방식으로 행동할 수 있도록 비판적으로 사고하고 평화에 관심을 갖도록 하고, 이를 실천하도록 하는 것이다.

## 2) 평화 교육의 성격

### (1) 평화교육의 내용

평화 교육의 내용과 영역을 보자

적극적. 소극적 평화를 포괄하는 통합적 평화개념을 통해 평화문제를 통합적으로 분석하도록 한다.

갈등과 폭력: 개인적 차원에서 지구적 차원까지, 직접적, 구조적, 사회~문화적, 생태학적 폭력 등 다양한 차원의 폭력 문제가 있다.

평화적 대안을 보면

①군축: 과도한 군비지출의 문제점과 사람들의 기본적 요구 (식량, 주택, 건강, 교육 등) 을 충족시키기 위해 자원의 재배분의 필요성

②비폭력 갈등해결 : 개인적 차원에서도 적용될 수 있는 방법을 시도

③인권: 인종, 성별, 사회계급에 기초한 모든 형태의 억압이나 차별 거부

④연대: 편견을 줄이고 문화간, 집단간 존경심을 향상

⑤정의로운 개발: 생태학적, 지속가능한 개발과 그 결과의 공평한 분배

⑥민주화

⑦지속가능한 개발 : 인간과 자연환경의 상호의존 관계를 이해

## (2) 평화교육을 통해 길러질 태도와 가치

평화교육을 통해 길러질 태도와 가치를 보자

①자기 존중(self-respect) : 자신의 가치, 사회적, 문화적, 가족적 배경에 대한 자부심을 갖는 것이 사회의 긍정적 변화에 기여한다.

②타인에 대한 존중(respect for others) : 다름에 대한 이해와 존중

③생명, 비폭력 존중(respect for life/nonviolence) : 적대자나 갈등 상황에 대한 폭력적 대응 거부, 물리적 폭력, 무기사용에 반대, 협동적 · 비폭력적 문제 해결

④지구적 관심

⑤생태학적 관심

⑥협동

⑦개방. 관용 : 타인의 사고와 경험을 비판적이지만 개방적으로 접근 및 수용, 문화와 표현의 다양성 존중

⑧사회적 책임 : 정의 비폭력, 평화 현재와 미래 세대에 대한 책임감

⑨긍정적 비전 : 희망적 미래에 대한 상상과 그 실천

## (3) 평화형성을 위해 필요한 기술

평화형성을 위해 필요한 기술을 보자

①성찰. 반성 : 성찰적 사오와 추론을 통해 자신과 지구상에 살고 있는 다른 사람, 생명과의 연관성에 대한 이해를 깊게 한다.

②비판적 사고와 분석 : 비판적이나 개방적으로 문제에 접근할 능력, 어떤 증거를 연구하고 질문하며 평가하여 해석할 것인가를 아는 것, 편견과 근거 없는 주장에 대해 도전하고 증거나 합리적 논쟁을 통해 의견을 조정할 능력

③의사 결정 : 문제파악, 대안적 해결방법의 개발, 그 방법의 장단점을 분석하고 결단과 함께 수행할 계획을 준비할 수 있는 능력

④상상 : 삶의 연관성에 대해 새로운 패러다임과 새로운 방법을 창조하고 상상함

⑤의사소통 : 공감을 가지고 주의 깊게 듣고 의견과 요글 분명히 표현할 능력

⑥갈등해결 : 갈등을 객관적. 구조적으로 분석하여 비폭력적 문제해결을 제시할 능력. 갈등해결은 적절하게 자기를 주장하는 훈련(assertiveness)과 협동적 문제해결을 포함하며, 의사소통은 갈등 해결에 있어 근본적인 중요한 기술이다.

⑦그룹형성 : 공동목표를 달성하기 위해 협동적으로 작업함. 협동과 집단형성은 구성원들에 의한 상호 긍정과 용기부여에 의해 촉진된다.

## 3) 평화교육의 지향과 특징

평화교육의 지향과 특징을 살펴보자.

①차이와 다양성을 수용하고 인정함을 통해 세계 인식(gloval awarness)을 할 수 있어야 한다. 특히 지구화(globalization)의 현실 속에서 국가의 테두리를 넘어선 교육을 통해 어떻게 다양성, 차이(다름)를 관용하고 공존하고, 평화롭게 살 것인가에 관심을 가진다.

②현재의 문제를 창조적으로 해결할 수 있는 능력과 기술의 습득을 통해 평화로운 미래를 설계한다.

③ 평화교육은 참여자 중심의 교육이다. 평화교육은 평화에 대한 내용뿐만 아니라 자기 존중, 관용, 공감, 정의 공평 등의 태도를 개발하여, 교육에 참여하는 사람들이 수동적 방관자가 아닌 이 세계의 문제를 적극적으로 참여하도록 함으로써 협동적으로 문제를 해결할 수 있도록 한다.

④평화교육은 '문제제기 교육(problem posing education)'으로 자신들이 살아가는 세계에서의 삶의 방식을 비판적으로 인식할 수 잇는 능력을 발전시킨다.

⑤평화교육은 '저항의 문화'를 형성한다. 현재의 공식-비공식 평화교육에 대한 비판은 사람들이 각자에게 부드럽게만 대하도록 하는데 의존한다는 것이다. 오히려 평화교육 실천가들은 평화교육이 미디어와 정부의 부정적 선전, 사회의 공공연한 폭력성, 권력 있는 그룹에

의한 조작 등에 대항하는 '저항의 문화'(culture of resistance)를 형성해야 할 필요성에도 동감하고 있다.

⑥평화교육은 과정(process)이다. 평화교육은 절망에 대한 대안을 모색하는 과정이다. 즉 평화교육은 세계의 문제에 대하여 어떤 정해진 대답을 제시하는 것이 아니라, 확언, 경청, 협동, 이에 연관된 행동을 통해 평화 만들기(peacemaking)를 지향하는 하나의 과정이다.

⑦평화교육은 갈등분쟁을 예방(prevention)한다. 즉 갈등이 일어난 후 이를 해결하고 치유하는 것보다 갈등을 미리 예방하고 피하는 것을 목적으로 하는 보다 집중적 활동으로서의 평화교육을 의미한다. 예방이 치료. 치유보다 훨씬 효과적이다. 예방으로서의 평화교육의 내용에는 분노감, 좌절, 공격성 줄이기 훈련이 포함된다.

## 4) 통일교육의 기본원칙

①통일교육은 자유민주적 기본질서를 수호하고 평화적 통일을 지향하여야 한다.

②통일교육은 개인적. 당 파적 목적으로 이용되어서는 아니 된다.

즉, 대한민국 통일과 통일교육의 기본 원칙은 교육의 중립성 원칙 하에 '평화통일'의 지향과 자유민주주의 기본 가치를 추구하는 것으로 되어 있다.

# 3-2  평화. 통일 교육의 목표

통일교육은 "조국의 평화적 통일의 사명에 입각하여 정의. 인도와 동포애로써 민족의 단결을 공고히 하곡 (중략)밖으로 항구적인 섹계 평화와 인류공영에 이바지함"을 천명한 우리나라 헌법 전문과 "대한민국은 통일을 지향하며, 자유민주적 기본질서에 입각한 평화적 통일 정책을 수립하고 이를 추진한다"라고 규정한 헌법 제 4조의 정신을 바탕으로 하고 있다.

이처럼 통일 교육은 평화적 통일을 이루어 가는 데 필요한 긍정적 인식과 바람직한 태도를 기르는 것을 목표로 하고 있다.

## 1) 평화통일의 실현의지 함양

분단이 70년 넘게 장기화되면서 일부 국민들 사이에서는 분단 상황을 주어진 현실로 받아들이며 통일을 부담으로 여기는 경향이 나타나고 있다. 특히, 오늘날 젊은 세대로 갈수록 통일이 더 이상 민주적. 당위적 의무로 받아들여지지 않고 있다.

따라서 통일을 해야 하는 보다 현실적인 이유를 다양한 측면에서 제시해 주는 것이 필요하다. 통일은 분단으로 인해 남북한 주민들이 겪고 있는 고통과 불편을 극복하기 위해 달성되어야 한다는 점, 우리 민족의 재도약을 위한 발판이자 한반도와 동북아 더 나아가 국제 평화에 기여할 수 있다는 점, 인류보편적 가치가 존중되고 인간다운 삶을 보장한다는 점 등이다.

통일을 달성해야 하지만 수단과 방법을 가리지 않는 통일지상주의는 경계해야 함을 이해시킨다. 우리가 지향하는 통일은 평화적 통일로, 이는 전쟁의 비극이 다시금 이 땅에서 되풀이되어서는 안 된다는 우리 사회의 일치된 자각과 동의에 근거하고 있음을 강조한다. 이런 점에서, 통일교육은 우리 사회 구성원들의 평화통일에 대한 긍정적 인식을 제고하고, 적극적 실천의지와 역량을 신장시켜 나가는 데 적극적으로 기여하도록 해야 한다.

## 2) 건전한 안보의식 제고

한반도에는 국제 안보환경의 변화, 남북 간 군사적 대치, 북한의 핵 문제 등 우리 국가안보를 위협하는 여러 요소가 존재하고 있다. 국가 안보는 이러한 위협으로부터 나와 우리 가족이 영위하는 삶의 터전을 지키고 우리 사회의 자유와 번영을 보호하는 것을 말한다.

국가 안보의 기초는 군사적 위협은 물론 우리 사회 구성원들의 안정과 평화를 위협하는 다양한 위험 요소들로부터 인류 보편적 가치와 민주적 제도를 지켜나가려는 건전한 안보의식을 갖추는 데 있다. 이

러한 안보 의식을 바탕으로 한 안보 역량의 강화가 평화통일의 실현
을 뒷받침한다는 점을 인식시켜야 한다.

## 3) 균형 있는 북한관 확립

　평화통일을 실현하는 데 있어 중요한 과제 가운데 하나는 통일의
상대인 북한에 대한 균형 있는 인식이다. 균형 있는 북한관은 북한 실
상을 있는 그대로 이해하면서 북한에 대해 우리 안보를 위협하는 경
계의 대상이지만 통일을 함께 만들어 나가는 협력의 상대로 인식하는
관점을 말한다.

　즉 분단 현실에서 북한은 같은 동포이면서 동시에 우리의 안보를
위협하는 경계의 대상인 이중적 존재라는 사실을 균형 있게 인식해야
한다.

　따라서 통일교육은 북한의 실상 등에 대해 객관적으로 이해하고
균형 있는 사고를 할 수 있도록 이루어져야 하며, 이를 토대로 북한
문제에 대해 올바르게 판단할 수 있는 안목을 갖출 수 있도록 해야
한다.

## 4) 평화의식 함양

　분단 이후 지속적인 남북 간 체제경쟁과 대립은 상호불신과 갈등

을 유발함으로써 민족 간 화해와 통합에 커다란 걸림돌이 되어왔다. 또한, 우리 사회 내부에도 분단 경험 세대와 전후 세대의 인식 격차, 개인별. 계층별 가치관의 차이에 따라 통일문제에 대해 다양한 견해가 존재한다. 이러한 상황에서는 통일 과정에서 사회적 갈등과 문화적 충동을 피하기 어렵다.

따라서, 우리는 평소 다른 사회 구성원들이 가지고 있는 사회. 문화적 가치관의 차이를 인정하고 상호 소통하는 자세를 갖추어 나갈 필요가 있다. 상대를 배제하고 갈등의 시각으로 바라볼 것이 아니라 '다름'을 인정하는 자세와 관용의 정신, 평화의식을 키워나가야 한다. 이를 통해 향후 통일과정에서 남북 간의 사회적 통합도 모색해 나갈 수 있을 것이다.

## 5) 민주시민의식 고양

우리가 구상하는 통일의 미래상은 민족 구성원 모두에게 자유. 민주. 평화의 가치가 구현되는 국가이다. 이를 실현하기 위하여 통일교육은 자유와 인권, 복지, 민주주의 등 보편적 가치와 질서를 폭 넓게 다루어야 한다.

따라서 통일교육은 민주적 의사결정과 문제해결 능력, 그리고 민주적 원리와 절차에 따라 행동할 수 있는 능력을 통합적으로 기르도록 해야 한다.

# 3-3  평화지향적 통일교육의 방향

남북 간의 평화공존을 통한 번영, 한반도 평화체제 실현은 이제 한국 사회의 거스를 수 없는 큰 흐름이 되었다. 최근 남북관계 개선의 발걸음은 빨라지고 있고, 동북아 주변 국가간의 관계도 적지 않은 변화를 겪고 있고, 세계화의 물살은 이런 정치적 변화를 예측할 수 없는 방향으로 가속화시키는 역할을 하고 있다.

정부 당국 차원에서 이런 변화에 부응하는 대북 정책이나 국제 외교를 펼치고 잇는 것은 사실이지만, 국민 스스로 혹은 한국의 시민사회가 이를 얼마나 얼마나 따라잡고 있는가에 대해서는 의문의 여지가 많다. 아직은 국민들에게 북한 핵 미사일 시험 발사와 핵 실험에 뒤 이은 한반도 평화 체제에 대한 논의들은 혼란스럽게 다가오고 있다.

한국 민주주의 발전을 통해 형성된 시민사회를 설득하여 동의를 받는 것은 정책 집행의 중요한 과정이 되었기 때문이다.

왕따문화와 학교 폭력, 성 폭력이 여전히 사회 구성원을 위협하는 사회에서 평화교육은 일상생활에서 폭력의 치유와 평호실편의 중요한 기제가 될 수 있다. 미국에서 폭력극복과 갈등의 평화적 해결 능력을 기르는 갈등해소교육이 먼저 출범한 것은 이런 문제의식에서 비롯한 것이다. 평화교육은 남북 간의 평화공존만이 아니라 우리 생활세계 속의 평화문화를 만들어 가는 개혁과도 맞닿아 있다.

한국의 NGO운동이 평화교육을 시작한 지 10년이 지났다. 한국에서 평화교육은 그 체계가 정리되거나 완성된 상태가 아니라 진행 과정에 있다. 그것은 평화교육에 참여하는 사람들이 일상생활 속에서 평화교육적 관점으로 실천해 나가면서 그 체계를 만들어 나가는, 평화교육 자체의 성격 때문이기도 한다. 그런 의미에서 평화교육은 교육 참여자들이 스스로 만들어 가야 하며 동시에 한국적 분단 현실에서 통일교육과 결합되면서 한국적 평화교육의 독특한 체계를 만들어 갈 가능성이 열려져 있다.

지난 10년 동안 평화단체들은 소그룹에서 시작하여 꾸준히 공감세력을 확대해왔고, 그 결과 평화교육의 한 실천형태인 '갈등해결교육'도 여러 분야에서 착실하게 진행되고 있다. 그러나 민간단체의 활동은 그 영향력이 제한적일 수밖에 없다. 또한 미국, 남아공, 북아일랜드, 독일 등의 사례는 평화교육이 시민운동에서 시작되어, 종국에는 정부가 이를 공교육으로 확산한 성공적인 사례이다. 그래서 통일부가 이 시점에 평화교육의 중요성을 인식하고, 이를 통일교육에 적용하는 방안을 모색한 것은 매우 의미 깊다. 물론 분단국가라는 특수성이 있긴 하지만, 한국이 평화교육을 고민하는 것은 이를 공교육의 장으로까지 확대한 미국과 독일의 사례를 염두에 둔다면, 선진화의 한 단계를 넘어가는 것이자 평화교육을 활성화할 수 있는 중요한 전기를 마련한 것이다.

평화교육을 어떻게 적용할 것인가? 먼저 정책입안자의 확고한 의지가 필요하다. 현실적으로 통일교육에 평화교육을 결합하는 방안을 모색하고 이를 우선 공교육의 교육과정에 삽입해야 한다. 그러기 위해서는 평화지향적 통일교육에 대한 담론이 사회적으로 확산될 필요가 있다. 이를 통해 시민사회의 구성원들이 그 중요성을 인식하는 과정이 필요하다. 여기에서 학자나 민간단체의 역할도 중요하겠지만, 현재 진행되고 있는 교사교육을 활용하는 방안을 모색해볼 필요가 있다.

시민단체에 의한 평화교육도 지금보다 더 활성화되어야 한다. 현재에도 정부에 의해 평화교육에 대한 지원이 간헐적으로 이루어지고 있지만, 이는 현실의 필요성에 크게 미치지 못한다. 보다 적극적인 재정지원과 전문가 양성을 정부자 추동해야 한다.

남북문제에 관한 한 국민의 여론은 여전히 양분되어 있다. 젊은 세대 사이에는 '과연 통일이 필요한가', '결국 통일은 돈만 드는 대가 없는 과업이 아닌가' 등의 의견이 많이 제기되고 있다. 그러나 우리가 평화지향적 통일교육을 모색한다면, 남북문제도 보다 미래 지향적으로 파악할 수 있을 것이다. 젊은이들은 통일 비용만을 염려하고 있으나 분단 비용과 통일 편익을 계산해 보면 통일로 가야 한다.

평화의 실천을 위한 장은 바로 우리의 삶 가운데에 놓여 있다. 바로 우리가 선자리에서의 일상생활의 평화, 남북의 평화 그리고 동북아의 평화공존을 실천할 수 있는 구체적인, 작은 실천을 시작해 보자.

81

# 3-4 통일 교육의 진행과정

통일은 헌법 전문과 본문 4조에 명시된 국가적 사명이다. 이를 국가 교육과정에 포함하고 교육해야 할 의무도 법에 규정되어 있다. 그러나 "우리의 소원은 통일"이라는 말이 뇌리에 새겨져 있는 지금의 기성 세대에게, 통일교육이란 참 된 의미에서 존재하지 않았다. '북진통일'이 정책이었고, 인쇄되는 책마다 뒷장에 "백두산 영봉에 태극기 꽃고 통일과업 완수하자'는 문구가 빠짐없이 드러갔던 1950년대에서 1970년대 초까지는 통일이라는 말을 꺼내는 것도 금기였다. 오죽하면 '평화통일'을 주장했다고 사형에 처해진 전 대통령 후보(조봉암)까지 있었을까. 북한은 통일을 협의할 대상이 아닌, 타도하고 괘멸해야 할 적일 뿐이었다. 교육과정에서도 안보교육, 정치이념교육, 통일교육 등의 이름으로 반공교육만이 천편일률적으로 행해졌다.

이런 추세가 어느 정도 바뀐때는 1972년 7.4 남북공동성명이 나왔을 때이다. 그러나 여전히 '북한은 통일을 위해 협의해 나갈 파트너'라는 복소리보다는 '북한은 우리의 주적'이라는 목소리가 수십, 수백배는 더 크게 교육현장에서 울려 퍼졌고, 유신과 5공을 지나 민주화가된 다음에도 이는 조금씩 비중 차이가 줄어들기는 했으나 변함 없었다. 다시 한번 추세 전환이 이루어진 계기는 2000년의 제 1차 남북정상회담이었다. 통일교육도 이제야말로 통일교육답게 이루어질 배경을 갖게 되었다. 남북한의 충돌도 간간이 벌어졌고 북한을 경계해야 한다는 목소리도 그치지 않았지만, '남북은 평화롭게 공존해야 하며, 대화와 협력으로 통일을 함께 모색해야 한다'는 생각은 국민 대다수에게 상식화되고 있었다.

그러나 반전은 다시 있었다. 북핵문제가 심화되었으며, 남쪽에서는 옛 권위주의 정권의 후계세력들이 정권을 잡았다. 백년대계가 되어야 할 통일교육도 다시 얼어붙은 남북관계에 따라 지향점이 바뀌었다. 평화통일은 여전히 헌법에서나 교과서에서나 기본 원칙이었으나, 통일교육에 대한 정부의 공식적 태도를 집약한 [통일교육지침서]나 새롭게 편찬된 학교 교과서에서는 북한을 철저히 위험하고 사악하게 묘사했다. 평화통일을 지향한다면서, 실제 학생들에게 제시되는 통일의 모양새는 무력 사용도 배제하지 않는 흡수통일이었다.

이런 '통일교육'을 받고 자라난 세대의 통일관은 통일이 되어야 한다는 의견은 20퍼센트가 될까 말까이며, 그 두 배를 훌쩍 넘는 비율로 '통일이 되지 말아야 한다'라고 생각한다. 일단 젊은이들의 삶이 고달파서다. 그놈의 대학으 들어가는 게 왜 이렇게 힘든 것이며, 죽어라 죽어라 해서 대학에 들어갔더니만 또 취업은 왜 그리도 어려운가? 통일 과정에서 엄청난 비용이 들어갈 것이고, 그러면 나중 세대는 몰라도 당장 우리는 등골이 부러질 거라는 예상도 통일을 기피하게 만든다.

그리고 통일의 대상이 대체 누구인가? '하나부터 열까지 좋은 점이

라고는 없는' 북한 사람들이 아닌가. 왜 이만큼이라도 살고 있는 우리
가 무지몽매하고 폭력적이며 음험하고 거지 근성에 찌든 북한 사람들
과 함께 살아야 하는가? 제발 맙소사! 이것이 제3차 남북정상회담에
들떠 있는 대한민국에 사는 젊은이들 대부분의 본심이다. 이들에게
평화 교육이 필요하다.

## 3-5  남북의 공통점과 차이점

남북은 여러 가지 면에서 차이가 있다. 오랫동안 남과 북을 관찰한
경험에 따르면 크게 다섯 가지의 이질성과 유사성이 보인다. 무엇보
다 남한이 형이상학적 가치를 중시하는 데 반해 북한은 형이상항적
가치를 중시한다. 이는 매우 역설적인 대목인데 남한이 오히려 더 유
물론자 성향이 강하다. 주로 강조하는 것을 보면 첫째, 남한에서는 '부
자되세요'라며 경제성장과 외환 보유고를 강조하지만, 북한에서는
자주성이나 주체 등 정신적인 면을 강조한다.

둘째, 남한은 개인주의 북한은 집단주의이다. 셋째, 남한은 세계주
의를 지향하고, 북한은 민족주의를 지향한다. 남한은 세계로 나아가
려 하고, 북한은 민족으로 들어오려 한다. 넷째, 남한은 미래가 없는

현실은 현실 취급을 하지 않는다. 반면 북한은 과거부터 보고 현재를 보는 과거지향적인 시각이 강하다. 다섯째, 북한의 수령주의는 세계 어느 나라와도 다른 이질적인 특성이다. 수령이란 말은 영어로 번역하기도 힘들다. 'Great Leader' 정도로 번역할 수 있는데, 이 또한 수령이란 말이 갖는 의미를 제대로 담지 못한다.

도 다섯 가지의 유사성을 살펴보면 첫째, 깊고 넓고 풍부한 경험이 있다. 필자가 거의 50년 간 미국에 살면서 항상 느끼는 것이 저만큼 다양한 경험을 한 미국 사람이 주변에 없다는 것이다. 최근 100년 동안 겪은 일만 해도 우리 민족은 식민지 경험과 전쟁, 분단, 혹독한 빈곤과 산업화, 민주화, 독재와 민주 정부를 모두 경험했다. 수천 년의 자랑스러운 역사와 문호유산도 가지고 있다. 경험이 많은 사람은 대개 아픔을 많이 겪은 사람이기도 하다. 어떤 민족이 경험이 풍부하다는 것은 곧 굴곡진 현대사 속에서 온갖 고생을 했다는 뜻이기도 하다.

둘째, 언어와 인종이 같고, 눈에 보이지 않는 유교적 가치관과 샤머니즘적 신명도 유사합니다. 셋째, '한'을 품고 있고 '정'이 많으며 '흥'이 있다. 넷째, 우리 민족이 갖고 있는 고유한 절대 가치가 있다. 예를 들어 '사람이 되어야지'라는 개념의 말은 남과 북에서 동일하게 쓰인다. 다섯째, 남과 북 모두 긍지를 중요하게 생각한다. 북한은 미국에 맞서 싸우는 것에서 자긍심을 찾고, 남한은 한류에서 긍지를 느낀다. 우리나라 우리나라 사람만큼 몇 등이라는 순위에 흥미를 갖는 사람들도 없을 것이다.

긍지를 만들어 가는 과정이 바로 통일의 과정이다. 평화를 만드는 것과 우리가 만들어 갈 새로운 경험에서 긍지를 느껴야 한다. 또한 통일을 일구는 것에서 역사적 소명감을 가져야 하다. 우리 민족이 인류 역사에서 중요한 역할을 하는 것이 바로 통일이다. 평화로운 인류 사회를 구현하는 데 방향을 제시하는 것이야 말로 우리 민족이 인류 역사에 가장 크게 공헌할 수 있는 길이라고 믿는다.

아울러 통일을 위해서는 서로 상대방의 장점을 인정하는 것이 중요하다. 서로 이해하고 장점을 찾으려는 노력이 필요하다. 모든 사람과 국가가 잘못된 것만 보려고 하면 나쁜 것만 보이기 마련이다. 문익환 목사가 생전에 재판을 받을 때 검사가 '친북'을 문제 삼자 "통일을 하려면 북한과 친해야 한다. 이남 사람들은 친북이 되고, 이북 사람들은 친남이 되어야 통일이 된다"고 반박한 적이 있다. 바로 그런 자세가 통일을 만들어 가는 자세가 아닐까? 6.15남북 공동선언에서 상호 비방을 중지하자고 했지만 그것만으로는 부족하다. 일부러라도 남한에서는 북한을 칭찬하고, 북한에서는 남한을 칭찬해야 한다. 칭찬하는 관계 속에서 평화가 이루어진다. 몇 년 전에 이북 5도위원회에서 초청강연을 한 적이 있는데, 그곳에서 이 이야기를 한 적이 있다. 강연을 듣던 어떤 노인이 고함을 지르면서 "북한에 하나라도 칭찬할 것이 있느냐"고 묻더군요. 저는 이렇게 대답했다. "나는 이남도 알고 이북도 아는 사람이다. 이북이 분명 더 잘하는 것이 있다. 대동강에서 생선을 잡아 회를 떠 주었는데 아주 맛있었다. 한강에서 물고기를 잡아주

면 누가 그걸 먹으려고 하겠습니까? '이북이 개발은 덜 된 대신에 환경을 훨씬 깨끗하다.'

남한이나 북한이나 서로 비판하려고 들면 비판할 거리는 얼마든지 많다. 그렇다면 북한에서는 남한의 어떤 점을 칭찬할 수 있을까? 한국의 대중문화가 세계 곳곳에서 많은 사랑을 받으며 '한류'열풍을 이어 가고 있는데, 북한에서도 얼마든지 칭찬할 만한 일이 아닐까 싶다. 김일성 주석은 생전에 공개적으로 이야기하지는 않았지만 남한의 경제 발전을 칭찬하고 부러워하곤 했다.

말이라는 것이 요물이라서 이쪽에서 '멍청이'라고 욕하면 저쪽에서는 '바보'라고 대답하고, 그럼 다시 '바보 멍청이'라고 한다 결국 멱살잡이까지 하게 된다. 반대로 청춘남녀가 처음 만나 연애를 시작할 때는 마음에 안 드는 부분이 있더라도 서로 칭찬을 하면서 애정을 키워 가기 마련이다. 입만 열면 '폭군'이니 '독재자'니 하며 김정일 국방위원장을 비난하던 조지 W. 부시 대통령도 노무현 대통령의 권고에 따라 '미스터 김정일 위원장'이라고 호칭하면서 북한으로부터 유화적인 반응을 이끌어 냈던 선례도 있다. 생각해 보면 그런 것이 사람이 살아가는 세상에서 일이 굴러가는 방식이 아닐까.

# 4장

# 평화 통일은 상호 존중에서

# 4-1  분단은 비장성적인 체제다

이명박 정부 이후 대북정책이 대립정책으로 급변화하면서 '평화'의 자리에 '긴장'과 '적대'가 들어섰다. 평화 통일교육의 자리에 분단교육, 안보교육이 자리 잡았다. 전면적인 반북, 반통일 담론이 사회문화적으로 확산되었다. 민족공동번영과 평화와 통일의 역사적 이정표였던 6.15와 10.4선언은 간단히 부정되었고, 북한을 조롱하고 비난하고 이질감을 조장하는 드라마, 영화 등이 흘러넘쳤다.

정부기관에 의해 국민들은 간첩죄, 내란죄, 국가반란죄, 혐의의 서슬퍼런 칼바람 앞에 누구도 숨조차 제대로 쉬지 못했다.

최첨단 과학기술사회, 고도화된 인터넷 기술을 바탕으로 글로벌화된 SNS(Social Network Service)를 통해 전 세계적 차원의 실시간 정보가 공유되는 21세기 대명천지에 이런 비극이 발생하고 있는 것이 바로 이명박 및 박근혜 정권 때 분단체제, 대한민국의 오늘, 우리들 모습이었다.

세계인이 북한을 방문하지만 오직 우리 대한민국 국민들만 북한을 가보지 못한다. 북한이 방문을 막는 것이 아니라 우리 정부가 일체의 접촉을 가로막고 있다.

북한을 제대로 알아야 한다. 남북관계를 제대로 알아야 한다. 행복의 전제조건인 평화를 위해서다. 남북관계와 북한 문제는 평화의 영역이자 안보의 영역이다. 평화와 안보는 국민생존권이 걸려 있는 절대국익의 영역이기에 이 문제를 둘러싼 사실관계들은 어느 영역보다 정확하게 국민들에게 알려져야 한다.

북한은 쉽게 무너지지 않는다. 가능하지도, 가능할 수도, 가능해서도 안된다. 우리가 진정 남북관계와 평화~통일의 문제를 국민행복의 관점, 총체적 국가발전의 관점에서 고민하고 바라본다면 그렇다. 흡수통일론은 이념대결을 부추기는 반평화, 반통일의 논리다. 흡수통일론을 전제로한 '통일비용론'도 마찬가지다. 잘못된 '통일'개념을 상정해놓고 통일세금이라는 왜곡된 폭탄을 국민들에게 들이대면서 반통일로 협박한다.

통일은 평화다. 평화가 통일이다. 제대로 된 통일은 '평화'라는 오랜 과정을 거쳐 마침내 오는 마지막 결과물이다. 결국 통일은 수십 년에 걸친 오랜 기간의 '평화'이며 '평화 과정'그 자체가 통일이다. 통일과 평화에는 엄청난 경제적 상호번영이 기다릴 뿐이다. 남측의 자본과 기술, 세계 최고 경쟁력의 북측 노동력(생산성)과 무궁무진한 국가 소유의 토지, 추정 불가능한 지하자원의 시너지 효과들이 만나 경제 번영의 새로운 역사를 만들어 갈 수 있다.

분단 74년에서 평화가 제도화되는 순간 남북간 민족공동번영의 엄청난 발전과 성장, 품격 높은 새로운 한반도 시대가 열리게 된다. 애초부터 '퍼주기'담론은 왜곡이었다. 우리가 퍼주는 것이 아니라 오히려 퍼왔다. 개성공단의 실증적 경험을 보면 자명한 사실이다. 온전히 제도화될 경우 북한이 1을 벌 때 우리는 10을 번다.

## 4-2   평화와 통일은 상호존중에서

상상할 수 없는 민족 대번영의 엄청난 기회들이 우리 눈앞에 있다. 평화가 통일이고 평화가 대박이다. 그런데 그 평화란 게 너무나 간단하고 쉽다. 엄청난 국가적 비용도 필요 없고, 특별한 국가적 노력과 국민들의 각고의 인내가 필요한 것도 아니다. '상호존중'의 정신 하나면 된다. 남과 북이 서로를 있는 그대로의 모습으로 존중하는 자세만 가지면 모든 것이 해결된다.

'상호존중'은 서로 적대시하지 않겠다는 것이다. 우리는 우리식 질서인 자본주의 경제질서와 자유민주주의적 가치질서를 추구하고, 북측은 북측대로 사회주의 경제와 인민민주주의의 사회발전 논리들을 추구해 가는 것이다.

남북 간의 평화와 통일을 위한 네 번의 역사적 합의였던 1972년 7.4남북공동성명, 1991년 남북기본합의, 2000년 6.15공동선언, 2007년 10.4선언의 공통점을 또, 문재인 대통령 정상회담들이 하나의 단어로 압축하면 그것이 바로 '상호존중'이다. 평화와 통일은 '상호준중'의 정신과 원칙, 태도 이 하나로 시작되고 또 완성된다. 북이 원하는 것도 바로 상호존중이다.

남북이 상호존중하는 순간 평화, 즉 실질적 통일은 시작되고 또 통일의 완성까지 나아가게 된다. 결국 상호존중의 정신과 평화가 가져다줄 엄청난 국가발전과 국민행복의 여러 상황들은 아는 만큼 보이고 전망할 수 있다.

## 4-3 평화 증진 방안

평화에 관한 개념들은 대단히 많다.

첫째, 3대 평화 증진 방안으로서 평화조성, 평화유지, 평화구축이다. 평화조성(peacemaking)은 전쟁을 치른 당사자들 스스로 혹은 제3자가 이들을 화해, 중재, 타협시켜 더 이상의 전쟁을 막는 노력을 말한다. 화해 노력은 양민학살이나 전쟁범죄 책임자들을 규명하고 책임을 묻는 사법적 조치를 포함한 '회복적 정의'를 포함할 수도 있고, 그를 통해 사회통합과 인권이 보장되는 새로운 사회를 추구하는 '전환적 정의'로 나아갈 수도 있다.

둘째, 평화유지(peacekeeping) 활동은 말 그대로 전쟁이 일어나지 않는 상태를 지속시키면서 시민 보호, 법치 확립, 민주적 선거 지원, 국가권위 확립 등과 같은 정치적 과정을 촉진하는 조치를 포함한다 평화유지 활동은 전쟁 재발 억제를 위한 군의 활동을 포함하지만 중요한 것은 이를 전제로 분쟁지역(혹은 국가)의 안정화를 통해 민주주의와 인권 신장의 기초를 닦는 일이다.

셋째, 평화구축(peacebuilding)은 폭력의 원인을 규명하고 평화적 갈등해결에 거는 사회적 기대를 조성하고 사회를 안정화시키는 일련의 조치들을 포함한다. 평화구축의 범위는 말하는 사람에 따라 달라 일률적으로 말하기는 어렵다 행위자는 정부와 비정부 기구, 지역기구, 국제기구 등이다. 평화구축 방안은 공포로부터의 자유, 빈곤으로부터의 자유, 분쟁과정에서 겪은 비인간적 상황으로부터의 자유 등으로 구성된다. 분쟁지역의 혼란과 복잡성을 고려할 때 분쟁 후 평화구축은 3단계를 거친다. 첫 단계는 전쟁 후 국가안정을 회복하고, 전쟁 참가자들에 대한 무장해제, 동원해제, 사회로의 재통함을 장려하고, 둘째 단계는 국가기능을 강화해 대중의 기본적 필요를 충족시키고 국가 합법성을 중대시하고, 셋째 단계는 갈등의 평화적 관리와 사회. 경제적 발전 증진을 위한 사회의 능력을 배양하는 일이다. 평화의 보호는 평화유지와 평화조성으로 이루어 진다. 평화유지와 관련한 조치로는 안전보장조약, 불가침조약이 있고, 평화유지와 관련한 조치로는 안전보장조약, 불가침조약이 있고, 평화조성과 관련해서는 휴전조약과 평화조약 등이 있다. 유엔 헌장 제 39조는 안전보장이사회에 평화 보호를 위한 관련 조치를 취할 권한을 부여하고 있다. 평화조약은 교전 당사자들이 전쟁 종료 및 평화유호관계의 조성을 목적으로 문서를 통해 취하는 명시적 합의를 말하는데, 국제법상 그 명칭에 관계없이 동일한 호력을 갖는다.

평화조약은 통상 일반조항과 특수조항을 포함하는데, 일반조항은 적대행위종료, 점령군 철수, 압류재산의 반환, 포로 송환, 조약의 부활 등이 포함되고, 특수조항은 손상 배상, 영토 할양 요새 파악 등이 포함된다. 당사국의 국가원수가 서명하되 의회의 비준을 받지 않고 합의할 경우는 평화협정으로 불린다. 한반도의 경우 휴전협정이 맺어졌지만 평화조성과 평화유지 모두 온전히 이루어지지 않은 상태다.

평화권(right to peace)은 평화적 생존권으로도 불리는데, 간단히 말해 평화롭게 살 인간의 권리를 말한다." 이 정의는 매우 상식적으로 들리지만, 여기에는 평화에 대한 이해와 평화를 인권으로 인정하느냐의 문제가 가로놓여 있다.

다음, 평화문화다. 유네스코(UNESCO)는 평화문화를 인권 존중, 폭력 거부, 양성 평등, 민주주의 옹호, 국가 및 집단 간 소통과 이해를 표현하는 일련의 윤리적이고 심미적인 가치, 습관 및 관습, 타자에 대한 태도, 행동 및 생활방식으로 정의한다.

평화문화 증진은 군시주의와 군사화 경향을 극복할 때 가능하다. 군사화는 군사주의가 침투하는 물질적, 이데올로기적 과정과 그것이

사회 구조로 확립된 상태를 일컫는다 군사화의 징표로 군부 군위주의 통치, 군사비 증가, 무기거래, 쿠데타 등이 꼽힌다.

## 4-4 평화 통일교육의 중점 방향 15개항

통일은 우리 민족이 지향해야 할 미래이다.

한반도 통일은 민족문제이자 국제문제이다.

통일을 위해서는 남북한의 주도적 노력과 함께 국제사회의 지지와 협력이 필요하다.

평화는 한반도 통일에 있어 우선되어야 할 가치이다.

통일은 튼튼한 안보에 기초하여 평화와 번영을 구현하는 방향으로 추진되어야 한다.

북한은 우리의 안보를 위협하는 경계의 대상이면서 함께 평화통일을 만들어 나가야 할 협력의 상대이다.

북한에 대한 이해는 객관적 사실과 인류 보편적 가치 규범에 기초해야 한다.

북한은 우리와 공통의 역사. 전통과 문화. 언어를 공유하고 있다.

남북관계는 통일을 지향하는 과정에서 잠정적으로 형성되는 특수

관계이다.

남북관계는 기존의 남북합의를 존중하는 방식으로 발전되어야 한다.

남북관계 발전을 위해 화해협력과 평화공존을 위한 노력이 필요하다.

통일을 통해 구성원 모두의 자유. 인권. 복지 등 자유민주적 가치가 보장된 국가를 건설해야 한다.

통일은 한반도뿐만 아니라 동북아시아 및 세계의 평화와 발전에 이바지할 수 있어야 한다.

통일은 점진적이고 단계적인 방식으로 이루어져야 한다.

통일은 국민적 합의를 바탕으로 추진해야 한다.

## 4-5  국민의 통일의지 제고

2000년대 초반 남북 간 경제. 사회 분야 교류협력이 활성화되면서 통일에 대한 국민들의 지지가 확대되었던 경험이 보여주듯이, 국민의 통일의지는 남북관계 상황에 크게 영향을 받는다. 따라서 국민의 통일의지를 높이기 위해서는 무엇보다 남북 간 화해. 협력을 통해 남북관계를 진전시킬 필요가 있다. 남북관계가 진전되어 남북 간 경제협력 및 사회문화 교류가 활성화된다면 국민들이 손쉽게 이러한 교류협력 활동에 직.간접적으로 참여할 수 있을 것이고, 그 과정에서 통일의 필요성을 체감할 수 있을 것이다.

더불어 정부와 각 급 학교, 시민사회단체 등에서 통일교육을 지속적으로 강화함으로써 국민의 통일의지를 높여 나가야 한다.

첫째, 통일교육을 통해 통일에 대한 긍정적 의식을 확대해야 한다. 분단이 장기화되면서 어느덧 일부 국민들 사이에서는 분단 상황이 오히려 자연스럽게 여겨지고 통일을 거추장스러운 것으로 여기는 경향이 나타나고 있다. 특히, 오늘날 젊은 세대로 갈수록 통일이 더 이상 민족적.당위적 의무로 받아들여지지 않고 있는 게 사실이다. 이러한 상황을 바꾸기 위해서는 통일을 해야 하는 이유를 여러 방향에서 다양하게 제시하는 통일교육에 주력해야 한다.

둘째, 통일의 상대방인 북한을 객관적으로 이해할 수 있도록 해야 한다. 남북한 주민은 매우 이질적인 정치.경제 제도 아래에서 수십 년간 떨어져 살아왔기 때문에 서로 다른 가치관, 정서, 생활문화 등을 지니고 있다. 따라서 통일을 위해서는 남북한의 공통점만을 일면적으로 강조하기보다는, 남북한의 차이를 이해하고 존중하면서, 북한에 대한 부정적 선입관과 편견을 극복하려는 노력을 병행할 필요가 있다. 국민의 북한 이해 수준을 높이기 위해서는 남북 간 만남과 교류의 기회와 폭을 꾸준히 넓혀 나가고, 북한 실상을 객관적으로 알려주는 북한 이해 교육을 확대시켜 나가야 한다.

셋째, 통일의 상대방인 북한을 객관적으로 이해할 수 있도록 해야

한다. 남북한 주민은 매우 이질적인 정치. 경제 제도 아래에서 수십 년
간 떨어져 살아왔기 때문에 서로 다른 가치관, 정서, 생활문화 등을 지
니고 있다. 따라서 통일을 위해서는 남북한의 공통점만을 일면적으로
강조하기보다는, 남북한의 차이를 이해하고 존중하면서, 북한에 대한
부정적 선입관과 편견을 극복하려는 노력을 병행할 필요가 있다. 국
민의 북한 이해 수준을 높이기 위해서는 남북 간 만남과 교류의 기회
와 폭을 꾸준히 넓혀 나가고, 북한 실상을 객관적으로 알려주는 북한
이해 교육을 확대시켜 나가야 한다.

　넷째, '통일편익'에 대한 이해를 높이는 것도 통일교육의 과제 중
하나다. 독일 통일 이후 부각된 '통일비용'문제는 우리 사회에서 통일
에 대한 회의적 시각이 늘어나는데 영향을 끼치고 있다. 통일은 상이
한 제도와 이질적인 주민의 삶을 통합하는 과정이므로, 여기에는 당
연히 일정한 비용과 노력이 수반된다. 그러나 통일은 비용만 초래하
는 것이 아니라 이를 상쇄하고도 남을 정도의 혜택을 가져다줄 수 있
다는 점을 함께 알려줄 필요가 있다.

　통일은 일차적으로 분단 관리에 들어가는 노려과 비용을 소멸시킨
다. 또한 통일을 통해 얻을 수 있는 유 무형의 이익이 창출된다. 이런
점에서 통일비용 문제를 논할때는 '분단비용'이나 '통일편익'을 함께
고려해야 한다. 통일편익은 다시 경제적 편익과 비경제적 편익으로
나눌 수 있다. 예를 들어 '국방비 감축, 외교적 경쟁 비용 해소, 남북한
경제통합이 수반하는 내수시장 확대, 남북 경제의 보완성 증대 등은

계량화가 가능한 경제적 편익에 해당한다. 비경제적 편익으로는 북한 지역 주민들의 풍요로운 삶, 이산 가족 문제 해결, 전쟁 가능성의 소실과 국제적 지위 향상, 자유롭고 관용적인 다원주의 문화 확산 등을 들 수 있다.

다섯째, 평화교육의 요소들을 통일 교육에 적극적으로 담아 나가야 한다. 통일을 위해서는 남북한의 군사적 갈등과 긴장관계를 해소하는 '평화의 제도화'와 함께, 분단으로 만들어진 남북대결 의식을 화해와 협력, 평화공존 의식으로 바꾸는 '평화의 내면화'가 절실하다. 통일교육은 다름의 인정, 다양성 존중, 비폭력적 의사소통, 평화적 갈등해결능력 함양 같은 평화교육의 요소들을 적극 담아나감으로써, 남북한이 '제도 통합'을 넘어 '사람의 통일', 곧 문화적 다양성을 존중하면서 공통성을 확대해가는 '사회통합'을 이룩하는 데 기여해야 한다.

(2018 통일 문제 이해에서 발췌)

# 5장

## 평화
## 통일교육의
## 개념과
## 주제들

2000년 역사적인 남북정상회담과 [6.15 공동선언] 이후 노무현, 문재인 대통령의 정상회담을 남북관계는 적대적인 공생관계를 넘어서서, 상호 협력적 공생관계로 전환을 시도해왔다.

이제 우리에게도 한반도 평화체제의 구축문제가 현실적 과제로 다가오고 있다.

신속한 국내외적 정세변화에 부응하여 통일교육에 평화교육적 관점과 내용, 방법론이 도입되어야 한다는 목소리가 높아지고 있다. 평화교육적 요소의 도입은 정부의 통일교육의 외연을 확대할 뿐 아니라 한국사회 내에 남북화해협력의 과정에서 누적된 남남갈등 및 이념 대립이라는 사회갈등 요소를 평화적으로 해결하고, 사회 전반에 평화문화를 형성하기 위해서도 필요하다는 지적이 늘어나고 있다.

뿐만 아니라 평화지향적 통일교육은 남한 사회가 남북관계의 국내적 차원을 넘어 동북아 평화형성을 주도하는 평화국가로서의 책무를 수행하는 차원에서도 마땅히 요청된다고 평화교육자들은 주장한다.

통일교육에서는 평화감수성, 갈등해결, 공존, 관용 등의 평화교육적 요소가 포함될 필요가 있다.

# 5-1  평화문화 창출을 위한 통일교육

평화의 내면화(평화의식의 증진)와 제도화(인프라구축)가 절실한 때임을 지적하고 있다. 여기서 제기되는 구체적 필요성은 다음과 같다.

첫째, 분단 이래 냉전 체제 속에서 유지되어 온 남북대결과 반목 의식이 새로운 평화통일 분위기 속에 민족의 화해와 협력, 평화공존의 가치로 전환될 필요가 있다. 더욱이 한반도에서 냉전체제를 평화협력 체제로 전환하는 데 있어서는 이를 준비하는 시민들의 평화의식과 평화문화에 대한 인식이 동반되어야 한다. 평화지향적 통일교육은 평화의식과 가치, 평화문화 형성을 위해 꼭 필요하다.

둘째, 우리 사회는 지금까지 갈등과 대립의 해결 방식을 대화와 비폭력적 방법이 아니라 힘의 논리에 의존하는 경향이 있었다. 이러한 사회문화적 분위기를 극복하기 위해 민주주의 사회에 맞게 대화와 협력 등 평화적 방법으로 갈등을 해결하는 비폭력적 의사소통 방식을 모든 국민이 이해하고 체득할 필요가 있다.

셋째, 입시위주의 경쟁교육에 따른 개인주의의 심화로 인해 어린이와 청소년은 타인을 배려하는 관용의 미덕이 부족한 것이 현실이다. 따라서 학교와 가정, 그리고 사회에서 평화문화 형성을 위한 평화교육을 실시하는 것은 사회적 공동체 의식의 회복 차원에서도 필요하다.

넷째, 우리 사회는 외국인 이주노동자와 결혼 이민자가 급속하게 증가하는 등 점차 다인종, 다문화 사회로 이전되고 있다. 이는 기존의 단일 민족국가라는 관념을 뛰어 넘어 인종, 언어, 문화, 종교 등이 다양한 다른 사람들과 함께 살아갈 지구촌 사회에 편입되고 있다는 것을 말해준다. 따라서 이들을 이해하고 존중하며 배려하는 태도를 확립하는 평화교육이 요청되며, 이는 우리 사회에 확산된 배타적 민족주의를 극복하는 길이다.

다섯째, 평화로운 남북한 사회통합 과정을 훈련하는 평화지향적 통일교육이 긴급하게 요청된다. 이는 통일과정 뿐 아니라 국내에 들어온 새터민들의 국내 적응 과정을 지원하는 차원에서도 필요하다. 우리 사회는 이미 새터민이 1만명에 이르는 새로운 국면을 맞이하여, 이들이 우리 사회에 잘 적응하는 것이 하나의 과제로 떠오르고 있다. 새터민들이 남한 사회에서 공존할 수 있는 바람직한 모델을 창출 할수 있도록 지원하는 평화지향적 통일교육이 요청된다.

**5-2**   **국제사회의 평화교육 요구**

평화교육은 지난 20세기 전지구적 차원에서 벌어진 두 차례의 세계대전 이후 인류 생존의 위협을 극복하고 평화를 회복하는 것이 지상 과제임을 인식한 UN 산하 회원국간의 동의와 강력한 권고를 통해 그 필요성이 확장되었다. 이를 통해 지구촌화 되는 국제사회에서 지구시민성 의식의 함양과 함께 평화교육이 주요과제가 되었다. 평화와 평화교육 관련 국제선언들은 다음과 같은 것들이 있다.

첫째, 1974년 유네스코 18차 총회에서는 "국제이해, 협력, 평화를 위한 교육과 인권, 기본적 자유에 관한 교육 권고"를 통해 교육과제로 인권, 자유, 지배와 종속으로부터 해방, 평화유지 책임, 인종차별과 식민주의 반대, 사회적 불평등 해소, 민중의 권리와 평등권. 자결권, 문맹, 기아. 질병과의 싸움, 환경오염. 자연자원 보전 등을 제시하였다.

둘째, 1989년 "폭력에 대한 세비야 선언"은 인간의 가장 위험하고 파괴적인 행위인 폭력과 전쟁에 대한 각 학문분야의 의견을 제출한 것으로, 전쟁과 폭력은 인간에게 유전적으로 내재된 본성적인 것이 아니라 문화적. 사회환경적. 생태적인 것이라는 점을 강조하였다. 전쟁이 인간이 선택할 수 있는 것이라면 평화역시 인간이 선택할 수 있다는 점, 문화적 노력과 사회환경의 변화를 통해 충분히 이룩할 수 있다는 점을 강조하였다.

셋째, 1993년 유네스코 27차 총회에서 발표된 "평화와 인권, 민주주의 교육에 관한 선언"에 대한 1994년 28차 총회의 "평화와 인권, 민주주의를 위한 교육의 종합적 실천요강"에서 평화교육의 목적과. 내용을 다음과 같이 제시하였다.

6항: 평화, 인권, 민주주의 교육의 궁극적 목표는 평화문화가 나타날 수 있도록 보편적 가치 의식과 행동양식을 모든 개인에게 개발시키는 것이다.

7항: 교육은 자유를 존중하는 능력과 도전에 응할 기술을 개발해야 한다. 이것은 시민에게 어렵고 불확실한 상황에 대처할 수 있도록 하고, 자율성과 책임감을 갖추게 하는 것을 의미한다.

8항: 교육은 개인, 성, 민족, 문화 다양성에 존재하는 가치를 인식하고 수용하며 다른 사람과 의사소통하고 공유하며 협력할 수 있능력을 개발해야 한다.

9항: 교육은 비폭력적으로 분쟁을 해결할 능력을 개발해야 한다. 학생들의 마음에 내적 평화와 발전을 촉진해 관용, 동정심, 공유, 배려의 자질을 더 확고히 형성할 수 있도록 해야 한다.

넷째, 1999년 헤이그평화회의의 "평화와 정의를 위한 헤이그 호소문"은 평화와 인권, 그리고 민주주의 교육으로서 우리 사회의 만연한 폭력문화를 근절하기 위하여, 앞으로의 세대는 매우 다른 교육을 받을 자격이 있으며, 이 교육은 전쟁의 미화가 아니라 평화에 대한 교육을 의미한다고 주장하였다. 평화교육은 교육 제도의 모든 단계에서 의무적으로 실시되어야 하고, 교육부는 지역적, 국가적 차원에서 체계적으로 평화교육을 실시해야 하며, 또 개발원조 담당자들은 교육 교사 훈련과정과 자료공급의 구성요소로서 평화교육을 발전시켜야 한다고 강조하였다.

다섯째, 유엔과 유네스코는 갈등과 분쟁, 죽음과 폭력이 없는 전환의 21세기를 창조한다는 의미에서 지난 2000년을 "평화와 비폭력의 해"로 삼고 동시에 2000년 UN 총회에서는 21세기를 맞는 첫 10년을 "세계 어린이를 위한 평화와 비폭력 문화 10년"으로 선포하고 33개의 아젠다를 제안하였다. "어린이를 중심에 놓는 평화교육"에서 특별히 강조되는 것은 어린이들에게 광범위하고 강력하게 영향을 미치는 매스 미디어에 대한 비판적 교육이다. 어린이들에 대한 인터넷 게임 등 새로운 정보기술 매체의 영향력이 나날이 커짐에 따라 이러한 매스 미디어와 그 생산품을 비판적으로 보고 그것을 평화와 비폭력 문화에 이바지하도록 만드는 껏이 매우 중요한 과제로 제시된다.

# 5-3 평화교육의 개념과 내용

평화교육의 목적은 사람들로 하여금 평화의 기회와 평화의 근원뿐만 아니라 반평화의 폭력의 문제와 그 원인에 대해서도 비판적으로 인식하도록 하고, 사람들의 평화문화를 위한 행위와 행동을 할 수 있도록 격려하는 기술과 가치를 기를 수 있도록 하는 것 등이다. 즉 평화교육의 목적은 평화에 관한 지식, 기술, 가치와 일치된 방식으로 행동할 수 있도록 비판적으로 사고하고, 평화에 관심을 갖도록 하고, 이를 실천하도록 하는 것이다.

영국의 평화교육학자 데이비드 힉스는 평화교육을 평화에 관한 지식(머리), 평화를 만드는 기술(손), 평화의 가치와 태도(가슴)라는 세 측면의 상호 유기적 혹은 통합적 성격으로 설명하고 있다. 평화의 지식과 내용은 평화에 대하 배우는 것이다. (Learning to Know). 평화의 기술은 개인, 집단, 국가 등을 포괄하여 관계 속에서 평화를 만들어 내는 기술 혹은 방법을 말하며(Learning to Act), 평화의 태도와 가치는 평화의 내용을 배우고 기술과 방법을 통해 평화적 관계를 만들어 가는 개인이 지녀야 할 태도와 가치를 의미한다. (Learning to Be).

## 5-4 평화교육의 영역과 주제들

개인적 차원은 한 개인의 내면의 관계를 의미하며, 자의식과 자존감 형성, 자율과 자유, 자기통제, 충동이나 분노 등의 건전한 해결등이 구체적 테마가 된다. 공동체적 차원은 개인과 개인간의 영역을 지칭하며 공격성 극복, 건전한 경쟁, 사회적 편견의 극복, 의사소통, 협동

등의 내용이 된다. 국가적 차원은 국내적 관계를 의미하며 갈등해결, 사회적 불평등, 인권 등이 이슈가 된다. 마지막으로 국제적 차원은 국가 간의 관계를 지칭하며, 전쟁, 국가간 불균형, 군비경쟁 등이 예시적인 내용이 될 수 있다.

그러나 20세기 말 평화교육의 주요한 내용으로 부각된 생태계 보존의 중요성을 고려해 볼때, 이를 추가하여 다섯 영역으로 보충할 필요가 있다. 여기서 생태계는 지구적 차원의 평화개념으로 평화교육의 독립된 한 영역으로 이해되어야 할 것이다.

### 〈표 2〉 평화교육의 영역과 주제들

| 차원 | 대상영역 | 주요 학습내용 및 주제들 |
|------|----------|--------------------------|
| 개인 | 개인 내부 | 자의식, 자존감, 자존감, 좌절, 불안, 공포, 자유, 충동 |
| 공동체 | 개인과 개인간 관계 | 파괴적 공격성, 경쟁, 공동체, 적대감과 친근감, 사회적 편견, 의사소통, 협력 |
| 국 가 | 국내적 관계 | 갈등해결, 사회적 계층, 사회적 불평등, 성차별, 인종차별, 기회평등, 교육, 소비, 비인간화, 군대 |
| 국제사회 | 국가 간 관계 | 전쟁, 무기, 국제기구, 국가 간 불균형, 신자유주의, 선진국 개발도상국, 기아, 테러 |
| 생태계 | 지구적(global)관계 | 생태적 평화, 환경 파괴, 지속가능한 개발, 책 |

위의 표는 평화교육의 네 영역에 포함하여 만든 도표이다. 한 가지 주의해야 할 것은 이러한 다섯 가지 차원이 상호 배타적인 영역이 아닌 상호 수렴되고 보완적 관계를 갖고 있다는 점이며, 평화교육은 이들 사이의 유기적 관련성을 제시할 수 있어야 한다.

# 5-5　평화교육의 접근방법과 통일교육

데이브드 힉스는 평화연구자였던 진 샵(Jean Sharp)에 제시한 서로 다른 5가지의 평화교육의 접근방법을 아래와 같이 소개하였다. 아래의 접근 방법을 통해 현행 통일교육은 어떤 방법에 근접해 있는지 평가해 볼 수 있을 것이다.

## 1) 힘을 통한 평화교육

평화의 유지는 무력에 의한 무력저지를 통해서만 달성될 수 있다고 생각하는 접근 방식이다. 이 방식은 근현대사에 초점을 맞추고, 자기 편의 군사적 우위를 우지해야 할 필요성을 강조한다. 남과 북이 여전히 휴전상태를 지속하고 군사적 대결을 유지하는 상황에서 남북의 화해협력과 평화번영 정책은 굳건한 안보의 기초 위에서 이루어져야 한다는 인식이 그것이다. 한반도의 중무장은 바람직하지 않고 감축되어야 한다.

## 2) 갈등중재 및 해결의 평화교육

평화교육은 개인적 차원에서 세계적 차원에 이르기까지의 갈등을 분석학고, 이러한 갈등을 비폭력적으로 해결할 수 있는 방법에 초점을 맞추는 접근 방식이다. 이 방법에서 주의할 점은 권력이 불균형을 이룬 곳에서는 갈등해결 교육이 불평등을 재생산할 위험이 있음을 인식할 필요가 있다. 현재까지 갈등해결 교육은 통일교육과 거의 관련성을 갖지 않은 채 별개로 진행되고 있다. 그러나 남남갈등으로 명명되는 남한사회의 다양한 갈등의 평화적 해결은 평화적 통일로 나아가는 데 꼭 필요하다. 갈등해결 교육에 포함된 편견 줄이기, 비폭력 의사소통, 갈등분석, 협상, 중재 등의 내용 역시 통일과 증가하는 남북한 교류 협력의 차원에서도 요청된다.

## 3) 개인적 평화로서의 평화교육

원래 개인간의 상호적인 관계에 중점을 두는 것으로 교육과정자체에 초점을 맞추면서 공감과 협동의 필요성을 강조하며, 사회의 모든 차원에서 위계조직을 변혁할 필요성도 강조한다. 통일은 분단된 한반도에서 살아가는 주민들 개개인의 적극적 동의 속에 이루어져야 한다. 개인적 평화와 사회적 평화를 소통시키는 평화감수성 훈련, 분단의 폭력과 상혼을 치유하고자 하는 평화심성 훈련이 요청되는 대목이다.

따라서 통일교육은 통일의 당사자인 사람들의 내면의 평화와 사람들 사이의 평화적 공존의식 형성이 중요한데, 이를 위해 개개인의 평화와 통일문제와의 관련성, 특히 사회문화적 차원의 통일과 관련되는 교육의 내용을 발전시키는 것이 필요하다.

## 4) 세계질서를 성찰하는 평화교육

평화는 세계질서 속에서 출발한다는 인식으로 모든 문제에 대하여 세계적 안목을 지닐 필요성을 인식하고, 구조적 내력을 평화의 중요한 장애로 인식하는 접근 방식이다. 즉 개인적 차원에서의 평화와 세계적 차원에서의 평화 사이의 관련성을 상세하게 분석하지 않으면 평화가 공상적인 것이 될 수도 있다는 것이다. 따라서 한반도의 분단문제 해결과 통일은 남북관계의 정상화만으로 해결될 수 있는 민족 내부 문제에 국한되는 것이 아니라 동북아를 둘러싼 중국, 미국, 일본, 러시아 등의 협력 속에서 평화적으로 이룩해야 할 국제적 문제이기도 하다. 마찬가지로 통일교육 역시 통일에 접근하는 피교육자들이 통일문제를 자신의 삶의 문제로부터, 남북간 관계, 더 나아가 국제적 질서라는 다양한 차원에서 바라보는 데 도움을 줄 수 있는 내용으로 이루어져야 한다.

## 5) 억압적 권력관계 폐지로서의 평화교육

이것은 평화의 근원적 장애 요소를 구조적 폭력으로 보고 이를 완화시키거나 타파하는 방안에 중점을 두고 있으며, 인간을 경제적·문화적 힘과 같은 특정한 구조적 변수들의 산물로 보고 있다. 따라서 구조적 폭력에 대한 인식을 고양시키는 것과 모든 압박받는 사람들의 저항에 협력하는 것을 강조한다.

힉스에 의하면 이상의 다섯 가지의 접근방법은 강조점은 다르지만 공통점을 가지는데, 그 공통점들이란

① 전쟁과 폭력적 갈등은 인류복지에 도움이 되지 않는다는 것

② 그것들은 인간의 본성에서 차생되는 불가피한 결과물도 아니라는 점

③ 평화는 존재하고, 행동하며, 조직하는 대안적 방식이며 학습될 수 있다는 관점에 토대를 두고 있다는 점이다.

## 5-6 학교 생활

### 1) 다양성, 관용, 공존의 지향

평화교육은 다양성을 수용하고 인정함을 통해 전지구적 인식

(global awareness)과 태도를 갖추도록 한다. 특히 지구화(globali zation)의 현실 속에서 국가의 테두리를 넘어선 교육을 통해 어떻게 다양성, 차이. 다름을 인정하여 공존하고, 관용하여 평화롭게 살 것인가에 관심을 가진다.

평화교육의 지향성을 통일교육에 도입하면 남북한의 오랜 분단이 낳은 남과 북의 차이와 다름을 있는 그대로 수용하고 인정하여 적대 감을 극복하고 화해와 공존을 모색할 수 있는 교육적 내용으로 전환할 수 있을 것이다.

특히 부정적 동질성에 대한 비판적 인식을 기르고, 이질성의 경우 그것이 긍정적이라면 어떻게 상호 이해를 통해 수용할 수 있을 것인지 학습자들이 고민할 수 있는 계기를 마련한다. 또한 남과 북의 과도한 민족주의 정서에 의존하여 남북의 통일에 한정하는 단계를 넘어서 동북아와 세계의 평화라는 차원에서 통일 문제를 고민할 수 있는 교육으로 만들어 간다.

## 2) 미래지향성

평화교육은 현재의 문제를 창조적으로 해결할 수 있는 능력과 기술의 습득을 통해 평화로운 미래를 설계하는 것이다. 따라서 폭력에 대한 민감성과 비판적 인식, 평화감수성, 돌봄과 배려의 가치와 윤리 형성을 목표로 하는 평화교육은 평화로운 미래상으로부터 오늘의 현

실을 재조명하여 미래의 모습으로 변화시켜 나가고자 하는 경향성을
지닌다.

## 3) 참여자 중심의 교육

평화교육은 참여자 중심의 교육이다. 평화교육은 평화에 대한 내
용뿐만 아니라 자기 존중, 관용, 공감, 정의, 공평 등의 태도를 개발하
여, 교육에 참여하는 사람들이 수동적 방관자가 아닌 적극적인 참여
자가 되도록 함으로써 협동적으로 문제를 해결할 수 있도록 한다.

통일교육에서 참여자 중심 교육은 새터민과의 대화, 판문점, 개성
공단, 금강산 방문 뿐만 아니라 평화적 해결과 평화적 의사소통의 기
술 훈련, 북한 사람들과의 만남에 있어서의 협상과 중재 등의 역할극
에서 적극적으로 실시될 수 있을 것으로 보인다.

## 4) 문제제기 교육

평화교육은 '문제제기 교육'으로 현재의 세계질서가 평화적인지
혹은 폭력적인지에 대해 문제를 제기할 수 있도록 비판적 인식의 능
력을 기른다.

통일교육은 현재의 남북관계, 북미관계, 북일관계 등 통일환경을
둘러싼 국제관계가 힘의 논리보다는 상생과 평화의 가치와 원칙으로

나아가고 있는지 인식할 수 있도록 하여, 피교육자 스스로 발견하고 깨달을 수 있는 환경을 조성하는 것이 필요하다.

## 5) 과정으로서의 평화교육

케빈 오도넬(Kevisn O'Donell)이라는 평화교육자는 "평화교육은 절망에 대한 대안을 모색하는 과정이다"라고 한 바 있다. 즉 평화교육은 세계의 문제에 대하여 어떤 정해진 대답을 제시하는 것이 아니라 확언, 경청, 협동, 이에 연관된 행동을 통해 평화 만들기(peace making)을 지향하는 하나의 과정이라는 것이다.

평화지향적 통일교육은 평화적 수단에 의한 통일, 평화 유지의 통일 단계를 넘어 평화 창출과 그 완성과 과정으로서의 통일이라는 관점에서 그 내용이 재구성되는 것이 요청된다.

## 6) 예방으로서의 평화교육

갈등이 일어난 후 이를 해결하고 치유하는 것보다 갈등을 미리 예방하고 피하는 것을 목적으로 하는 보다 집중적 활동으로서의 평화교육을 의미한다. 케빈 클레멘츠(Kevin Klements)는 "예방이 치료나 치유보다 훨씬 효과적이고 낫다"고 한다. 예방으로서의 평화교육의 내용에는 분노감, 좌절, 공격성, 선입견 등을 줄이는 훈련이 포함된다.

지금까지 통일교육은 남과 북의 주민들이 서로에 대해서 갖고 있는 오래된 적대감과 분노, 고정된 편견과 선입관 능률 어떻게 줄여 나갈 수 있을지에 대한 고민이 부족했다. 따라서 예방적 차원에서 통일교육은 남북이 함께 공유할 수 있는 분야로 문화적 접근(문화이해)을 보다 확대시키는 것이 필요하다.

# 6장

## 평화적
## 통일교육의
## 기대효과

평화교육을 기존의 통일 교육에 적용할 경우, 그것은 과연 현재의 통일교육과는 어떤 차이가 있을 건이가? 평화교육과 통일 교육의 접합이 가져올 긍정적 효과는 중장기단계로 나누어 고찰하는 것이 바람직하다. 다시말하면 남북관계가 개선되고 있다고는 하나 속도가 완만한 정체 국면, 남북간의 교류가 활발해지면서 남북의 주민들이 서로 만날 수 있는 단계, 연합정부 혹은 일정한 통합의 형태를 갖춘 남북한 간의 실질적인 통합을 세 단계로 나눌 수 있을 터인데 실제로 평화교육이 가져다줄 성과는 단계별로 차이가 있을 것이다.

## 6-1 통일교육의 탄력성 회복

통일교육에 평화교육을 대입하자는 제안의 가장 큰 동기는 여전히 교육현장에서는 통일교육이 인습적인 방식으로 진행될 위험이 크기 때문이다. 더구나 남북 간의 화해. 협력체제 확립에 대한 주장도 지식

위주의 전달체계에서는 그것이 일상생활에서의 평화나 공존의 방식을 실천하는 데로 이르기는 힘들다. 통일교육에 대한 청소년을 대상으로 행한 조사에서 분명히 드러나고 있다. '통일이나 남북한 문제에 대한 지식을 신문. 잡지. 방송을 통해서 얻고 있다. '는 학생은 전체의 38.8%에 이르렀다. 또한 학교에서 이루어지는 통일교육에 대하여 '불만족스럽다'는 학생을 45.3%에 이르렀다. 특히 사이버 세대의 학생들은 통일 교육을 딱딱하고 암기 위주의 과목으로 생각한다. 무미건조하고 단조로울 가능성이 크다. 물론 통일교육을 통해서도 방법론적인 다양성, 특히 시청강 교육 등을 시도할 수 있지만 이를 위해서는 오랜 기간의 실험과 다양한 시행착오를 통과할 수밖에 없다.

평화교육이 강조하는 교육방식은 지식에 기반을 둔 (knowledge-vased)교육을 넘어서서 신뢰에 기반을 둔 (confidence-based) 교육을 강조하는 것이므로 이를 통해 학생들의 흥미를 유발할 수 있고 성찰력을 높일 수 있을 것이다.

## 6-2 유연한 생각으로 일상에서 평화찾기

기존의 통일교육은 북한의 위협, 안보를 강조하였다. 북한이라는

'적'개념을 통해 야기된 정치적 긴장은 사회 전체에 비민주적이고 비평화적인 생활태도나 심성을 생산하는데 크게 기여하였다. 분단규율은 정치. 군사. 안보 영역에만 머물지 않고 일상적 사고와 실천의 영역에 깊이 침윤되어 있고 이를 통해 사상적 획일성과 명확성 도구적 인간관, 배타적 감시자적 태도 등이 양산되었다. 거기에다 '신속한 경제성장'모토가 가한 사회적 압력은 사회 전체를 극도의 긴장감과 경쟁심이 넘치는 사회로 변모시켰다. 이런 사회적 분위기는 공교육마저도 황폐화시켰고, 학급에서는 극심한 경쟁심리가 조장되고 '왕따'나 학교 폭력은 심각한 사회문제로 대두되고 있다. 그러나 우리 스스로는 자신에게 내면화된 비평화의 심성을 스스로 읽어내지 못하고 있다.

북한에 대한 적대적인 태도나 경직된 반공주의는 그 자체로 머물기 보다는 '한 사회를 지배하는 불평등한 권력 관계와 위계질서'를 일상적. 비일상적으로 재상산하는 역할을 하였다. 여기에서 제기할 수 있는 질문은 '남한의 일상적인 삶에서 평화가 실현되지 않는다면 과연 남북 간의 공존적 삶이 가능하겠는가.' 이다. 이미 연변 조선족에 대한 남한 사람의 사기사건이나 외국인 노동자에 대한 착취적인 수탈을 통해서 북측이 남한 사람에 대해 비우호적인 시각을 가지게 되었다는 전언은 진정한 평화공존을 위해서는 남한의 일상행활 문화나 남한 사람의 심성 역시도 비판적으로 성찰해야 한다는 점을 깨닫게 해준다. 민족의 통일은 불가피하다는 대명제를 보다 보편적인 휴머니즘의 가치와 결합하기 위해서는 남한의 통일 교육이 평화교육을 접합하는 것은 불가피하며 이를 통해 남한 사회 내의 일상적 삶에도 평화를 실현할 수 있기를 기대한다.

# 6-3 남남 갈등해결

6.15 남북공동선언 이후로도 대북정책에 대한 입장은 다양하다. 건강치 못한 정치문화에 못지않게 일부 언론의 자의성과 보수성으로 인해 남북관계 개선을 둘러싼 국론이 갈라져 있을 뿐 아니라 이를 민주적인 방식으로 해결하기란 쉽지 않다. 이런 상황에서 '퍼주기 신화'는 감정적 대립을 더욱 자극하고 남북관계 개선에 걸림돌로 작용하게 된다. 남한 내의 여론이 양분되어 있는 한 한반도에서 평화체제를 실현하는 것을 쉽지 않다.

따라서 한국인이 머뭇거리고 있는 남북관계에 조급함을 보이기 보다는 오히려 남한 내에서 남남갈등을 해소하는 데에 우선 순위를 두어야 한다. 이 과정에서 평화교육의 역할은 대단히 중요하다. 남한 사회의 일상적인 삶 속에서 평화가 실현되고, 우선 남한의 국민사이에 서로의 다름을 인정하고 수용하는 분위기가 정착하지 않는다면 한국인은 경직된 분단구조에서 크게 벗어날 수 없다.

어느 사회에서와 마찬가지로 남한 사회 내부에서 북한을 바라보는 입장의 차이는 있을 수 있다. 2002년 통일교 육의 지침서는 지금은 '다름이 공존하는 시대'임을 강조하고 그 동안 다른 생각을 하는 이들을 도외시하려는 '배제의 문화'를 넘어서 '상생과 공존의 틀'을 만들어 갈 것을 주장하고 있다.

평화교육이 지닌 강점은 다양한 소수자나 사회적 약자들을 이해하고 받아들이는 데에 큰 성찰성을 제공할 수 있다는 것이다. 즉 자라나는 청소년들이 소년기에 사회적 약자나 소수자를 이해하는 심성을 기른다면 오히려 손쉽게 통일교육에서도 이념적 차이를 넘어서서 북한을 인정하고 공존하는 태도를 지닐 수 있을 것이다.

## 6-4 지역 감정 해소

남남갈등의 원인중에는 보수와 진보의 갈등이 있고 지역갈등이 큰 문제로 등장한다. 기하학면에도 등장한다. 이런 지역감정해소에 일조하기 위해 남가주 호남 향우회에서는 8도 대표들과 손을 잡고 60여명이 조국의 각 도청소재를 중심으로 평화 대 행진을 했다. 때는 6월 12일 부터 6월 23일 까지였고 시발점은 제주 종착지는 판문점. 한강 모래 사장이었다.

## 1) 선거와 지역갈등

지역감정에 관한 여러 자료의 연구 결과는 오래전부터 각 지역에 대한 고정관념이 형성되어 왔다는 것이다. 지역 감정이 특정지역에 대한 편견도 일부 있지만 그것이 집단간의 적대감으로 발전하거나 갈등을 야기하게 된 것은 최근의 현상으로 불 수 있다. 1967년 대통령 선거에 싹트기 시작한 후보자 연고지 중심의 지역성을 영호남 후보가 맞선 1971년 선거에서 더욱 명확히 나타났다. 선거 유세과정에서 지역감정을 자극하는 말들을 당시 신문에 보도된 것을 발췌해 보면 다음과 같다.

'쌀밥에 뉘가 섞이듯 경상도에서 반대표가 나오면 안된다. 경상도 사람치고 박대통령을 안 찍는 자는 미친 놈이다'(조선일보 71년 4월 18일자 ) '야당후보'가 이번 선거를 백제 신라의 싸움이라고 해서 전라도 사람이 똘똘 뭉쳤으니, 우리도 똘똘 뭉치자'(중앙일보 '71년 4월 22일자)' 이런 사람이 전라도 대통령은 할 수 있지만 어떻게 대한민국 대통령이 될 수 있느냐' (동아일보 '71년 4월 30일 자 ) '호남사람이 받은 푸대접은 1200년 전부터다. 서울가면 구두닦이, 식모는 모두 전라도 사람이며 남산에서 돌을 던져 차가 맞으면 경상도요, 사람이 맞으면 전라도이다.'(조선일보 '71년 4월 21일 자). '경상도 정권하에서

전라도는 푸대접을 받을 수밖에 없다'(동아일보 '71년 4월 30일 자)

이상 몇 가지 예에서 보듯이 당시 선거전에서 여야 모두가 지역적 연고를 득표전략의 일환으로 최대한 이용을 한 것은 사실이다. 이는 지역에 바탕을 둔 인간의 원초적 감정을 자극함으로써 싸움질을 부추기고 있는 듯 보인다. 박정희 후보나 김대중 후보측은 모두 상대 후보의 출신지역에 대한 고정관념과 편견을 부채질함으로써 정책대결이나 선거쟁점에 관계없이 지역적 연고를 바탕으로 자기 출신지역의 표를 모으려고 했다.

1972년 10월 유신 이후에는 간접선거에 의해 대통령이 선출되고 국회의원은 중선거구제의 의하여 여야가 동반선거하게 됨으로써 선거전을 통한 지역간의 대결은 크게 약화되었다. 박정희 대통령은 종신집권의 지지 기반을 강화하기 위해 지역연고를 최대한으로 이용했다. 각종 공직의 인사문제에 지역의 변수를 이용했다. 그 결과 정치. 행정. 군부 엘리트 충원상의 불균형, 지역간 경제성장의 격차는 특히 호남지역에서의 강력한 역작용을 야기시켰다. 1971년 대통령 선거에 도전한 김대중 후보는 유신체제에 대한 강력한 도전자로 정치적 탄압을 받게 되고 호남인은 소외감을 갖게 된다.

1980년 한국의 봄을 맞이하여 전국민의 민주화 열망과 함께 호남인들의 기대와 희망은 김대중 후보를 핵으로 극대화된다. 그러나 영남세인 군부세력에 구속됨으로써 또 다시 좌절하게 된다. 그해 5월의 광주 민중항쟁은 가해자나 피해 당사자들의 출신지역과 관련하여 호남인의 한을 풀 수 없는 사건이 된다. 가해자의 입장에 선 군부정권은 광주민주항쟁을 지역감정의 표출이라는 차원으로 격하시키려고 은연중 노력했다. 사건에 지역적 의미가 가미됨으로써 영남인들은 호남인들에 대하여 더욱 강한 편견을 갖게 되고 호남인들은 피해 의식으로 발전된다.

지역적 연고 및 지역편견을 정치에 이용하는 것은 제3공화국 이래 제6공화국에까지 연결되어 왔다. 고향이란 누구나 다시 가고 싶은 그리운 곳이다. 60% 이상이 자랑스러운 곳이라고 말한다. 애국심은 인간 본능의 순수한 감정이다. 이것이 배타적 감정으로 발전되면 갈등과 분쟁의 불씨가 된다. 지역 연고에 따라 투표하는 것이 바람직스럽지 못함을 국민의 70%가 인식하고 있다.

정치인들은 지역감정이 있어서는 안된다고 강조하지만 선거에 승리하기 위해 각기 연고지역에서의 언동은 때로는 직설적으로 때로는 묘한 뉘앙스로 지역감정을 유발시켰다. 어떤 정치인은 취약한 정통성을 은폐하거나 빈약한 정치적 비전을 보완하기 위해 지역적 연고를 정치의 도구로 이용하기도 했다. 지역감정을 해결해 나가기 위해서는 정치적 목적을 위하여 지역감정을 교묘히 이용하는 정치인들의 정책을 파헤쳐 드러내고 의도적이거나 선정주의에 부화뇌동하는 매스컴의 자세를 질책하는 사회적 노력들이 필요하다. 지역적 기반에 의존하는 것이 정치적으로 치명상이 될 수 있을 때 지역변수는 정치의 노리개가 되지 않고 선거를 통한 지역감정도 서서히 사라지리라 생각된다.

## 2) 지역갈등 해결

### (1) 정부차원에서

정부 차원에서 각 지역의 경제 발전을 균형을 맞추어야 한다. 인물 등용의 공정성을 갖추어 지역 안배를 해야 한다. 선거에서 지역 갈등을 유발시켜서는 안된다.

### (2) 민간 차원에서

첫째, 국민 의식구조 개조에 노력

자아실현이나 향토애, 혈연, 학연 등을 궁극적인 측면에서 인정하면서 단일민족으로서 선의의 경쟁과 조화 속에서 더불어 발전하는 필요성을 강조하는 홍보와 계몽교육이 있어야 한다. 미국의 교육정책은 Salad Bowl 정책이다.

둘째, 피해의식과 우월의식 지양

영남에 대한 호남인들의 지역감정은 정권소유자가 주요 엘리트 충원 및 국가 정책적인 배려에 있어서 불균형을 유지하여, 호남인들이 영남인들 때문에 푸대접을 받았다고 생각하는 피해의식이 생긴다.

셋째, 갈등해결의 시야 개선

우리는 똑같은 사실을 놓고 제각기 다른 길이의 자로 재고는 내 것만이 옳다고 주장하고, 똑같은 사건을 자기의 시계로 측정하고 네 것이 느리다고 비판하기도 한다.

빈부의 격차를 보는 노사문제가 또한 그렇다. 남들이 놀 때 동분서주하면서 축적한 재산을 고용인들은 평등주의 원칙이라는 측정법으로 계산하여 이는 부자가 빈자의 것을 착취했다고 불평예스러운 결론을 내리는가 하면, 고용주들은 축적된 재산은 피나는 노력, 창조 및 자기 희생의 대가라고 주장하면서 빼앗기지 않으려는 고압 자세를 취하고 있다.

고용주나 고용인이나 모두 자기 입장에서만 다른 사람을 평가하기 때문에 이런 갈등과 분쟁이 야기된다.

넷째, 갈등 해결의 기법

지역간의 갈등, 계층간의 갈등, 국제간의 갈등 모두가 원래 대수롭지 않은 작은 일에서부터 싹튼다. 시시한 일이 눈뭉치처럼 커져 걷잡을 수 없는 비극이 되기도 한다. 갈등을 해소 시키려면 어느 한편이 물러서는 길밖에 없다.

물론 잘 못한 쪽이 물러난 것이 원칙이나 감정대립에서는 이 원칙이 통하지 않는다. 인간이란 자기에게 잘못이 있다고 생각될 때 오히려 물러서기가 어렵다. 따라서 물러서는 쪽은 자기가 옳다고 생각하는 편이어야 쉽다. 이것이 갈등이나 분쟁 해결의 기법이다.

부부 간의 갈등, 정당 간의 갈등, 지역 간의 갈등, 계층 간의 갈등, 국제 간의 분쟁 등, 어느 것이든 갈등 해결의 기술이 필요하다. 원칙만을 내세우며 밀고나가는 것보다는 옳다고 생각되는 정의쪽에서 한 발자국 물러서야 한다.

## 3. 정치 차원에서

지역갈등의 실태를 보면 영. 호남지역 모두가 지역갈등을 심각하게 인식하고 있는 것으로 나타나고 있다. 특히 영. 호남간의 지역갈등이 타지역 갈등과 비교하여 더욱 더 심각하다.

현재와 같이 지역갈등이 해소되지 않는 상황에서 차기 대통령선거와 국회의원선거 및 각종 선거를 실시할 경우 지역갈등에 의한 투표결과가 나타날 것이다.

## 4. 신문 및 방송보도의 협찬

신문과 같은 인쇄매체나 텔레비전 같은 전파매체를 포함한 모든 대중매체의 중요성에 비추어 볼때 대중매체가 지역감정 조장을 위한 편파적적인 보도에서 벗어나 지역감정 해소를 위해 대대적인 홍보활동을 할 수 있도록 해야 할 것이다.

# 6-5 한국 교회와 분규의 원인과 해소

## 1) 한국 교회의 분규 원인

미국에서 1903년 호놀룰루 한인 감리교회가 최초로 설립된 이후 최근에 수천개의 교회로 불어 났다는 것은 이해하기 어려운 정도의 부흥이라 할 수 있다. 한국에서 교회설립은 거리가 멀고 오고갈 수 없기 때문에 부득이 지교회를 개설하는 법인데, 미국에 있는 한국 교회 설립은 이질적인 분류로 인해 교회의 숫자가 불어났고 정상적인 교회 설립은 그리 많지가 않다는 특성이 있다.

1965년부터 이민의 문호가 개방이 되면서 한국에서는 홍수처럼 미국이민에 경쟁하다 시피 몰려왔다. 그리고 한국 안에 각 교파 교단 목사들이 미국에 오기만 하면 돌아가지 않으며 불법 체류하면서 교회를 만든다. 교회를 만들기 위해선 질서나 신조나 윤리는 덮어두고 어떠한 수단과 방법으로든지 기성교회의 교인들을 끌어내어 교회를 설립하고 영주권을 신청하는 수단으로 되어왔다.

한국 이민 교회는 처음에는 열심히 모였다가 얼마 후에는 서로 싸우고 갈라지고 또 갈라진 사람들끼리 모였다가 또 싸우고 갈라지고 하는데, 그렇다면 무엇 때문에 교회에 모이는 것이며 교회는 무엇 때문에 있는 것인지 알 수 없다고 하는 불신 사회의 비난의 소리를 듣게 되는 경우가 많다.

대체로 교회에서 일어나는 분규의 근원을 크게 다음 세 가지로 분류할 수 있다.

한국 교회의 역사를 보면 분규가 많은 것이 특징이었다.

이민사회의 분규는 한국에서의 분규보다 복잡한 요인들이 있다. 교회분규를 보면 첫째, 먼저 이민자들의 삶의 상황을 살펴볼 필요가 있다. 대개가 가정과 직장과 교회라는 틀 속에서 살고 있기 때문에 교회에 대한 기대가 크다. 그래서 교회에 대한 불만도 크고 이 불만은 마침내 교회 분규의 원인이 된다. 게다가 교회의 뿌리들이 약하고 전통이 없기 때문에 쉽게 분열될 수가 있다.

두 번째 이유는 목회자들에게 원인이 있다. 한국에서 신학을 공부하고 온 분들은 교회가 무엇인가를 잘 알고 있지만, 미국에 와서 신학을 하신 분들은 문제가 크다. 교수진도 제대로 갖추지 못한 교회에서 하는 무인가신학교에서 속성으로 배워서 안수를 받았을 때에는 무자격자가 되기 쉽다. 또 한국에서 신학을 하고 오신 분들에게는 미국이라는 특수 상황에 적응하지 못하는 경우가 많다. 한국식으로 지배하는 식의 목회를 하면 자연히 교인들과 마찰이 생기기 마련이다. 이것이 바로 교회 분규의 원인이 된다.

세 번째 이유는 개척교회에서 안수받은 무자격 장로들이 교회 분규의 원인을 제공하고 있다. 장로란 봉사하는 직분인데 무슨 벼슬인

줄 착각하고 목회자들을 지배하려고 하기 때문에, 목회자들과 마찰이 생겨 분규가 생기게 된다.

네 번째 이유는 분명치 못한 교회 색깔 때문이다. 한국에는 교단이란 것이 있어서 색깔이 구별되어 있는데, 이민사회에서는 교단에 가입한 교회도 많지 않고 있다고 해도 급조된 교단이기 때문에 신학적 색깔이 분명치가 않다. 그래서 함께 신앙생활을 하다가 서로 화합할 수 없는 것이 생길 때 나누어지고 또 나누어지므로 해서 사회적으로 문제를 일으키고 있는 것이다.

다섯 번째 이유는 범람하는 이단들의 영향 때문이다. 세계에서 제일 이단이 많은 곳이 미국이다. 좋게 말하면 종교의 천국이다. 또 다양성이 많은 곳이다. 그러나 그 다양성은 사회적으로 나쁜 영향을 미치는 독버섯일 때에는 문제가 큰 것이다. 이단이란 그것이 생길 수밖에 없는 사회적, 심리적 원인이 있다.

## 2) 한국 교회 갈등 해소

갈등은 마음에서 일어나는 것이므로 해소하려면 마음의 자세를 바르게 해야 한다

### (1) 마음의 갈등 해소
첫째, 청결한 마음

목회자는 깨끗한 마음을 가져야 한다. "마음이 청결한 자는 복이 있나니 저희가 하나님을 볼 것임이요"(마 5:8)라고 하지 않았는가? 목회자는 맑은 마음을 가져야 한다. 하나님을 향해 한 점도 부끄러움이 없는 마음을 지녀야 한다. 마음 속에 거짓과 악으로 가득 찰 때 목회자가 절대로 바른 목회를 할 수 없다. 깨끗한 마음이 하나님을 보고 진리를 깨달을 수 있으며 또한 바른 모회를 할 수 있는 첫걸음이다.

둘째, 활짝 여는 마음

목회자는 넓은 마음을 가져야 한다. 바울은 고린도교회에 "여러분도 우리와 같이 마음을 활짝 여십시오(고후 6:13)라고 하였다. 마음을 좁히면 누구나 용납될 수 없고 마음을 넓히면 천하도 용납되는 것이 마음의 신비성이다. 목회자는 독선적 태도를 버려야 한다. 자기의 생각과 입장만이 유일하게 정당학고 그 입장을 받아들이지 않는 다른 사람들은 모두 신앙적이 아니며 민주적이 아니라는 '거룩한 확신'에 빠져 있지 않는가? 이런 독선에 빠져 있으면 갈등을 해소할 수 없다. 마음을 넓혀야 한다.

셋째, 바른 자세

목회자는 바른 마음을 가져야 한다. 몸을 닦고 집을 바르게 하고 나라를 다스려 천하를 평안케 하려면 먼저 그 마음을 바르게 하라고 옛 성현이 말하지 않았던가. 모든 일에 마음이 바른 자세가 되어야 한다. 목회자가 진리를 옳게 분별하며 사건을 바르게 처리하려면 그 마음을 바르게 해야한다. 깨끗한 마음, 넓은 마음, 바른 마음의 반드시 목회자의 갈등을 해소시키는 좋은 약이 될 것이다. 갈등은 마음의 병이다. 갈등은 밖으로부터 전염되지만 갈등의 치료는 안에서부터 시작되어야 한다. 갈등은 마음 자세를 옳게 가져야 해소할 수 있다.

## (2) 목회자의 태도

### 첫째, 목사 초빙과 보호

참 지도자를 목사로 초빙하고 그를 보호해 주라. 교회를 이끌어갈 목사의 자질만큼 중요한 것도 없다. 그는 반드시 그 일을 위해 하나님으로부터 택함을 받은 사람이어야 하며 지도력의 은사를 가진 사람이어야 한다. 그리고 교회는 지도자가 준비한 길을 따른 뿐 아니라 그 지도자가 지치지 않도록 보호해 주기 위해 교회가 할 수 있는 모든 일을 다 해야 한다.

### 둘째, 모범을 보여야

목사는 참 기독교가 무엇인지 본보기로 보여주어야 한다. 목사가 자신의 삶을 통해 기독교 신앙이 정말 어떤 것인지 보여주지 않는다면 아무리 좋은 교훈을 다 동원해서 가르친다 해도 교인들을 변화시키지 못할 것이다. 즉 그들이 성경적 가치관과 생활양식에 따라 살지 않는다면, 다른 말로 해서 그것이 목사가 자신의 삶 속에서 실천할 만큼 중요한 것이 아니라면, 교인들에게도 역시 그다지 중요한 것이 못 될 것이다.

신학에 나오는 감독들이 성도들에게 신앙의 본을 보였듯이 목사도 자신의 신앙을 삶 속에서 계속 보여주어야 한다. 본래 말보다 행동이 훨씬 더 효력을 발하는 법이다.

셋째, 교회 성장을 위한 계획

목사는 교회 성장을 위한 전략적 계획을 창안하여 그것을 지지 옹호해야 한다. 성장 계획에서는 교회가 숫자적으로서 영적으로 자라야 할 필요성이 강조되고 그것이 지역 주민들에 대한 협조 및 봉사와의 관련 속에서 강조되어야 한다. 물론 목사는 계획을 실행하는데 있어서 책임자나 감독자가 될 필요는 없다. 그러나 그 교회가 성장하는 과정에 대한 최종적 책임은 목사가 가져야 하다.

넷째, 교인에 대한 사랑

교인들이 목사로부터 사랑받고 있다는 느낌을 가질 수 있어야 하며 또 실제로 사랑을 받아야 한다. 교인들이 자기는 교회에서 중요한 존재가 아니며 양육이나 보살핌을 제대로 받지 못하고 있다고 느낀다면, 그 교회는 인정이 넘치고 영적으로도 균형이 잘 잡힌 교회라기보다 오히려 메마른 단체에 불과하다 하겠다.

교회가 참 교회인지 아닌지 식별할 수 있는 표식 중 하나님 교회 교인들이 자신들을 중요한 존재로 보느냐 보지 않느냐이다. 즉 자기들을 머리 수를 채위기 위한 교인이 아니라, 하나님의 특별한 피조물로서 하나님께서 자기들을 보살피라고 특별한 지도자를 보내주실 만큼 그렇게 중요한 존재라고 느끼는 점이다.

교회는 요령이나 부리며 교인 숫자나 많이 올리자고 있는 것이 아니라, 사람들에게 하나님의 사랑을 나타나기 위해 있는 것이다. 따라서 목사는 교인들이 자기 자신을 하나님 가정의 일원으로 느낄 수 있게끔 따뜻하게 보살펴 주어야 한다.

### (3) 교인들의 태도

첫째, 성장욕구

교인들이 성장을 원해야 한다. 교인들이 성장하고 싶어하는 소원을 가지고 있지 않기 때문에 침체기를 머물러 있는 교회들이 많이 있다. 교민들 사이에 일단 현상태대로 그대로 있자는 소원이 생기게 되면 교회는 죽어가기 시작한다. 이것은 교회 교인들의 숫적 증가로만 관건이 있는것이 아니라 오히려 그들이 영적 성장과 더 많은 관련을 가지고 있다.

둘째, 영적인 열정

교회에서 하는 사역으로 말미암아 교인들이 영적인 열정을 갖게 되어야 한다. 교인들이 교회 일을 수행하는 모습이나 하나님 및 다른 성도들과의 관계에서 그리스도께 대한 강렬한 열정을 보이지 않는다면, 그들의 가르침이나 실천은 능력을 잃게 된다.

그들이 자기들은 하나님과 아주 긴밀한 관계를 가지고 있으며 그 관계가 날로 자라고 있기 때문에 하나님을 섬기는 것이라고 주장하면서, 막상 그 관계를 증명해 주는 타는 듯한 열정을 보이지 않는다면 무언가 잘못되도 한없이 잘 못된것이다.

### (4) 교인들의 생활 양식

#### 첫째, 대인관계 개선

교인들은 새로운 관계를 추구해야 한다. 교회는 관계 위에 세워진다. 교인들이 계속해서 교인 및 교회 밖의 사람들과 새로운 관계를 발전시키고 있다는 증거가 없다면 그 교회는 잠자고 있는 교회이다. 교회는 열심 있는 교인들이 그렇지 못한 사람(또한 교회에 나오지 않는 사람들과 개인적으로 좋은 관계를 맺어야 한다.

#### 둘째, 미래지향적인 사고

교회는 현재의 상황에 반응하느라 급급하기보다 미래를 내다보고 그에 대한 준비를 해야 한다. 능률적으로 일하는 교회들을 보면 그들이 일하도록 부르심받은 이 세상의 동태를 끊임없이 살핀다. 그래서 앞으로 올 것들을 예상하고 그에 대한 대응책을 미리 마련한다. 미래를 기다리며 가만히 앉아 있는 교회는 이 세상과 관련을 맺지 않으려는 교회이다. 미래는 그것을 창조하는 자들의 것이다.

#### 셋째, 모두가 활동하는 성도

일반성도들이 사역에 참여할 수 있도록 적극 권장하고 또 훈련시켜야 한다 목사 한 사람에 의해 목회가 진행되는 교회는 교회라고 할 수 없다. 교인들이 사역에 참여할 수 있도록 장려, 지지하고 훈련시켜 주지 않는다면 그 교회는 아주 약해져서 곧 지치고 말 것이다. 교회가 긍정적이며 지속적인 영향을 미치려면 교인들의 은사를 계속 발굴하여 갈고 닦게 한 다음, 그 은사들을 활동할 수 있는 기회도 만들어주고 적극 장려해야 한다.

넷째, 칭찬하는 성도

교인들이 교회 일을 잘 했을 때는 크게 칭찬해 주어야 한다. 성공적인 목회를 하려면 교인들이 한 일에 대해 인정해 주어야 한다. 그것은 어떤 사람을 거만하게 만들기 위해서라기보다 인간은 자신이 한 선행에 대해 인정받고 싶어하는 존재라는 점을 감안해 볼 때 당연한 처사이다. 그들이 한 일이 반드시 천국에서 상금을 받을 일인지는 알 수 없지만, 아무튼 그들은 그들과 함께 사역한 사람들에게 그리고 그들의 선행으로 말미암아 도움을 받은 사람들의 삶에 좋은 영향력을 미친 것이다. 사람들이 교회일을 잘 했을 때는 이를 알아주고 축하해 주는 것이 교인들의 마음을 즐겁게 해줄 뿐 아니라 그들로 하여금 적극적으로 사역에 참여할 수 있게 하는데도 도움이 된다.

다섯째, 선교와 봉사 강조

하나님은 우리 자신의 필요에 초점을 맞추라고 우리를 부르신 것이 아니라 다른 사람들의 필요에 초점을 맞추라고 부르셨다. 우리가 자기 중심에서 벗어나 보다 더 타인 중심이 될 때 우리는 그리스도의 모습을 더욱 더 닮아 갈 것이요, 교회는 더욱 강건해질 것이다. 물론 교인들에 대한 보살핌도 있어야 하겠지만, 그것은 외부 사람들에 대한 전도나 봉사 다음에 이루어져야 할 일이다.

첫째, 교회에 속하고 있으면서도 교회와 아무 상관없는 목적을 가지고 그 목적을 달성하기를 바라고 있는 경우이다.

　둘째, 교회에 나오는 사람은 크건 작건 간에 교회에 대한 기대하는 바가 있다. 이것은 개인의 목적과 주로 관련되어 있다. 교회는 이러한 일을 우선적으로 해야 한다든지 이런 일을 개선해야만 한다고 하는데, 그 저의는 개인의 가치 판단과 더불어 개인적인 욕구충족을 도모하는 경우가 많다.

　셋째로는 교회는 교회 자체의 뚜렷한 존립목적이 있다. 이것은 흔들 수 없는 것이다. 교회의 분류는 그것이 대소를 막론하고 이 세가지 목적, 즉 개인의 목적과 교회에 대한 개인의 기대하는 바와 교회자체의 목적이 서로 충돌될 때 생긴다. 이 세가지 목적이 분명히 판명되어야 하며 또한 충족되어야만 하는데 그렇게 쉽게 일치되기란 쉬운 일이 아니다.

# 7장

## 통일교육과
## 평화교육의
## 문제점

# 7-1  이념적인 대립관계 우회

    남한의 통일 교육은 문재인, 노무현, 김대중 대통령 등의 남북 정상 회담 이후 상당한 변화를 보이고 있다. 남북 간의 상호불신과 과거의 적대관계를 넘어서서 통일 교육의 목표를 '평화공존과 화해 협력의 필요성을 인식' 시키는데 두고 있는 점은 과거에 비한다면 커다란 발전이라 할 수 있다. 그러나 통일부의 '통일교육지침'에 의하면 우리 통일 교육의 지향점은 자유민주주의 체제이다.

    또한 남북 간의 평화공존과 화해 협력을 강조하면서도 통일교육이 통일의 기반을 쌓아야 한다는 점도 언급하고 있다. 또 다른 한편으로는 민족공동체 의식의 강조와 함께 통일의 당위성을 역설하고 있다.

    이런 표제어들은 그 자체로서는 훌륭한 것이지만 이를 조합할 경우 문제점이 노출될 수 있다. 통일 교육의 지향점에서 '자유민주주의 체제의 유지'를 전면에 일방적으로 내세워 강조할 경우, 이는 여러 측면에서 불안정한 상황 에 있는 북한에게 자유민주주의 체제로의 '흡수통일'을 지향하는 것처럼 오해받을 수 있고 남한 학생들에게도 혼란을 불러일으킬 소지가 없지 않다. 또한 통일의 당위성을 오로지 민족공동체의식에서 찾는 것 역시 재고할 필요가 있다.

    외국인에게 정서적 민족주의가 유난히도 강한 나라로 비치는 한국에서 혈연에 토대를 둔 민족공동체를 강조하는 것은 자칫하면 의견이 다른 소수자를 소외시킴으로써 민주주의를 약화시킬 위험이 있다.

마찬가지로 통일교육 지침서는 북은 여전히 '경계할 대상'으로 서술하고 있다. 그러나 다른 한 편에서는 북한 동포를 '통일국가'에서 함께 살아야할 동포'로 이해하고 있는 바, 이러한 이중적 잣대는 국민을 혼란스럽게 만들고 있다. 또한 남북한의 체제 역량에 대한 비교를 통해 '대북 자신감을 심어준다'는 지침은 남한의 경제적 우월에 대한 자만심과 함께 북을 여전히 경쟁의 대상, 대결의 대상으로 바라본다는 오해를 받을 수 있다.

실제 교육 현장에서 일어날 수 있는 혼란에 대처하기 위해 선행되어야 할 작업은 우선 '공산주의체제 - 자유민주주의 체제'와 같은 양자택일적인 가치관이나 패러다임을 내세우지 않는 것이 좋겠다. 오히려 통일은 몇십년이 걸리는 장기적인 과제이고, 그 과도기에서는 평화공존체제의 중요성을 강조하는 것이 바람직하다.

또한 남한의 체제 애호심을 강조하기 위해서도 '민주주의에 기초한 인권. 복지 사회 실현'과 같은 의미를 사용하는 것이 더 좋다.

# 7-2  '적극적 평화'(Positive Peace)를 향하여

평화교육을 통일교육에 포괄하기 위해서는 '평화'에 대한 개념을 제대로 이해하는 것이 중요하다. 여기에서 짚고 넘어갈 점은 평화교육이 사용하는 평화개념은 전쟁을 종식시킨다는 의미의 소극적은 평화를 더 이상 의미하지 않는다.

평화는 한국사회 곳곳에, 그리고 한국인의 일상생활 속에 때로는 가시적으로, 때로는 비가시적이지만 퍼져있는 폭력들을 무력화하는 데서 출발한다.

여기에서 폭력이란 물리적인 폭력만이 아니라 구조적 폭력이나 잠정적 포격도 포함한다. 이 과정에서 평화운동은 국가나 사회집단간의 분열을 회피하는 것만이 아니라 양 집단간의 상호작용을 활발하게 하여 공통의 이익을 증전하고 평화를 실현하는 적극적인 평화전략에 기초하여야 한다.

그러기 위해서는 '지켜지는 평화'(protected peace)가 아니라 '작용하는 평화'(working peace), '평화유지'(peace keeping), 가 아니라 '평화 만들기'(peace making)를 지향하여야 한다.

그간의 통일 교육이 대체로 남북 간의 관계를 어떻게 풀어갈 것인가에 치중하였다면, 이제 평화 교육이 도입될 경우 그간의 통일 교육에서 한 걸음 나아가 남북 관계 개선을 어렵게 만드는 남한 사회 내부의 의견분열과 불화를 좁히거나 남한 일상생활에 만연한 비평화를 지적하는 데에 더 큰 감수성을 발휘할 수 있을 것이다.

동시에 이런 접근방식을 고려하여 과거처럼 통일이'통일 방안 중심의 통일 논의'나 '정치권력의 형식적. 기계적 결합'을 달성하는 차원에서 한 걸음 나아가 우선 남한사회 내에서 다음으로 남과 북 사이의 진정한 사회·문화적 통합을 보다 효율적으로 유도할 수 있을 것이다.

그간 남북간의 사회. 문화적 통합을 주장하고 그 일환으로 '북한 바로 알기 운동'을 시도하였지만 북한문화의 경직성이나 북한내부의 열악한 현실이 알려지면서 북한에 대한 이미지는 더 나빠졌다는 연구 결과가가 나오고 있다.

따라서 사회. 문화적 통합이란 '교류'나 '알기'만으로 저절로 보장되는 것은 아니다 '갈등해소와 관용교육'에서 활용하는 '적극적인 청취'(active listening)나 '상대방을 그 특유의 문화적 콘텍스트 속에서 이해하기' 혹은 차이에 대해 관용하는 훈련 등의 기법을 학습하면서 피교육자의 평화를 향한 감수성을 훨씬 증대시킬 수 있다.

통일교육에 있어서 가치관의 전환을 위해서는 평화의 개념을 적극적으로 살리고 재해석하는 것에 못지않게 '안보'의 개념에 대한 새로운 이해도 필요하다.

# 7-3  다른 정체성의 수용

평화교육은 '다름'과 '차이'를 존중하고 수용하면서 관용과 공존을 위한 가치와 태도를 기를 훈련을 그 중심내용으로 삼고 있다. 흔히 이야기되는 '다름과 '차이, '존중'과 '공존'이란 서로 이질적인 것들을 있는 그대로 인정하고 수용할뿐더러 그 자체를 존중하면서 함께 살아간다는 것이다. 이러한 관용과 공존 훈련의 기반에는 다양한 정체성의 수용이 전제되어 있다. '갈등해결' 프로그램에서 '갈등은 존재하는 것이다.'라고 자명하게 인정할 때, 다양한 사람들의 공동체 속에서는 이미 서로 '다르기' 때문에, 즉 서로 다른 정체성을 가지고 있기 때문에 갈등이 존재할 수밖에 없음을 이해하기 쉽다. 이미 존재하는 다양성과 다름이 갈등으로 표출될때 이를 어떻게 하면 건설적. 창조적으로 해결함으로써 평화를 만들 것인가가 평화 교육의 주된 관심이다.

최근 남한 사회의 통일에 대한 논의에서 '한민족 중심의 단일정체성'에 대한 문제가 여기저기에서 일어나고 있다. 혈통에 근거한 한민족 중심주의가 남한 사회 안의 외국인 노동자에 대한 배타성과 우월주의로 나타나고 있는 데 대한 반성이다. 평화 교육을 통해 서로의 긍정적 이질성을 인정하고 수용하는 자세를 가져야하며 이런 과정을 거쳐야 비로소 남북 간의 평화공존을 실현할 수 있을 것이다.

남과 북 동포의 만남에 있어서 뿐만 아니라, 햇볕정책 등을 둘러 싸고 드러나는 남한 사회의 분열과 갈등을 어떻게 극복할 것인가의 문제도 평화. 통일 교육의 중심과제로 떠오르고 있다. 남남 대화에 있어서도 북한을 바라보는 인식과 관점, 접근 방식의 다양함이 인정되어야 하는데, 이를 위해서는 먼저 다양한 '정체성'이 수용될 수 있어야 한다. 자기의견과 다른 입장을 인정하지 않으려는 풍토 혹은 아예 존재하지 않는 것으로 간주하려는 경향이 드러나는 것은 우리 사회안의 다양성을 인정하고 수용하기를 거부하는 것에 불과하다. 남남 대화를 통해 통일을 둘러썬 갈등을 극복해 나가는 훈련을 해야 하고, 이는 분단이후 70년 이상 서로 다른 이념. 체제. 사회문화에서 살아온 남과 북의 주민들이 어떻게 더불어 살아갈 것인가를 미리 연습할 수 있는 기회가 될수도 있다.

## 7-4  통일 교육 방안의 문제점

평화의 실현은 정치적 행위를 통해서 직접 달성되지만 보다 근원적으로 평화는 평화교육을 통해서 일상화된다. 그러나 한반도의 경우 평화는 남북문제의 해결 없이는 실현될 수 없는 꿈이다. 그래서 평화교육의 실천은 현행의 통일교육과 상호작용관계를 갖게 되는 것이며 교유 현장에서 진행되었던 과거의 통일 교육에 대한 비판에서부터 출발할 수밖에 없다. 기존의 통일 교육의 방법에 관하여는 이미 많은 문제점이 지적되고 있는데, 그 핵심적인 문제제기를 추려보면 아래와 같다.

1) 기존의 통일교육은 학생들이 스스로 통일의 주체과 되도록 가르치기보다는 기왕의 통일정책이나 이념을 받아들이는 수동적인 추종자로 만들었다. 뿐만 아니라 통일교육에서 객관적인 정보에 근거한 합리적인 판단을 유도하기 보다는 감정에의 호소와 설득에 주로 의존하였다.

2) 기존의 통일 교육은 남북한간의 차이 극복과 동질성 회복을 통한 민족공동체의 회복을 가르치기 보다는 오히려 차이를 더 심화시켰다.

3) 그간의 통일교육은 상의하달 방식이었고 피교육자의 관심이나 발달 수준에 맞게 다양한 기법이나 보조기구 등을 활용하지 못했다는 것이다.

4) 그간의 교육정책이 전문적인 능력을 갖춘 교원을 양성하지 못하였고 교사들이 활용할 수 있는 자료도 매우 제한되어 있었다. 특히 교사나 학생들이 북한에 대한 자료를 얻는 것이 매우 힘들다.

뿐만 아니라 통일교육은 잘못하면 교사들에게 큰 피해를 줄 수도 있다는 정치적 피해의식이 교사들에게 통일교육을 자율적으로 꾸릴 수 있는 적극성을 위축시키는 방향으로 작용하고 있다.

# 7-5  평화 통일 교육의 참여

해외 평화교육의 특징은 갈등을 가진 당사자들의 직접적 대면을 통해 이루어지는 점이다. 그런 남한의 경우 통일교육은 남한 주민들 중심으로만 이루어지고 있고, 만남과 상호이해의 대상이 되어야 할 북한주민과의 실질적인 접촉은 요원한 실정이다. 그런 점에서 남한의 통일 교육은 독특하다. 갈등의 대상이어었던 북한주민과의 접촉은 부재한 채, 북한주민은 언론이나 공교육을 통해서 체험할 수 있는 추상성일 뿐이다. 또한 남한 통일교육은 정부가 교육지침을 제시한다 하더라도 그 내용은 전달자나 교사에 따라 다양해질 수 있다. 그 뿐 아니라 대북 문제에 관한 한 국민 여론은 분열되어 있다고 할 수 있다. 따라서 분단국가에서 통일교육을 하지 않을 수는 없겠지만 서서히 〈통일교육〉을 〈정치교육〉의 내용과 방법을 통해 보완하는 것이 바람직할 것이다.

통일 교육을 다루는 교과 외 에도 사회과는 물론이려니와 국어와 영어 과목에 이르기까지 모든 과목에서 교사는 평화교육의 전파자가 될 수 있음을 유념해야 한다. 마찬가지로 통일 교육을 전담하는 민간 단체만이 아니라 시민. 사회운동 단체의 활동에 평화교육을 접할 수 있는 방안도 모색되어야 한다. 이런 과정을 통해서, 한국인에게는 남북 간에 평화공존체제를 모색하는 것에 못지 않게 '일상생활의 평화'를 강화해야 하고, 이를 통해 군사주의와 고도성장을 위한 경쟁체제 속에서 잃어버린 평화에 대한 감수성을 회복해야 한다.

과도기적인 단계가 요구하는 통일교육의 또 다른 참여방식은 우선 남한사회 내에서의 대북문제와 관련하여 '남남 대화'를 보다 강화하는 일이다. 이를 위해서는 평화교육의 갈등해결, 상호이해교육, 공존훈련 등의 방법론의 적극적인 수용이 고려되어야 한다. 이미 앞에서 언급한대로 먼저 남남대화가 활성화되고, 이를 통해 평화 공존에 대한 사회적 합의가 도출되어야, 평화통일이 실제로 가능해지기 때문이다.

기회가 주어진다면 여기에서 한 단계 더 나아가 통일과정과 통일 이후의 사회를 대비하기 위해 평화교육의 다양한 프로그램이 남북 간의 민간교류에 반영되는 것도 바람직하다. 우선 비무장지대 평화촌 행사와 같은 만남의 장을 정기적으로 남과 북의 주민들이 직접 대면하여 함께 교육받을 수 있도록 하는 문화이해 프로그램으로 발전시켜 보는 것도 생각해 볼 수 있다.

결론적으로 지적할 것은 한국의 통일교육에 평화교육이 반드시 접합되어야 한다는 사실이며, 이와 함께 평화교육의 활성화를 위해서는 평화교육의 큰 테두리 안에 통일교육이 포괄되어야하겠지만. 남한 사회에서 이를 서둘러 추진하는 것은 바람직하지 않다.

# 8장

## 한국에서 시도되고 있는 평화교육

# 8-1  한국의 평화교육의 개념

국내에서의 평화교육은 주로 평화운동단체들에 의해 수행되고 있으며, 아직 그 역사가 짧고 내용이 다양하지 못하지만, 앞에서 지적된 통일교육의 한계점을 보완할 뿐만 아니라 '평화'의 내용과 평화능력 향상을 위한 기술훈련, 평화감수성 습득에 필요한 태도와 가치의 변화 등에 초점을 두면서 전개되고 있다.

평화교육에서 우선적으로 논의되어야 할 것은 '평화의 개념'을 어디까지 설정한 것인가이다. 즉 평화개념 설정여부에 따라 그 범위가 달라지는 것이다.

평화 개념이 전쟁과 가시적 혹은 물리적 폭력의 부재 혹은 반대로서의 '소극적 평화' 개념에서 나아가 인권, 문화적. 구조적 폭력, 환경문제까지 포함하는 '적극적 평화' 개념까지 염두에 둔다면, 평화교육의 내용 역시 인권, 환경, 민주주의 등의 내용까지 포함하는 광범한 영역이 된다.

## 8-2  젊은 세대를 위한 통일교육

"미래 세대가 어떤 인식을 하느냐는 매우 중요하다. 일단 젊은 세대의 생각을 충분히 들어야 한다. 나름대로 생각의 배경과 이유, 근거가 있다. 그들의 생각을 이해할 필요가 있다.

기본적으로 젊은 세대는 장점이 있다. 이성적이고 논리적이다. 또 잘못 생각한 것은 고친다. 그렇다면 남북관계를 제대로 이해할 수 있는 정보의 공유가 중요하다. 젊은 세대는 기존 대중매체에서 독자적인 정보를 바탕으로 판단하는 경향이 많다.

때문에 조금 더 남북관계를 길고 넓게 볼 수 있는, 우리가 지금까지 걸어왔던 길에 대한 이해가 중요하다. 서로 소통하면서 생각을 넓힐 수 있는 기회가 마련되어야 한다.

통일교육도 일방적 방식이 아닌 쌍방향 소통이 가능해야 한다. 젊은 세대는 통일은 반대하는 것이 아니다. 통일에 대한 생각이 다른 것이다. 젊은 세대가 생각하는 통일의 개념과 우리가 지금까지 당위론적으로 생각해온 개념이 다른 것이다.

통일의 개념을 조금 더 확장할 필요가 있고, 젊은 세대가 생각하는 통일의 개념까지 아우를 수 있는 사회적 노력과 통일교육이 필요하다. 김연철(통일부장관면담에서)

## 8-3  청소년 대상 평화교육

청소년 평화교육의 경우, 지식 중심의 내용보다는 가치관 중심으로 구성되고, 이에 준하는 실천 프로그램 개발에 중점을 두어야 한다 그리고 여기에 정서적이고 기술적 측면을 결합시킨 생활 문화적 접근을 시도하여, 청소년 자신이 일상생활에서 문제의식을 가지고 평화적 문제해결 능력을 기르도록 하는 것을 목표로 삼어야 한다. 그럼에도 불구하고 이러한 교육의 내용과 방법론의 전달할 구체적 메뉴얼이 부족하다. 또한 평화심성이나 평화감수성, 평화능력 신장을 위한 비판적 평화의식 함양, 반평화적 현실에서 파생된 사회적 약자들과의 연대를 위한 '정의교육' 등을 포괄해야 할 과제를 안고 있다.

### 청소년 평화교육 프로그램 개발

프로그램 주제

다름과 차이 그리고 공존

비폭력, 화해, 통일

타문화 이해, 상호문화 존중, 관용의 체험학습

차이와 차별을 주제로 한 통일 교육, 평화체험학습

청소년 평화교육의 첫번째 특징은, 가치관 교육을 중심으로 프로 그램이 구성되어 있다는 점이다. 각 단체에서 실시하고 있는 프로그 램은 1. 다름과 차이의 이해 2. 다양성의 인정 3. 차별과 배제가 아닌 공존의 삶 4. 신뢰와 존중 5. 상호 이해 등의 가치를 기반으로 이를 배 우고 훈련하는 프로그램에 초점을 두고 있다.

가치중심의 교육이니만큼, 교육방식에 있어서 청소년 평화교육 프 로그램은 체험학습이나 실천 프로그램에 중점을 두고 있다. 지식습득 을 넘어서 정서적이고 기술적인 측면이 결합되고 있고 생활 문화 중 심적인 접근을 시도하고 있다. 청소년들이 사는 지역, 청소년들의 생 활에서 출발한 청소년 자신의 문제의식을 가지고 청소년 스스로가 조 사, 토론, 대화, 탐방, 게임 등을 하면서 문제를 해결하고 체계화할 수 있는 학습방법을 실시하고 있다.

그러나 청소년 평화교육은 극복해야 할 몇 가지 과제를 안고 있다.

첫째, 교과적에 있어서 연령에 따라 세부화된 교육내용이나 방법 이 구체적으로 개발된 메뉴얼이 아직 부족한 실정이다.

둘째, 교육내용에 있어서 평화개념의 적용 다소 모호한 측면이 있 다. 대부분의 프로그램이 '나와 다른 타인과 공존하면서 살아가는 내 용'에 초점을 맞추고 있는데, 이러한 관점을 내면화하기 위한 교육을 위해서는 다른 가치의 교육이 필수적으로 수반되어야 한다. 그것은 평화롭지 못한 현실에 대한 냉정한 자각과 반평화적 현실에서 파생된 사회적 약자에 대한 연대감이다. 이는 사회정의에 대한 인식을 기반으로 한다. 평화란 단순히 조화롭고 평온한 상태를 유지하는 것이 아니라, 현실에 대한 정의로운 비판의식과 주체적인 참여의식을 기반으로 만들어지는 것이기 때문이다. 따라서 소수자와 사회적 약자와 함께 살아가는 사회정의 의식을 청소년의 학습능력에 맞게 개발할 필요가 있다.

셋째, 민간단체가 개발하고 실시하는 청소년 평화교육 프로그램은 교육대상 동원의 한계, 교육시설 마비 등 프로그램의 운영상 현실적으로 어려움이 많다. 따라서 교사중심의 모임이 보다 활성화되어 민간단체와 학교교육을 연계하고 교육내용과 방법을 상호 보완할 수 있는 가능성을 열어 가는 것이 중요하다고 하겠다.

9장

# 한국의
# 평화 운동

# 9-1 한국의 평화 운동

한국에서 평화 문제는 상당 부분 북한과 관련되어 있다. 하지만 더욱 심각한 문제가 있다. 북한의 위협을 이유로 한국 내에 반평화적이고 인권 침해적인 상황을 정당화하려고 하는 것이다. 유엔은 물론이고 미국 정부조차 개정이나 폐지를 권고하는 있는 국가보안법은 여전히 남아 있다.

김대중과 노무현 정부 때에는 남용되는 사례가 조금 줄어든 보였지만, 이명박과 박근혜 정부 들어서 오히려 강화되었다. 대다수 민주주의 국가들은 양심에 따른 병역거부를 인정하고 대체복무제를 도입하고 있지만, 한국은 북한의 위협을 이후로 인정하지 않고 있다. 이에 따라 매년 700명 안팎의 청년들이 감옥으로 가고 있다. 또한 정부에 대한 비판적인 목소리를 억누르기 위해 종북이니 친북이니 하는 색깔론 딱지를 무차별적으로 붙이고 있다.

한국에서 평화 문제는 한매동맹 관계에서도 많이 나타난다. 세계 10위권의 국력을 갖춘 한국은 세계에서 유일하게 전시 전통제권을 갖지 못하고 있는 나라다. 미국도 가져가라고 하는데, 한국 정부와 군은 시기상조라며 계속 미루려고 한다.

한국은 또한 세계에서 미국 무기를 가장 많이 수입하는 나라다. 성능이나 가격보다 한미동맹이라는 정치적 고려가 무기 도입 과정에서 강력한 영향력을 발휘한다. 미군이 쓰는 기지와 그 주변이 오염되어도 제대로 대응할 수 없고, 미군이 범죄를 저질러도 재판권은 한국이 행사하는 경우는 드물다. 미국이 한국 안보를 지켜 주고 있으니 이 정도의 피해와 불편은 감수해야 한다는 생각이 강하기 때문인지도 모른다.

미국은 세계에서 전쟁을 가장 많이 하는 나라다. 이러다 보니 한국에게 종종 파병 요구를 한다. 그런데 한구 정부가 미국의 파병 요구를 거부한 사례는 거의 찾아보기 어렵다. 멀게는 베트남 파병부터 가깝게는 아프가니스탄과 이라크 파병에 이르기까지, 미국의 요구에 따라 한국군이 파병되는 경우가 많다. 미국이 벌이는 전쟁의 정당성과 한국군 파병의 적실성은 한미동맹이라는 논리에 압도당하고 있기 때문이다.

한반도 평화 문제와 관련해 빼놓은 수 없는 것이 바로 한미 합동군사훈련이다. 한미 양국은 매년 이른 봄에는 '키 라졸브/독수리 훈련'을 늦여름에는 '을지프리덤 가디언 훈련'을 실시한다. 한국의 평화운동가들은 이런 문제들의 해법을 촉구하고 있다.

또한 북방한계선(NLL)를 둘러싼 갈등의 평화적 해결, 반복 단체들의 대북 삐라 살포 중지, 대인지뢰 제거, 이산가족 상봉 문제와 금강산 관광사업 재개 문제의 포괄적 해결, 천안함 침몰 등 원인 재조사 및 5.24 대북 제재조치 해제 등도 최근 중요하게 다르고 있는 사안들이다. 한국 민주주의와 인권 신장을 위해 국가보안법을 폐지하고 양심에 따른 병역거부를 인정해 대체복무제를 도입해야 한다는 운동도 계속하고 있다. 병력을 감축하고 무기 구매를 줄여 교육 및 복지 지출을 늘려야 한다는 운동도 있다. 사병을 소모품 취급하고 인권을 침해하는 군대문화를 혁신해야 한다는 요구도 점증하고 있다.

한미관계를 재정립해야 한다는 목소리도 높다. 주한미군주둔군 지위협정(SOFA)을 개정해 환경오염 및 미국 범죄 해결에 보다 적극적으로 나서야 하고, 한국이 미국에게 요구하는 방위비 부담금도 줄여야 한다고 요구한다. 미국이 주도하는 미사일방어체제(MD) 및 한미일 삼각동맹에 대한 반대운동도 활발하다.

한미 군사훈련을 반대하거나, 군사훈련 중단을 북한의 핵실험 및 미사일 발사동결과 연계해 대북 협상에 나서야 한다는 요구도 계속하고 있다. 파병 반대운동 역시 한국 평화운동의 가장 중요한 분야 가운데 하나로 자리 잡고 있었다.

이 밖에도 평화운동이 다루고 있는 문제들은 많다. 평화단체들은 여러 이슈들을 동시에 다루기도 하고, 특정 이슈를 전문적으로 다루기도 한다. 또한 중대한 문제에 대해서는 많은 단체들이 함께 힘을 모으기도 한다. 아울러 단체뿐만 아니라 개인적으로 평화운동에 동참하는 사람들도 많다.

# 9-2  한국 평화운동의 태동과 현황

한국의 평화운동은 백범 김구 선생에서 시작되었다고 해도 과언이 아니다. 그는 1948년, 남북한이 분단정권 수립의 길로 들어서자 '동족 상잔의 비참한 내전이 발생할 위험'이 있다며 단독정부 수립반대, 통일 국가 건설운동에 나섰다.

결국 한반도가 분단되고 전쟁이 일어나자 몇몇 선각자들이 평화운동에 나섰다. 최능진과 김낙중이 대표적인 인물이다. 한국전쟁 발발 직전에 이승만 정권에 의해 투옥된 최능진은 형무소 수감 중에 전쟁이 터지자 옥중에서 정전. 평화운동을 벌였다. 하지만 이승만 정권은 그를 군법회의에 회부해 사형을 선고하는 처형하고 말았다.

비슷한 시기에 김낙중은 '탐루(눈물을 찾는다)'라고 쓴 연등을 들고 부산 광복동에서 1인 시위를 벌렸다. 전쟁을 빨리 끝내야 한다는 호소였다. 당시 청년이었던 김낙중은 간첩죄로 여러 차례 옥고를 치르면서도 평화통일운동의 한길 인생을 살아왔다.

박정희, 전두환 군사폭압 통치하에서 함석헌, 장일순, 문익환을 비롯한 평화사상가들이 나타나 정신적 지주 역할과 운동의 지도자 역할을 겸했다. 문필가이자 민중운동가인 함석헌은 동서양의 생명철학과 식물의 씨 및 동물의 알을 결합해 '씨알사상'을 집대성했다. 2008년

161

집권한 이명박 정부는 2차 정상회담에서 합의할 '10. 4 선언'이행을 거부하면서 서해의 평화는 수포로 돌아가고 말았다. 설상가상으로 2010년 3월에는 천안함이 침몰하고, 그해 11월에는 연평도 포격전이 벌어지면서 서해는 한반도의 화약고로 전락하고 말았다.

평화운동 진영에서는 천안함이 북한의 의뢰 공격으로 침몰했다는 정부의 발표에 이견을 제시하면서 보다 공정하고 객관적인 조사를 촉구했지만, 정부와 수구 언론은 이를 '종북'으로 매도하면서 일체의 이견을 허용하지 않는 모습을 보여 왔다.

넓은 의미의 평화운동이라고 할 수 있는 대북지원운동도 1990년대 중 후반부터 본격화되었다. 경제 및 농업 정책의 실패, 잇따른 대가뭄과 대홍수 등 자연재해에 직면하면서 수많은 북한 주민들이 굶주리거나 먹을 것을 찾아 탈북하는 사태가 벌어졌다. 그러자 종교단체와 언론사를 중심으로 북한주민 돕기운동이 전개되었고, 우리민족서로돕기, 남북어린이어깨동무와 같이 대북 지원을 전문적으로 하는 단체들이 생겨났다.

이들 단체는 식량 및 의약품 지원에서 시작해 농업, 산림, 에너지 등으로 활동 분야를 넓혀 왔다. 하지만 이명박 정부 출범 이후 남북관계가 경색되고 북한 정부 역시 인도적 지원을 받는 것을 꺼려하면서 대북 지원운동은 눈에 띄게 약화되었다.

2000년대 한국 평화운동의 대표적인 사례는 이라크 전쟁 및 한국의 파병 반대운동이다. 미국은 2003년 3월 이라크 침공을 강행하면서

한국 정부에게도 파병 요청을 했다. 이때 노무현 정부는 의료. 공병지
원부대인 서의. 제마부대를 파병했다. 그러자 젊은 평화운동가들로
구성되 이라크반전평화팀은 미국의 이라크 침공을 온몸으로 막기 위
해 이라크 현지로 들어가서 전쟁 반대, 인도적 구호, 한국의 파병 반대
활동을 전개했다. 많은 단체들과 인사들도 미국의 이라크 침공의 야
만성을 고발하고 한국의 파병을 반대하는 운동에 적극 나섰다.

그런데 미국은 이라크 수렁에 빠져들기 시작한 2003년 하반기에
도 추가 파병을 요구했다. 한국 정부 역시 파병을 통해 미국의 대북강
경책을 완화할 수 있을 것이라 기대하고는 파병에 호의적인 태도를
보였다. 그러자 한국의 파병 반대운동도 이 시기에 절정에 달했다. 서
울을 비롯한 주요 도시에서는 수백, 수천 명이 참가한 촛불집회가 거
의 매일같이 열렸다. 하지만 정부는 한반도 평화와 한미동맹을 명분
으로 파병을 강행하고 말았다.

당시 한국의 파병 규모는 3,600명 규모로, 이라크 침공 당사국들 중
미국과 영국을 제외하곤 세계 최대 규모였다. 하지만 냉정하게 볼때,
한국의 파병 반대운동은 다른 나라들에 비해 그 규모가 훨씬 작았다.

당시 미국의 대도시는 물론이고 유럽의 주요도시들에서 이라크전
쟁 및 파병 반대운동 규모는 10만 명을 넘기는 경우가 다반사였다. 하
지만 한국에서 1만 명이 넘는 규모를 찾아볼 수 없었다. 그 핵심적인
이유는 노무현 정부를 바라보는 한국 시민들 및 시민단체들 사이의
다양한 입장에 있었다. 많은 국민들은 노무현 정부의 파병 결정을 불

가피항 것으로 보았다. 또한 파병을 거부할 경우 미국으로부터 불이익을 당할 수 있다는 두려움도 팽배했다. 아울러 2004년 들어서 노 대통령 탄핵 사태가 벌어지면서 '파병 반대 촛불집회'는 '탄핵 반대 촛불집회로 빠르게 옮겨갔다. 탄핵 반대집회에는 연일 수십만 명이 참여할 정도로 역대급 규모를 보였다.

지금은 물론 앞으로도 상당 기간 한국 평화운동의 핵심 분야는 한반도 비핵화 및 평화체제 구축운동이다. 한국전쟁이 종전이 아니라 정전(휴전)으로 귀결되면서 분단정전체제를 평화체제로 대체하기 위한 노력은 한국 평화운동의 가장 핵심적인 분야라고 해도 과언이 아니다.

부시행정부는 2002년 1월 북한을 이란, 이라크와 함께 '악의 축'이자 선제공격 대상에 올려놓았다. 급기야 그해 10월에는 고농축우라늄을 이용한 북한의 비밀 핵개발 논란까지 벌어지면서 한반도 평화를 어렵게 유지해 왔던 제네바 합의는 파기되고 말았다.

이처럼 부시 행정부의 대북강경책과 북한의 핵개발 시도로 한반도 위기가 빠르게 고조되자 한국의 시민사회도 발 빠르게 움직였다. 평화운동단체뿐만 아니라 다른 분야의 단체 및 인사들도 대거 참여해 다양한 활동을 전개했다.

# 9-3 평화 교육의 목적

우리 평화 교육은 평화단체, 시민단체 등에 의한 민간 교육에서 시도되고 있는 초기의 단계이지만, 세계의 많은 지역에서는 오래전 부터 공식. 비공식 교육의 차원에서 다양하게 진행되어 왔다. 따라서 평화 교육의 초기 단계에 있는 남한에서 해외의 평화교육의 사례에 대한 분석을 통해 그 내용과 방법론 등을 보다 구체적으로 이해하고 이를 한국에 적용하는 것이 필요했다.

1999년 헤이그 평화회의(the Hague Appeal for Peace)는 평화 교육을 21세기 평화운동의 과제의 하나로 설정하여, 각 국에서 평화교육이 의무화되어야 한다고 제안하였다. 평화교육의 목적은 평화적 문제해결을 위해 태도와 행동을 변화시키는데 있다. 평화교육은 폭력적인 사회와 폭력이 위협적으로 존재하는 곳에서 실시될 수 있는 것으로, 다양하게 실천되고 있는 평화교육이 공식. 비공식 영역에서 어린이로 부터 성인에 이르기까지 대상을 확대하여 공통으로 인지되는 문제에 대응하여 그 내용와 방법이 개발될 때 성공적이라 보고 있다.

평화 교육을 바라보는 두 가지 방법으로 사회의 중요한 문제와 경향(trends)에 초점을 맞추고, 학교와 대학을 통해 적극적 평화를 향상시키는 장기적이고도 광범위한 기반을 갖춘 프로그램, 구체적인 갈등/분쟁을 해결하고 피하는 것을 목적으로 하는 것보다 집중적인 활동 등으로 나누어 볼 수 있다.

## 분쟁 지역의 평화 교육

대표적인 분쟁지역인 이스라엘과 북아일랜드 그리고 인종차별을 종식하고 민주적 정부를 수립한 남아프리카 공화국, 다양한 인종과 문화가 갈등과 화합을 이루는 미국, 그리고 동서독 분단을 극복하여 통일을 이룩한 독일 등의 사례를 살펴보자.

위 나라들의 갈등과 분쟁은 각기 다르다. 북아일랜드의 경우 종교분쟁으로 보이는 카톨릭과 개신교의 갈등과 분쟁은 사회경제적. 문화적 불평등과 분리를 특징으로 하고 있으며, 이스라엘과 팔레스타인은 각기 다른 인종과 종교를 바탕으로 정치 · 경제 · 사회 · 문화적 불평등과 더불어 심각한 무력분쟁이 휴전인가하면 다시 전쟁이 진행되고 있다.

독일과 남아공은 분열과 분리를 넘어서 통일과 통합이 이루어 내었다는 점에서는 공통점을 가지고 있으나 각기 독특한 경제 · 사회 · 문화적 통일과 통합의 과제를 가지고 있다.

미국은 다양한 차원의 폭력이 사회적으로 만연함으로 인해 폭력과 갈등의 평화적 해결을 위한 평화교육이 활발하게 전개되고 있다.

각나라들이 평화교육을 통해 이처럼 다양한 분쟁과 분열을 극복하고 화해와 통합, 통일을 이룩했는가를 이해하는 것을 통해 한국 상황

에서의 평화. 통일교육 보다 구체적인 내용과 방법을 제시해 줄 수 있

을 것으로 기대하며 이를 성취하는데 평화교육의 목적이 있다.

10장

# 해외
# 평화교육의
# 사례들

우리나라에서 통일교육이 평화교육과 결합되어야 하는 필요성 가운데 하나는 전 세계적으로 분단 혹은 분쟁지역에서 이루어진 평화교육이 분단과 분쟁을 비폭력적, 평화적으로 해결하는 데 기여해 왔다는 경험적 사실에 근거한다. 즉 이들 지역과 국가들은 분쟁과 분단에 있어서 통일의 당위성만을 강조하는 교육보다는 평화적인 실천 과정을 가르치는 교육을 통해, 실질적인 사회통합이나 통일을 성공적으로 달성했다는 점을 유념할 필요가 있다.

해외 분단. 분쟁지역에서 갈등과 반목을 극복하려는 평화교육의 모범적인 사례로는 1. 독일의 정치교육으로서의 평화교육, 2. 미국 사회에서 폭력극복을 위한 갈등해결 교육 3. 북아일랜드의 상호 수용 교류 이해 교육, 4. 인종분리와 인종차별정책을 종식한 남아프리카의 교육개혁 등을 들 수 있다.

이러한 평화교육 사례들의 경우 그 방법론에 있어서 '갈등해결 프로그램'이 각국의 평화교육에 광범위하게 적용된다는 공통점을 보이고 있다. 주로 미국을 중심으로 발전된 '갈등해결' 프로그램이 세계의 여러 지역으로 확산되고 있는 듯이 보인다. 한국에서도 지난 2000년 이후 미국의 평화 단체인 〈미국친우봉사회〉(American Friends

Servidce Committee, 이하 APSC)의 도움으로 '갈등해결' 프로그램이
본격적으로 소개되어 한국적 상황에 맞춘 교육이 시작되 있다. 한국
의 평화교육 모델 개발에 활용하기 위해서 독일, 미국, 북아일랜드, 남
아프리카에서의 평화교육 사례를 간략히 보자.

## 1) 독일문제의 최종종결에 관한 조약

Treatly on the Final Settlement with Respect to Germany(1990.9.12)

독일의 평화교육을 논하기 전에 동독과서독의 통일 진행사항을
먼저 살펴보자. 1990년 독일통일 과정에서 [화폐. 경제. 사회통합에
관한 조약] 과 [통일조약]이 독일통일의 내부문제 해결을 위한 조치
이었다면, 외부요인으로 '2+4 회담'은 독일통일의 외부문제 해결을
위한 조치였다. 전승 4국(미국. 영국. 프랑스. 소련)은 제 2차 세계대
전의 종료와 더불어 전체 독일 및 베를린에 대한 권리와 책임을 갖고
있었다.

그러나 제2차 세계대전을 종결짓는 독일과 전승 4국간의 평화조약

이 체결되지 않았기 때문에 독일통일을 앞두고 동서독과 전승 4국은 독일문제 해결을 위하여 '3+4 회담'이라는 특수한 방식을 채택하였다. 1990년 5~9월 4차에 걸친 '2+4 회담' 결과 [독일에 관한 최종해결 조약] 이 체결되었다.

이 조약이 비록 독일과 전승 4국간의 평화조약은 아니었지만 전승 4국이 이 조약을 통하여 독일통일을 인정하고 독일인에게 완전한 주권을 부여함으로써 독일문제가 해결되었다. 독일은 따라서 1990년 10월 3일 통일을 선포할 수 있었다.

## 2) 독일의 평화교육

독일은 그 어느 국가보다도 평화교육이 활발하지만, 과거 분단시기 동안 통일 교육을 시행하였다고 하기는 어렵고, 통일교육이라는 용어도 사용되지 않았다.

통일교육은 주로 정치교육의 범주에서 부분적으로 다루어졌으나, 이것 역시 주정부에 따라 성격이 아주 달랐다. 교육행정이 철저히 지방자치제 정부에 의존하고 있었고, 지역에 따라 정치적 성향이 아주 다르기 때문이다.

독일의 평화교육은 정치교육, 학교에서의 평화교육, 성인교육기관의, 평화교육으로 나뉠 수 있다.

# 3) 통일교육으로서 정치교육

통일 전 서독인들 사이에서는 민족적 정체성이 결여되어 있었고, 나치의 죄악상 때문에 민족적 자부심도 약했다. 오히려 서독인은 전후 40여 년 동안 연방공화국을 떠받쳐온 헌법과 그것이 지니고 있는 근원적 가치에 대한 자긍심이 대단히 높았다.

흔히 체제애호심 혹은 탈민족적 정체성으로 포현되는 서독인의 의식 속에는 서독이 이루한 민주주의, 개방사회, 그리고 '사회적 시장경제애 대한 자부심'이 들어 있었다.

통일되기 이전까지 서독이 해온 주된 교육은 평화교육이었다. 서구에서 70~80~년대 활발히 진행되어 온 평화교육의 범주는 매우 넓다. 흔히 그 범주를 10가지로 정리하는데, "갈등 문제 / 평화문제 / 전쟁문제 / 핵문제 / 정의문제 / 권력문제 / 성문제 / 인종문제 / 생태학적 문제 / 미래에 관한 문제"가 바로 그것이다.

이런 평화교육의 10가지 주제와 병행하여, 때로는 평화교육의 틀을 바탕으로 이루어지는 세계연구, 개발교육, 정치교육, 반인종. 반성차별교육, 환경교육, 공동체교육 등이 있다.

서독에서는 정치교육에 대한 국가의 지원이 엄청난 규모였다. 공교육이 양측관계를 거의 다루지 않았기에, 양동관계 관련 정치교육은 주로 민간단체들이 담당하였다.

냉전적 시각에서 양독 과계 개선을 시도하였던 보수적인 단계들은 사회주의에 대한 부정적인 면을 전달하면서 동시에 냉전 상태를 유지하고자 하였던 반면, 탈냉전의 시각에서 정치교육을 실시한 집단의 경우는 탈냉전에 기여하면서 다양한 체제를 서로 비교하는 것을 통하여, 서독 사회구성원들이 동독에 대한 이해를 높이고자 하였다.

탈냉전을 지향하는 정치교육단체의 목표를 정리하자면,

1. 교육 참여자들이 지닌 편견을 지적하고 쟁점화하는 단계를 거쳐, 2. 국제주의적 단결의식을 발전시키고, 3. 탈냉전사고가 평화 정치를 실현하는 단계로 나가는 것이다.

## 4) 학교에서의 평화교육

독일의 학교에서는 1970 ~ 80년대에 "평화"가 매우 중요한 테마였다. 평화교육과 관련된 내용은 교과서에 많이 찾아볼 수 있는데, 다음의 주제들이 주로 교과서에서 평화교육의 테마로 다루어졌다.

### 〈평화교유의 테마〉

1. 공격성, 폭력 평화개념
2. 군비무장, 군비축소, 군사위협
3. 동서갈등
4. 남북갈등
5. 지역갈등
6. 안보정책의 이론적 배경
7. 대안적 평화개념
8. 독일연방군, NATO,
  바르샤바 조약기구 33
9. 국제기구(유엔, 유네스코 등)
10. 근대의 전쟁과 평화협정
11. 사회적 방어
12. 무기수출
13. 군사 · 산업 보유업체
14. 군비지출
15. 지배와 폭력의 변화가능성

학교에서의 평화교육의 내용을 알아보기 위해, 바덴뷰르템베르크 주의 직업학교(Realschule) 10학년의 경우를 살펴보자. 직업학교에서의 사회과 교육과정에서는 평화에 관한 주례를 위해 8시간 정도를 할애하고 있다. '평화의 유지'라는 학습단원의 학습목표와 학습내용은 다음과 같다.

### 〈학습목표〉

1. 평화를 지속적으로 위협하는 문제에 대한 인식을 높인다.
2. 독일 연방군이 사방세계의 군사동맹들과 함께 자유와 안보를 지켜 준다는 사실을 인식한다.
3. 상호협력과 협정들을 군사적 평화유지의 필수불가결한 보완 수단으로 파악한다.
4. 평화를 지키기 위하여 여러입장들을 익힌다.
5. 병역거부의 가능성과 문제점을 살펴본다.

### 〈학습내용〉

1. 1945년 이후의 국제분쟁과 군사적 폭력 사용
2. 방위에 대한 준비와 방위능력을 통한 평화의 유지
3. 군비축소협상 / 국제협정 / UN
4. 비폭력적 저항 / 전몰장병애 대한 속죄
5. 기본법이 보장하는 양심의 결정으로서의 병역거부 : 대체봉사

직업학교에서 강조하과 있는 평화교육의 내용은 국가방위에 초점을 맞추고 '국제적 상황에서의 독일 군사 및 외교적 상황'과 같은 주제들이 다루어지고 있는데, 이 또한 폭력적, 평화주의에 입각한 사고와 행위능력의 개발에 큰 기여를 하고 있다.

여기서 우리의 관심을 끄는 것은 과거 동독에 속하였던 브란덴부르크주에서 시행하는 평화교육이다. 이 주는 관용적인 브란덴부르크라는 교사들을 위한 워크샵을 통해서 학교에서 적용 가능한 프로젝트를 소개하고 있다. 그 내용들은 아래와 같은 비폭력 행위능력 신장, 공격성 억제교육, 갈등 중재훈련 등이다.

## 5) 성인교육에서의 평화교육

평화라는 주제는 학교교육에서보다 학교 밖의 교육, 즉 성인교육에서 더 오래 전부터 다루어져 왔다. 성인교육에서의 평화교육은 두 가지 방향으로 분류된다. 첫째로 다양한 성인교육기관에서 시행하는 평화교육이다. 독일 공공 성인교육기관의 핵이라고 불리우는 시민대학(VHS), 종교단체의 아카데미와 정당 산하의 재단 (에버트재단, 아데나워재단, 나우만재단 등)에 소속된 교육아카데미는 제3세계와 유럽의 평화, 세계의 평화, 인권의 문제를 지속적으로 다루어 왔다. 독일의 시민대학에서는 정치교육, 철학, 교육학, 심리학의 영역에서 전쟁과 평화, 전쟁과 인내, 인권 등의 주제를 다루어 왔다.

최근에는 구조적 폭력과 같은 테마 이외에도 개인적 평화, 즉 개인의 내면적인 평화에 대한 관심이 점차 고조되고 있다. 학교교육이 평화와 폭력에 대한 정보와 지식을 제공하고 평화적인 공존에 대한 인식능력과 행위능력을 배양하는데 초점을 둔다고 한다면, 성인교육은 비평화적 상황에 대한 판단력을 길러주어 평화와 관련된 사회적 담론을 형성하는 데에 도움을 준다고 할 수 있다. 프로그램은 대체로 현재 상황에 대한 정확한 정보를 제공하는 단계로 시작하여 현상발생의 원인에 대한 분석의 단계를 거쳐, 문제해결의 방안들을 실천하는 과정으로 구성되었다.

둘째로 시민운동단체들이 주도해 온 평화교육은 다분히 정치적인 이슈들을 상황에 따라 재빨리 하나의 주제로 부각시키는 특성을 가지고 있다. 그리고 시민운동단체들의 평화교육은 "운동을 통한 학습화"라고 하는 독특한 방식을 취하고 있다. 즉 시민운동단체들의 평화교육은 사건과 현상에 대한 인식을 제공하는 것뿐만 아니라 구체적인 행동까지를 요구하는 매우 실천적인 성향을 띠고 있다. 그러나 독일에서 최근에는 평화운동이 소강상태에 있어 시민운동단체들의 평화교육도 활발하지 못하다.

## 6) 교사교육에서의 평화교육

현재 교사교유에서 평확교육은 교과영역을 초월하여 매우 중요한 주제영역이다. 그 이유는 독일의 학교에서는 내국인들의 자녀수는 줄어들고 있는 반면에 외국인 노동자의 자녀수가 급증학고 있기 때문이다. 따라서 타문화, 특히 이주자 중 가장 많은 사람들이 소속된 이슬람문화에 대한 이해 정도는 교사의 자질에 달려있다. 특히 사회과 분야 교사교육에서는 독일 내에서 일어나고 있는 사회적 폭력의 문제 때문에 비폭력 및 관용, 갈등중재 등의 주제들이 매우 중요하게 부각되고 있다. 이러한 상황 하에서 교사들에 대한 재교육에 있어 간문화(間文化) 이해교육과 비폭력 평화교육은 매우 중요한 주제이다.

교사교육을 담당하고 있는 각 주의 교육연구소들은 거의 모두가 비폭력. 평화적 행위능력의 전달을 프로그램의 중요한 주제로 채택하고 있다. 노르트라인-베스트팔렌주의 교사교육 프로그램을 살펴보면 다음과 같은 내용을 포함하고 있다.

### 〈프로그램 주제〉

1. 갈등과 전쟁에 대한 학습 : 시민적 갈등중재를 위한 논의
2. 갈등처리의 구성적 접근
3. 민족적 갈등에 대한 분석(사례연구 : 소말리아)
4. 폭력예방과 평화정착
5. 유엔과 평화를 위한 아젠다
6. 시민적 중재와 군사적 중재의 역할분담
7. 국가사회에서의 비 정부 조직
8. 인도주의적 개입(사례연구 : 소말리아)
9. 인권유린으로 부터의 보호
10. 망명자 정착촌에서의 경험
11. 선거감시(사례연구 : 남아프리카공화국)
12. 위기에 처한 인물에 대한 보호(사례연구 : 과테말라)
13. 문제있는 국제적 제재(사례 : 남아프리카공화국, 이라크, 유고연방국들)
14. 소비자 저항(반핵운동) / 국제사법판결결과 전범
15. 평화를 위한 국제적 파트너쉽

대체론 평화교육 교재들은 주 정부산한 교육연구나 〈평화교육협회〉와 같은 민간평화교육연구소, 그리고 학교교육과 학교 와 청소년 교육 및 성인교육에서 활발히 활동하고 있는 활동가들에 의해 만들어지고 있다.

## 10-2 북아일랜드의 상호 이해 교육

먼저 북아일랜드의 평화협정부터 살펴보자

### 1) 북아일랜드 평화협정

Good Friday Agreement (Belfast Agreement , 1998.4.10)

첫번째, 북아일랜드에서는 영국에 편입을 원하는 신교도들과 독립을 유지하려는 아일랜드 원주민 구교도 간의 대립과 무장충돌이 지속되었다.

-1997년 양측의 무장세력들이 휴전을 선언하고 화해 분위기가 조성하면서 영국, 아일랜드, 북아일랜드의 신구교도 등 분쟁 당사자들이 모두 참여하여 역사적인 평화협정이 체결되었다.

두번째, 이 협정은 영국과 아일랜드 정부에 의해 서명되고 대다수

의 북아일랜드 정당들에 의해 보증되었다

그럼에도 불구하고 이후의 협정 이행과정에서 권력분점 문제 등을 둘러 싼 논란이 지속되었다.

세번째, 이 평화협정 사례는 체결과정 뿐만 아니라, 그 이후에 협정 당사자들에 간의 성실한 이행이 얼마나 중요한가를 교훈으로 알려주고 있다.


## 2) 북아일랜드의 상호이해교육 (Education for Mutual Understanding)

### 첫번째, 카톨릭과 개신교 사이의 갈등

북아일랜드에서 가톨릭 – 개신교 공동체 사이에 발생한 폭력은 거의 30년 동안 지속된 갈등의 전형적인 특징이었다. 그럼에도 전체 사망자는 세계의 다른 갈등 지역에 비해 볼 때 상대적으로 낮다고 한다. 그 이유 가운데 하나로는 상호이해교육에서 출발한 평화교육이, 제한된 규모이기는 하지만, 두 공동체 사이를 연결하는 '중간지대' 인 크로스 커뮤니티 그룹을 만들었고, 이들의 활동이 지속적이고 적극적이었던 점을 들고 있다. 이들은 특히 두 공동체간의 갈등이 심화되었었을 때 접촉과 의사소통을 지속함으로써 이 중간지대를 유지하는데 기여했다고 한다. 북아일랜드에서 평화와 화해그룹의 활동은 갈등의 극복을 위한 정치적 해결에 직접적인 영향을 줄 수 있었던 것은 아니지만,

평화의 기반을 유지하는데 적지 않게 기여했다. 이러한 맥락에서 가톨릭과 개신교의 관계를 개선하는 과정에서 교육이 행동과 실천을 위한 도약대가 되었다.

북아일랜드의 상호이해교육, 통합교육, 공동체 교육 프로그램 등은 오랫동안 가톨릭과 개신교로 분리되어 반목하면서 상대방에 대해 서로 알 기회를 차단당해 왔던 양쪽 공동체의 학생들이 서로를 이해하고자 하는 목적으로 학교의 교과목을 통해 실시되고 있다. 상호이해교육은 학부모 모임과 시민단체, 평화단체들이 오랜 노력의 결실이었다. 상호이해교육을 통해 북아일랜드의 학교들은 보다 개방적. 포용적이 되었고, 문화와 정서의 통합을 이루어가고 있다. 학생들은 자신과 타인에 대한 존중과 관계형성 촉진, 갈등의 평화적 해결, 상호의존성에 대한 자각, 문화적 다양성의 이해 등의 능력을 길러나가고 있다.

### 두번째, 가톨릭 −개신교 학교의 교류

1999년 현재 북아일랜드에서는 초등학교 1/3, 중등학교의 1/2가 학교간 교류에 개신교 – 가톨릭 학생 동수로 참여하고 있다. 1970년대 중반에 시작되어 1986년 이후 본격적으로 〈학교 간 유대 Inter - School Links〉 프로젝트가 진행되었다. 초등학교의 경우 개신교 – 가톨릭 학생들이 정규 학과목 내용에서 서로 만나 공부할 수 있는 기회가 주어졌다. 중등학교 교사들은 함께 모여 아일랜드 역사 학습프로그램을 만들었는데, 학교들의 학생들이 공동으로 현장학습하고 교류

할수 있는 기회를 제공하였다. 그 결과 특히 역사교육 프로그램에서 학생들이 자신들의 문화 공동체에서 중심적 역사해석에 대해서 질문하는 태도를 가지게 되었다. 이 프로젝트를 통해 '공동체 교류를 위한 접촉이 학교 커리큘럼으로 수용될 가능성이 제시되었고, 부모들 또한 이러한 시도를 강력하게 지지하는 것으로 평가되었다.

### 세번째, 통합학교

북아일랜드에서 최고의 통합학교, 개신교도와 가톨릭교도가 함께 다니는 학교가 1981년 설립되었다.

위의 프로그램과 관련하여 20개 이상의 자발적 조직이 북아일랜드의 지역공동체나 학교에서 활동하고 있다고 한다. 이들은 통합학교를 위한 주요 커리큘럼, 방과 후 활동, 갈등해결 기술의 개발을 위해 노력했고, 이러한 활동이 학교를 통한 공동체 관련의 일에 전문성을 가지고 관심과 헌신을 한 자발저 노동자, 교사, 학자들의 모임을 만드는 데 큰 자극을 주었다고 한다. 이러한 노력들이 통합학교의 향후 발전을 위한 논리와 정당성을 제공하였고, 이러한 초기 노력들이 모여서 통합학교 교육이 등장할 수 있었다고 할 수 있다.

### 네번째, 상호이해교육(EMU)의 발전

북아일랜드에서 '상호이해교육'은 1970년대부터 교사와 학생들의 적극적 관심 속에서 시도되어, 1972년부터 '상호이핵교육'에 대한 정부의 공식적 지원이 시작되었다. 1983년 부터 〈EMU 프로그램 개발위원회〉를 설립, '교사를 위한 EMU 가이드안을 작성(1988년)하여 학교 내부와 학교 간 EMU 활동을 촉진하는데 필요한 과정과 기법을 소개하였다. 이는 1989년의 '교육개혁령'에 의해 대체되어, 공동체 관계와 관련된 두 커리큘럼의 교차주제가 북아일랜두 교과과정에 구체적으로 포함되었다. 이것이 바로 '상호이해교육'(EMU)과 '문화적 유산'(CULTURAL HERITAGE, CH)이다. 모든 학교에서 법적으로 이 커리큘럼을 포함하기 시작한 것은 1992년〈북아일랜드 커리큘럼위원회〉기 EMU를 소개하는 길잡이를 출간하면서이다.

상호이해교육(EMU)과 문화적 유산(CH)는 근본적으로 "수용, 공평, 상호존경의 정신에서 '다름'과 더불어 사는 것을 배우는 "것으로 규정되었다. 이것은 다음 4개의 목표에 의해 보다 구체화되었다.

첫째, 자기와 타인에 대한 존중과 관계형성을 촉직함: 학생들은 자기 자신, 그리고 개인적, 사회적 상황조건 속에서 자기 자신을 어떻게 적절하게 다루고 반응할 것인가에 대한 지식과 이해를 발전시킬 기회를 갖는다.

둘째, 갈등의 이해와 창의적 해결: 학생들은 다양한 상황에서의 갈등과 이에 대해 어떻게 적극적이고 창의적으로 대응할 것인가에 대한 지식과 이해를 발전시킬 기회를 가져야만 한다.

셋째, 상호 의존성에 대한 자각: 학생들은 사회와 문화의 과정이 개인, 가족, 지역공동체, 그리고 더넓은 세계와 연관될 때 그 상호의존성과 지속서, 변화에 대한 지식과 인식, 이해를 발전시킬 이해를 가져야 한다.

넷째, 문화적 다양성 이해: 학생들은 북아일랜드에 사는 사람들에게 영향을 주는 문화적 전통들 간의 동질성과 차이에 대해 배워 인식할 수 있는 기회를 가져야 한다.

'상호이해교육'과 '문화유산' 프로젝트 실시 후 북아일랜드 학교에서의 교육과정, 교수방식, 교육구조, 전체 학교풍토 등이 크게 변화하였고, 또한 학교와 지역 간 접촉도 활발해졌다. 즉 종교교육에서 단일 종교만 가르치던 기존 방식에서 다양한 종교를 이해하는 방식으로 바뀌었고, 아일랜드어를 학교에서 공식적으로 사용할 수 있게 되었고, 아일랜드 역사도 배우게 되었다. 지리나 법률에서도 북아일랜드의 특수성이 구체적으로 다루어지게 되었다. '상호이해교육'은 이렇게 단일교과, 지식위주, 학교 중심의 교육과정을 뛰어넘는 통합교육이라 할 수 있다.

## 10-3 남아공의 평화교육

남아프리카공화국은 1994년 민주주의를 성취하여 과거의 인종차별, 분리정책을 폐지하는 역사적 전환을 이룩하였다. 그러나 여전히 과거의 유산이 빈곤과 폭력의 형태로 남아, 지역의 평화교육센터를 통해 다양한 평화교육을 시도하고 있다. 일례로 퀘이커 평화센터는 웨스턴 케이프의 주민과 학생들을 대상으로 효과적이고 지속적인 평하교육을 지향하고 있다. 이 프로그램은 훈련, 협의, 상담, 협동적 활동 등을 통해 이루어지고 있다. 퀘이커센터가 지향하는 "평화"의 개념은 상호존중, 협동, 비폭력, 확고한 자기주장, 자기개발, 인권향상, 신뢰형성, 사회에 대한 돌봄과 책임의식 등을 포괄하고 있다. 그래서 이들의 평화 교육 프로그램은 자신의 가치에 대한 신뢰와 함께 현실을 개선시킬 수 있는 힘을 길러주고자 하는 것이다.

## 1) 평화를 위한 학교발전 프로젝트

남아공 핵심적 활동 가운데 하나가 1998년부터 시작된 '평화를 위한 학교발전 프로젝트'(School Development Project for Peace)이다. QPC가 이 프로젝트를 수행하는 것은 이 지역의 교육적 현실이 너무 열악하기 때문이다. '평화를 위한 학교발전 프로젝트'는 해마다 파트너 학교들을 선택하여 심층적인 학교발전 프로그램을 진행한다. 참여자는 학생, 교사, 학교경영진, 교직원 등이 참여하여 평화로운 학교교육 환경을 조성하고, 교수 학습이 활발하게 이루어지도록 함으로써, 그동안 학교의 발전적 변화에 가장 성공적 모델이 되어왔다.

이 프로젝트로 인해 교사들은 학생에 대한 고정관념이 변화되어 학생들의 장점을 바라보기 시작했고, 학생들 또한 교사들의 이러한 변화를 깨닫고 보다 긍정적인 방법으로 학교 현실에 대응하게 되었다고 평가된다. 이 프로그램의 경우 학교의 상층부, 즉 교장 등이 과정에 협조하지 않거나 교사들이 불성실하게 참여했을 때 잘 수행되지 않았고, 반면에 프로젝트 자체에 대한 신뢰, 성실한 참여, 과제물의 준비, 기술훈련, 학교 지도층의 지원, 현실을 변화시키려는 의지 등이 제공될때 성공하였던 것으로 보고되고 있다.

## 2) 폭력을 넘어서는 대안 프로젝트(AVP)

퀘이커 평화센터가 지원하는 또 다른 프로젝트로, 게이프타운 지역을 중심으로 형성된 독립 네트워크 AVP는 개개인간의 폭력의 정도를 낮추는 것을 목적으로 하고 있다. AVP는 워크샵을 통해 갈등을 창조적, 비폭력적으로 다루고 개개인의 변화를 도모하고 있다. 대표적인 것으로 '중재훈련과 갈등다루기' 프로그램 등이 있다.

먼저 갈등다루기 팀에 의해서 공동체 갈등에 직접 관여, 즉 중재가 시작된다. 다음 단계는 공동체에서 사람을 뽑아 중재훈련 프로그램의 중재자로 훈련시키는 것이다. 중재자로서의 훈련을 마친 후 후속단계는 〈공동체 중재자 협의회 (Community Mediator's Association)〉 조직에 참여하는 것으로, 이 협의회는 현재 독립기구이지만, 갈등다루기 팀에 많은 부분 의존하고 있다.

중재 훈련자들은 개인적으로 성장하였음을 느낀다고 보고하고 있다. 즉 자신감을 갖게 되고, 자신의 문제를 해결하는 데 보다 단호한 자세를 지닐 수 있음을 확인한다. 나아가 장기적으로 개개인의 능력이 형성되는 효과가 있다. 즉 중재 훈련과 여타 기법들의 그들의 삶의 수준을 향상시킨다. 공동체 중재자로 훈련받은 많은 사람들이 훈련과정 후 정식으로 일자리를 갖게 되면서, 이 효과는 더욱 확연해진다. 이들이 찾은 직업은 중재 작업과 갈등을 다루는 일과 밀접히 연결된 것으로, 예를 들면, 가정법원의 시민배석판사나 카운셀러 혹은 경찰, 대학, 의회, 그리고 감옥의 안전요원 등이다.

## 3) 다양한 청년 프로그램

청년프로그램은 남아공에 만연한 갱과 폭력의 문제를 배경으로 하고 있다. 남아공에서는 매일 수백 명의 청년들이 갱 범죄에 가담하고 있다고 한다. 20년 전에는 케이프타운에만도 약 8만 명의 청년들이 거리 갱단에 소속되어 있었던 것으로 추정되고 있다.

폭력적 범죄의 가해자는 점차 젊어지고 있다. 특히 최저빈곤 이하의 젊은이들은 미래에 대해 어두운 전망을 가질 수밖에 없는데, 이러한 젊은이들이 〈퀘이커평화센터〉의 '무지개청년캠프'에 참여, 지도력 훈련을 받고, 또래들 사이에 지도력을 행사할 수 있는 능력을 키우게 된다. 이렇게 젊은이들이 캠프에 가서 특수한 상황에 처한 어린이들을 정기적으로 도와주는 가운데 편견을 줄여나가는 것을 발견하게 되고 젊은이들 사이의 연대가 증가한다. 또한 국제적 연대프로그램을 통해 다양한 인종적, 문화적 배경을 가진 청년들의 참여가 이루어지게 되고, 인종과 화해 프로젝트를 통해 다양한 경험과 문제 대응 능력을 갖추게 된다.

# 10-4 미국의 평화교육

미국의 평화교육은 같은 나라안에서 발생하는 문제이다.

해외 평화교육은 사례를 조사 분석하는 과정에서 상당히 많은 부분에 있어서 공통점을 발견할 수 있다. 그것은 다름이 아닌 '갈등해결' 프로그램이 각국의 평화교육에 광범위하게 적용되는 것이다. 주로 미국을 중심으로 발전된 '갈등해결' 프로그램이 세계의 것이다. 주로 미국을 중심으로 발전된 '갈등해결' 프로그램이 세계의 각 지역의 상황에 알맞게 활용되는 것으로 보인다. 한국에서도 최근에 미국 평화 운동 단체인 〈미국친우봉사회〉(American Friends Serivce Committr, 이하 AFSC)의 도움으로 '갈등해결' 프로그램이 본격적으로 소개되어 한국적 상황에 맞게 적용되기 시작하는 초기의 단계이다.

　미국의 학교 갈등해결 프로그램은 '평화를 가능하게 하는 교실' 만들기를 통해서 진행되고 있다. 미국사회의 심각한 폭력문제에서 자유롭지 못한 학교, 특히 교실에서 분출되는 갈등을 평화적이고 건설적으로 해결하고자 하는 것이 아닌 창조적이고 건설적인 것으로 만들기 위해 학생들은 의사소통, 분노조절, 편견과 적대감 줄이기, 갈등분석, 협동, 중재, 협상 등의 기술을 배우고 이를 통해 자아 존중감 향상, 타인에 대한 인정과 관용을 위한 가치와 태도를 습득하게 된다. 학교 갈등해결 프로그램은 또한 '또래중계' 프로그램을 통해 보다 적극적으로 확대되고 있다.대표적인 평호운동 단체 가운데 하나인 미국친우봉사회(AFSC)는 갈등해결과 동시에 사회를 변화시키는 것을 목적으로 하는 HIPP(힙, Gelp Increase Peace Program)을 미국 내 많은 지역에서 주로 지역 청소년들을 대상으로 실시하고 있다. HIPP 프로그램 특징은 미국사회의 갈등과 폭력을 유발하는 사회. 경제적 불평등에 대해 청소년들이 올바른 관점을 형성하고 이를 극복할 수 있는 대안모색을 다양한 워크샵을 통해 훈련하고 있다. 이를 통해 물리적 폭력을 줄이고 갈등을 해결할뿐더러 갈등의 평화로운 전환을 통해 정의로운 사회건설까지 지향하고 있다.

### 1) 갈등해결(Conflict Resouliton)

　미국에서 '갈등해결' 프로그램이 확산된 것은 미국사회에 만연된

폭력의 문제 때문이다. 학교의 총기사고, 이웃과 거리의 폭력과 총기
에 의한 사망, 공동체에서 벌어지는 폭력적 행동과 살인 등은 미국사
회의 일부가 되어 있는 형편이다. 많은 사람들이 폭력에 대해 폭력적
으로 문제를 해결해 가는 상황에서 '갈등해결'은 갈등의 평화적 해결
을 추구하는 대안적 방법으로 제시하는 프로그램으로 발전되어 미국
사회에서 광범위하게 적용되고 있다.

### 첫번째, 미국사회의 폭력문제

미국사회의 폭력문제는 젊은이들이 이전 세대에 비해 총기의 확산
과 치명적인 폭력의 증가 등 심각한 상황을 맞이하고 있다. 많은 젊은
이들이 21세 이전에 친구, 이웃, 학교친구, 가족 등을 폭력으로 빼앗기
고, 이들은 폭력등의 악순환을 되풀이하며, 또한 폭력의 희생자인 동
시에 가해자이기도 하다. 젊은이들은 폭력을 문제해결의 수단으로 선
택하고 그 결과에 대해서는 거의 생각하지 않는다. 1994년 미국 법무
부의 한 연구에 의하면 12~17세의 청소년들이 다른 어느 세대보다도
더 폭력의 희생자가 되고 있다고 한다. 1980년에서 1991년까지, 인명
살해로 구속된 청소년의 수는 60%정도 증가했는데, 이는 같은 시기
성인의 경우 5.2% 증가한 것에 비하면 높은 수치이다. 그러나 미국사
회의 폭력의 감소를 위한 노력은 별 호력을 발휘하지 못한다는 비판
을 받고 있다. 정치가들은 단지 '흉악한 폭력범'을 근절시키겠다고 하
면서 강경하게 대응하지만 감옥은 주로 유색인종들로 넘쳐나고 있으

며, 매해 더 많은 감옥이 건설되고 있는 현실이다. 폭력은 계속되고 있으며 강경대응과 징벌은 폭력에 가담한 젊은이들의 진정한 요구나 폭력의 원인에 대한 문제를 다루는 데 실패하고 있다.

두번째, '갈등해결' 프로그램의 '갈등'에 대한 인식

'갈등해결' 프로그램에서 이해하는 갈등은 자연스러운 현상이라는 것이다. 그러나 갈등은 폭력적으로 해결하기보다는 갈등을 통해서 '다름'을 적극적이고 긍정적으로 받아들이는 방법을 배우는 것이 '갈등해결' 프로그램의 궁극적인 목적이다. 이를 통해 폭력적 갈등해결의 승리와 패배(win-win), 즉 상생적 갈등해결을 지향하는 것이다. 갈등의 해결이 창조적으로 건설적으로, 평화적으로 이루어짐으로써 폭력적 갈등 당사자들이 모두 평화적 갈등 해결자가 될 수 있도록 하는 것이 갈등해결의 지향점이다.

세번째, '갈등해결'을 이해하기 위한 기본 개념들

I. 대안적 분쟁해결(ADR, Alternative Dispute REsolution): 갈등해결에 있어 법정의 판결이나 힘에 의하지 않는 방법을 포괄하는 용어이다. 이 용어는 갈등해결과 함께 가장 일반적으로 사용되는 협상, 조정(concilitation), 중재, 재정(arbitration), 사실확인 등을 포함한다. 이러한 접근법들은 갈등을 해결하기 위해 제 3자의 도움을 사용한다. 마지막 해결은 분쟁당사자의 결정에 달려있다.

Ⅱ. 협상 (Negotiation): 분쟁당사간의 자발적인 문제 해결 혹은 교섭의 과정으로 이해된다. 그 목적은 양자의 공동의 관심사를 충족시키는 동의안을 이끌어내는 것이다. 협상은 공식. 비공식적일 수 있다.

Ⅲ. 조정(Conciliation): 제3자의 도움으로 진행되는 자발적인 협상이다. 제3자는 분쟁당사자들이 함께 이야기하고 양자 사이에 정보를 교환해준다. 조정은 일반적으로 비공식적 과정이다.

Ⅳ. 중재 (Mediation): 중립적인 제3자가 분쟁당사자들로 하역금 자신들의 관심사를 분명히 확인하고 그 차이를 해결할 수 있도록 돕고 조직된 과정에 자발적으로 참여한 것을 지칭한다. 중재는 일반적으로 공식적 과정이다.

Ⅴ. 사실확인(Fact Finding): 중립적 제3자에 의한 조사가 진행되어 이후 해결방안을 권고하는 것을 포함한다. 민원조사관(옴부즈맨)이 주로 이 역할을 담당하는데 중재당사자의 이해를 넘어선 해결방안을 출언하기도 하여 갈등에 의해 제기된 제도적 맥락 혹은 정책들을 고려하기도 한다.

Ⅵ. 재정(Arvitration): 분쟁당사자가 중립적 제3자 앞에 요구(needs), 이익, 입장들을 공식적으로 표명하는 공식적 과정에 자발적 혹은 의무적 참여하는 것을 말한다.

## 2) '갈등해결' 프로그램

미국의 학교에서의 갈등 역시, 60-70년대의 사회정의에 대한 관심으로부터 출발하였다. 퀘이커(Quaker) 등 평화그룹들은 오랫동안 어린들에게 문제해결과 '평화훈련(peacemaking)' 등을 가르쳐왔다. 또한 종교. 평화운동가들은 1970년대 중반 이 운동을 받아들였고, 교사들은 '갈등해결'교육을 커리큘럼에 통합시키기 시작하였다. 1980년대 초, 〈사회적 책임을 위한 교육자 모임(Educators for Scocial REsponsibility)〉이 전국적 연합체를 가진 조직으로 탄생하여, 어떻게 갈등을 해결하기 위한 대안적 방법을 가장 잘 배울 수 있을 것인가에 대한 조사를 자신들의 중심적 질문과제로 채택하였다. 그외에도 〈The Children's Creative Education Foundation〉, 〈The Community Board Program〉, 〈The Peace Education Foudation〉과 같은 다양한 그룹들이 '갈등해결' 분야를 초등학교에서 발전시키기 위해 노력해 왔다.

또 하나의 동시적 발전은 법률과 교육을 사회교육과정에 포함시킨 것이다. 이로써 새로운 커리큘럼 구성요소를 통해, 학생들은 학습과 교실운영에 있어 커다란 역할을 하게 되었고, 사회의 분쟁해결 매커니즘에 대해 보다 잘 이해하게 되었다.

학교에서의 '갈등해결' 학습과 훈련의 성장, 여타 영역에서 중재 등 대안적 분쟁해결 서비스의 증가는 1984년 교육자와 중재자들이 한데 모인 자리에서 학교에서 어떻게 하면 갈등해결기술을 잘 가르칠 수 있는 기반을 마련할 것인가에 대해 숙고하도록 하였다. 정보와 훈련을 위한 네트워과 정보센터인 〈국가중재교육협의회 〈NAtioanl

Association for Mediatino Education, NAME〉가 1984년 설립되어 지금까지 매우 활발한 활동을 하고 있다.

미국에서 1984년 약 50개의 학교 갈등 해결 프로그램이 존재했고, 11년이 지난 1956년에는 5000개 이상으로 증가한 것으로 추정하고 있다.

초기부터 학교에서의 '갈등해결 '프로그램의 광범위한 목표는 문제해결전략과 의사결정기법을 더 잘가르치는 것이었다. 이들은 생활상의 기술들로서, 개인간이 관계를 증진시키고 학교 안에서 학습에 보다 협동적인 분위를 형성하기 위해 필요한 도구들을 제공하며, 의사소통을 충분히 하고, 이해를 더 잘 하며, 덜 두려워하는 방식으로 갈등을 다루기 위한 뼈대를 제공하는 것이다. 법과 관련되 교육, 교실운영에 대한 갈등해결 접근들, 그리고 학교 전반에 걸친 '또래 중재프로그램'등을 통해, 학생들은 자부심을 강화하고 다양성의 존중을 배우며, 의사소통과 분석기술을 향상시키고, 징계문제를 줄여나갈 수 있는 기회를 갖게 되었다. 이러한 프로그램들은 교직원과 부모들이 협조하고 학생들의 문제를 해결할 수 있는 능력과 의지에 도움을 줌으로써 학교 전체에도 이익이 될 것으로 전망하고 있다. 학교에서의 '갈등해결' 프로그램에 대한 연구는 폭력과 싸움을 줄이고, 함부로 하거나 반박하는 것을 감소시켰으며, 의심을 줄이고, 다른 한편 '또래중재자'의 자부심과 자아존중감을 증대시키고 교직원이 갈등을 보다 효과적으로 처리할 수 있게 하며 학교의 분위기를 증진시킨 것 등이다.

### 3) 교실에서의 갈등해결 교육

학교의 갈등해결 프로그램 정착에 커다랗게 기여한 바 있는 윌리엄 클라이들러의 '창의적 갈등해결'에서는 '평화를 가능하게 하는 교실'(peaceable classroom)개념을 기반으로 전개하고 있다. 그에 의하면, 교실에서의 갈등의 주요 원인은 다음과 같다.

① 경쟁적 분위기 : 교실의 분위기가 매우 경쟁적일 때 학생들은 서로에 대해 나쁘게 작용하는 법을 배운다.

Ⅰ. 학생들이 패배하면 자존심을 상실한다고 생각해서 상호관계에서 이겨야만 한다고 느낄 때

Ⅱ. 선생님과 급우들에 대한 신뢰를 상실할 때

Ⅲ. 적절하지 못한 시기에 경쟁할 때 발생한다.

② 불관용적 분위기 : 불친절하고 서로를 믿지 못하는 분위기로, 갈등은 주로

Ⅰ. 비난하거나 다른 사람에게 문제를 전가시킬 때

Ⅱ. 외롭게 고립되어 가는 친구들을 돕는 정신이 부족할 때,

Ⅲ. 다른 친구들의 성취와 소유, 능력에 대하 시샘할 때 발생한다.

③ 미숙한 의사소통 : 특별히 갈등을 많이 유발시킨다. 갈등의 많은 부분이 주로 학급 동료들의 의도, 느낌, 요구 또는 행동을 잘못 이해하

거나 오해할 때 생기기 때문이다.

  Ⅰ. 학생들이 자신의 요구나 바램을 효과적으로 표현하는 방법을 모를때,

  Ⅱ. 감정, 요구사항을 드러낼 장을 갖지 못하거나 그렇게 하는 것를 두려워할 때,

  Ⅲ. 다른 친구의 말을 듣지 못할 때

  Ⅳ. 주의 깊게 관찰하지 못할 때 발생한다.


④ **감정의 부적절한 표현** : 모든 갈등은 감정적인 부분을 가지고 있는데, 이 감정을 어떻게 표현하느냐에 따라 갈등이 어떻게 발전되는지에 중요한 영향을 미친다. 갈등이 중복되는 것으른 학생들이

  Ⅰ. 자신의 감정이 어떤 것인지 잘 모를 때

  Ⅱ. 분노와 좌절을 빅공격적인 방법으로 표현하는 방법을 모를 때,

  Ⅲ. 감정을 억누를 때,

  Ⅳ. 자기통제를 상실할 때 주로 발생한다.

  갈등해결 기술의 부재 : 교사와 학생들이 어떻게 갈등에 대해 창의적으로 대응할지 모를 때 갈등은 증폭한다.


⑤ **교사들의 힘의 오용** : 교사 자신이 그 힘을 오용할 때 갈등이 발생한다. 또한 교사들이 갈등을 조장하는 경우는

  Ⅰ. 학생들에게 비합리적이거나 불가능할 정도의 높은 기대를 부여

할 때,

Ⅱ. 유연성 없는 규율을 교실에 적용할 때

Ⅲ. 계속해서 권위적으로 힘에 의존하려 할 때

Ⅳ. 두려움과 불신의 분위기를 형성할 때 등이다.


갈등으로 가득 찬 교실을 평화로운 공간으로 만든다 할 때 그것이 교실의 소음 여부나 크기, 개방성 여부보다는 아래와 같은 특징을 가진 따뜻한 돌봄이 있는 교실이다.


• 협동 : 학생들은 함께 공부하고 다른 사람들을 신뢰하고 돕고 그들과 함께 자신의 것을 나누는 것을 배운다.

• 의사소통 : 학생들은 주의 깊게 관찰하며 정확하게 의사를 전달하고, 예민하게 듣는다.

• 관용 : 학생들은 다른 사람들과의 차이를 존중하고 인정하며 편견과 그것이 어떻게 작동하는가를 배운다.

• 긍정적인 감정 표현 : 학생들은 느낌, 특히 분노와 좌절을 공격적이거나 파괴적이지 않은 방식으로 표현하는 방법과 자기를 통제하는 기술을 배운다.

• 갈등해결 : 학생들은 갈등에 대해서 협조적이고 돌보는 공동체적 맥락에서 창의적으로 반응하는 방법을 배운다.

# 10-5  [이집트, 아랍] 공화국과 [이스라엘] 국간의 평화조약

Peace TReaty between Israel and Egypt (1979.3.26)

① 1948년 이스라엘 건국 이후 이집트와 이스라엘은 사실상 교전 상태에 있었고, 1976년 이스라엘은 6일전쟁을 통해 이집트 관할의 시나이 반도를 점령하였다.

그러나 1977년 11월 샤다트 이집트 대통령이 예루살렘을 방문하면서 화해 분위기가 조성되었다.

1978년 9월 카터 미 대통령의 중재로 메릴랜드 주에 있는 캠프데이비드 휴양지에서 샤다트 대통령과 베긴 이스라엘 총리 간에 역사적인 평화협정(캠프 데이브드 협정)이 체결되었다.

② 1979년 3월 26일 조인된 평화조약은 이 협정을 충실히 반영한 결과물이었다.

이 평화조약을 통해 양국간 교전상태가 공식적으로 종식되어 이스라엘은 시나이 반도에서 군을 단계적으로 철수시키는 데 동의했고, 양국의 국교 정상화가 이루어졌다.

이 조약은 협상진전을 위해서는 일방(사다트 이집트 대통령) 주도적 노력과 미국의 중재역할이 중요했음을 보여주는 사례이다. 그러나 평화조약 체결 이후 양구관계의 담보로 평화협정이나 평화조약 체결은 실질적 평화체제 구축의 필요조건에 불과함을 시사하고 있다.

이스라엘과 팔레스타인을 비롯한 주변국가의 갈등은 계속 일어난다. 평화시대인가 하면 갈등이 발생한 시대가 반복되고 있다. 이런 환경 속에서 학교의 평화교육은 진행되고 있다. 이스라엘은 많은 고난 속에서도 어느 나라 못지 않게 성공적인 교육을 하고 있다.

## 10-6 베트남 전쟁 종결 및 평화회복에 관한 파리협정

Agreement on Ending the War and Restoring Peace in Viet-Nam (1973. 1.27)

① 미국은 1959년부터 수행해 온 베트남전으로부터 손을 떼기 위해 협상을 제안하였고, 이 결과 협상이 진행되어 미국 · 월남 · 월맹 · 베르콩(민족해방전선) 4자간에 전쟁을 종식시키고 미군을 철수하는 평화협정이 1973년 1월 27일 체결되었다.

이로써 '월남문제의 월남화'가 이루어져 결국 월남은 1975년 무력으로 공산화되었다.

② 이 사례는 평화협정 자체가 반드시 항구적인 평화를 보장하는 것이 아니라 단기간에 평화가 위협받을 수 있고, 항구적인 평화를 위

해서는 군사적 균형과 평화협정의 이행과 준수를 담보하는 국제적 보
장이 중요함을 일깨워주고 있다.

# 10-7  해외 평화교육의 특징

세계 곳곳의 갈등·분쟁 상황에 있는 지역에서 이루어져 온 평화
교육의 사례들을 살펴보았다. 비록 역사적 상황과 현실을 각기 다르
지만 각 지역들에서 발전되어 온 평화교육은 다음과 같은 공통점을
지니고 있음을 발견할 수 있다.

첫째, 평화교육은 전반적으로 국가보다는 먼저 민간 영역의 지역
평화운동단체 혹은 학부모 모임에 의해 다양하게 시도되다가, 점차
중앙정부 교육부의 프로그램으로 수용되었다. 미국의 갈등해결프로
그램은 평화단체 혹은 지역공동체의 프로그램에서 광범위하게 활용
되고 교사들에 의해 수용되었던 것을 주정부 혹은 지방정부 차원에서
학교프로그램으로 확대한 것이다.

아일랜드의 상호이해교육, 공동체간의 만남, 통합교육 등은 격리
된 가톨릭과 개신교 집단을 연결하는 다양한 그룹들에 의해 시도되고
대학을 통해 연구되면서 교육부에 의해 수용되었다. 이렇게 지역사회

와 평화운동 그룹에 의해 갈등의 평화적 해결과 훈련, 교육으로의 확대 노력이 지속될 때 평화교육이 정착될 수 있음을 우리는 확인하게 된다.

둘째, 분쟁과 갈등지역의 평화교육은 학교교육에만 한정되는 것이 아니라 지역사회 주민나 교회, 청년, 학생, 여성, 장년, 노인층 모두가 참여하는 계속교육, 평생 교육의 성격을 가지고 있다. 미국의 갈등해결 프로그램이나 남아공의 평화교육은 학교에 재학 중인 학생들뿐만 아니라 다양한 계층의 사람들이 함께 참여하고 있다.

학생, 청년, 교사, 여성, 어린이, 다양한 직업인 등이 갈등의 평화적이고 창조적인 해결방법을 훈련하고 습득함으로써 평화로운 사회, 평화로운 공동체 건설을 지향하고 있다. 따라서 평화교육은 모든 이들이 참여할 수 있는 평생학습으로 진행되어야 한다.

셋째, 분쟁지역의 평화교육은 단순한 지식전달 차원에서 벗어나 학습자들의 적극적 참여가 전제되는 개방교육의 형태를 띠고 있다. 방식도 강의 중심이 아닌 함께 참여하는 토론 형태의 참여교육이다.

평화교육의 목표는 지식 전달이 아니라 평화롭게 살아갈 수 있는 가치와 태도를 훈련하고 습득하는 것이라 하겠는데, 이는 학습자들이 직접 참여함으로써 자신을 개방하고 감수성을 훈련하는 과정을 통해 이루어진다.

따라서 교육이 이루어지는 과정이 그 결과는 아주 창조적이다. 바로 이런 점에서 평화교육의 교육학적 특징이 전형적으로 드러난다.

그리고 이러한 학습자 중심의 참여교육을 위해서 교사의 역할이 기존의 지식전달자에서 학습자의 창의력을 일깨워주는 전문인으로 전환되고 있다. 따라서 평화교육을 확대하기 위해서는 교사의 지속적인 훈련이 필요하다.

넷째, 갈등과 분쟁지역의 평화교육의 중심 내용은 '다름과의 공존' 즉 이질성의 수용을 통한 공생이다. 여기에서 중요한 것이 바로 정체성 문제인데, 적대감을 줄여나가고 '다름'을 인정하기 위해 '단일정체성'에서 '다중적 정체성'을 지향하고 있다.

북아일랜드의 상호이해교육 역시 같은 문화적 뿌리에 대한 확인과 더불어 오랜 세월동안 다른 문화적 전통을 지키며 살아온 가톨릭-개신교 전통에 대한 상호 이해를 그 내용으로 하고 있고, 이는 자신들의 공동체 안에 포함되어 있는 다양성의 인정, 즉 다양한 정체성을 인식하는 것이다. 이를 위해서는 편견 줄이기, 고정관념의 극복 등을 통한 적대감 줄이기, 억압자와 피억압자의 내면화된 정체성 극복 등을 지향해야 하고, 이는 있는 그대로의 상대방 존재를 인정하는 데에서 출발한다.

남아공의 교육이 지향하는 백인 지배 이후 새로운 시대의 국민이 추구하는 정체성은 과거 인종차별과 분리주위적 백인 우월주의 정체성이 아닌 다양한 인종과 언어, 문화, 전통을 존중하는 가운데 민주주의, 인권, 번영을 지향하는 것이다.

백인 지배 이후의 새로운 시대에 남아공의 교육이 지향하고 국민이 추구하는 정체성은 과거 시대의 인종차별과 분리주의, 백인 우월주의가 아니라, 다양한 인종과 언어·문화·전통에 대한 존중을 기반으로 한 민주주의·인권·번영이다.

다섯째, 해외 평화교육은 갈등 당사자들이 직접적으로 대면하면서 이루어지고 있다. 미국의 교실에서의 갈등해결이나 '또래중재'는 서로 다투고 적대감을 가졌던 급우들 사이에서 갈등의 평화적 해결을 모색한다.

또한 아일랜드의 통합교육에서도 가톨릭 학생들과 개신교 학생들이 만나 함께 역사를 배움으로써 분리되어 살아왔던 자신들의 역사와 전통 속에서 공통의 요소를 발견하고 더불어 현재의 모습을 확인하면서 상호 이해하고자 하게 된다.

남아공에서의 교육 역시 과거 억압자였던 백인이나 피억압 계층이던 유색인이 한 자리에서 어떻게 하면 과거의 어두운 유산을 극복하여 평화로운 미래를 건설할 것인가를 모색한다.

이렇게 해외의 평화교육은 과거 적대적이었던 갈등당사자들이 직접적으로 대면하여 공동이 목표와 목적을 가지고 교육에 참여하는 것을 통해 서로에 대한 적대감과 편견을 줄여나가고 이를 통해 상대방을 인정하고 더불어 살아갈 기반을 형성하고 있다.

이러한 직접적인 대면과 만남에 학습자가 직접 참여함으로써 이루어지는 것이 평화교육의 특징이고 여기에서 기존 사회를 넘어서는 창조적 대안이 만들어지고 있다.

이상 세계 여러 나라에서 발생한 갈등의 깊은 골 들이 평화교육으로 해결되듯 우리의 남남갈등이나 남북통일이 평화통일 교육으로 해결되었으면 하는 소망이다.

11장

# 평화 통일로 가는 마음자세

## 11-1  평화교육·민주시민교육과 함께하는 통일교육을 위한 길

올바른 통일교육이나 평화교육, 민주시민교육이 시행되기 어려웠던 제도적 한계도 철폐해야 한다. 열의에 넘치는 많은 현장 교사들이, 통일이나 평화에 대해 더 적극적으로 아이들에게 이야기해주려 해도 국가보안법, 통일교육지원법 등의 걸림돌이 두려워 그럴 수 없다고 말하고 있다.

## 11-2  평화가 통일이고 민족공동번영의 길이다

이명박 정부 이후 대북정책이 대립정책으로 급변하면서 '평화'의 자리에 '긴장'과 '적대'가 들어섰다. 평화 통일교육의 자리에 분단교육, 안보교육이 자리 잡았다. 전면적인 반북, 반통일 담론이 사회문화적으로 확산되었다. 민족공동번영과 평화와 통일의 역사적 이정표였던 6.15와 10.4선언은 간단히 부정되었고, 북한을 조롱하고 비난하고 이질감을 조장하는 드라마, 영화등이 흘러넘쳤다.

정부기관에 의해 간첩사건이 조작되고 멀쩡한 국회의원이 국가반란과 내란죄로 기소되고, 민주주의의 기본을 부정해버리는 '정당 해산'사건이 발생했음에도 국민들은 간첩죄, 내란죄, 국가반란죄 혐의의 서슬 퍼런 칼바람 앞에 누구도 숨조차 제대로 쉬지 못 했다.

최첨단 과학기술사회, 고도화된 인터넷 기술을 바탕으로 글로벌화된 SNS(Social NEtwork Service)를 통해 전 세계적 차원의 실시간 정보가 공유되는 21세기 대명천지에 이런 비극이 발생하고 있는 것이 바로 분단체제, 대한민국의 지난 날 우리들 모습이다.

미국과 유럽을 비롯해 전 세계 사람들이 북한을 마음대로 여행하고 있는데, 외국의 대학생들이 북한을 여행하면서 평양의 김일성 주석 동상 앞에서 '강남스타일' 춤을 추며 인증 샷을 자신들의 페이스북과 트위터, 유튜브에 마음껏 올리고 있는데 오직 우리 대한민국 국민들만 북한을 가보지 못한다. 북한이 방문을 막는 것이 아니라 우리 정부가 일체의 접촉을 가로 막고 있다. 이것이 과거 정부에서 일어난 사건이다.

북한을 제대로 알아야 한다. 행복해지기 위해서다. 남북관계를 제대로 알아야 한다. 행복의 전제조건인 평화를 위해서다. 남북관계와 북한 문제는 평화의 영역이자 안보의 영역이다.

평화와 안보는 국민생존권이 걸려 있는 절대국인 영역이기에 이 문제를 둘러싼 사실관계들은 어느 영역보다 정확하게 국민들에게 알려져야 한다.

북한은 무너지지 않는다. 가능하지도, 가능할 수도, 가능해서도 안 된다. 우리가 진정 남북관계와 평화 통일의 문제를 국민행복의 관점, 총체적 국가발전의 관점에서 고민하고 바라본다면 그렇다. 흡수통일론은 이념대결을 부추기는 반평화, 반통일의 논리다. 흡수통일론으로 전제로 한 '통일비용론'도 마찬가지다.

통일은 평화다. 평화가 통일이다. 제대로 된 통일은 '평화'라는 오랜과정을 거쳐 마침내 오는 마지막 결과물이다. 결국 통일은 수십 년에 걸친 오랜 기간의 '평화'이며 '평화 과정' 그 자체가 통일이다. 엄청난 경제적 상호번영이 기다릴 뿐이 다.

남측의 자본과 기술, 세계 최고 경쟁력의 북측 노동력(생산성)과 무궁무진한 국가 소유의 토지, 추정 불가능한 지하자원의 시너지 효과들이 만나 경제 번영의 새로운 역사를 만들어 갈 수 있다. 그 과정은 철저히 남과 북의 '유무상통'(有無相通) 과정이 될 것이다.

분단 70년의 질곡만큼이나 역설적으로 평화가 제도화되는 순간 남북간 민족공동번영의 엄청난 발전과 성장, 품격 높은 새로운 한반도 시대가 열리게 된다.

애초부터 '퍼주기' 담론은 왜곡이었다. 우리가 퍼주는 것이 아니라 오히려 퍼왔다. 개성공단의 실증적 경험을 보면 자명한 사실이다. 온전히 제도화될 경우 북한이 1을 벌 때 우리는 10을 번다.

# 11-3  민족 공동체보다는 통일공동체로

"우리는 수많은 외침의 역사와 식민지 경험, 오랜 분단 상황을 거치면서 치열한 한민족 의식, 한민족 감정을 키워왔다. 그래서 남이나 북이나 우리에겐 한민족이니까 당연히 하나로 회복해야 한다는 믿음이 크다. 한민족인데 70년이 넘도록 갈라져 사는 우리 민족을 생각하면 누구라도 콧등이 시큰해지는 감정에 휩싸이곤 한다. 이것이 우리 민족감정이다. 그러나 최근에는 민족 개념에 더 많은 변화가 불가피해지고 있다고 생각한다.

세계화를 맞으면서 세계 시민들의 이동이 빈번해지고 인구 구조의 변화에 따라 각 나라에 이주민 유입도 현저하게 증가하게 되었다. 일본도 최근 노동력 부족으로 외국인 노동자 유입을 법적으로 인정하기 시작했고 우리나라만 해도 수많은 이주민이 함께 살고 있다. 따라서 이제는 혈연, 또는 종족에 기초한 민족개념으로 국가공동체를 정의하기 어려운 상황이 되었다. 전통적 민족개념은 타 민족을 배제하는 결과도 가져올 수 있다.

앞으로 만들어갈 우리의 통일공동체는 복고적 혈연공동체보다는 자유, 평등, 복지, 공익, 공정, 정의, 다양성, 개방성, 연대, 협력, 관용과, 타협, 등의 보편적 가치가 자리 잡을 수 있는 가치공동체로 발전시켜야 한다." 이런 점에서 우리의 평화통일 교육도 급속한 변화의 흐름을 제대로 파악하는 성찰적 접근이 필요하고, 통일교육이 통일사회를 가치공동체로 만들어 갈 수 있는 성찰적 시민, 이런 변화를 만들어 갈 수 있는 변화의 주체로서의 시민을 육성하는데 중심을 두어야 한다고 생각한다."

## 11-4 군사지대를 평화지대로

군사분계선이 꿈틀거리고 있다. 1953년 7월 27일 한국전쟁 휴전 이후 만들어진 분단 구조에 평화의 바람이 불어오고 있다. 반세기 넘게 남북을 막아서 낡은 군사지도를 다시 그려볼 수 있을까. 지난 4월 판문점에서 열린 '2018 남북정상회담' 이후 한반도가 급변하고 있다.

북핵문제 해결과 동시에 남북한 갈등 구조도 해체하자는 합의가 나왔다. 문재인 대통령은 정상회담 직후 "한반도를 가로지르고 있는 비무장 지대는 실질적인 평화지대가 될 것"이라며 희망을 키웠다. 또한 "서해 북방한계선 일대를 평화수역으로 만들어 우발적인 군사적 충돌을 방지하고 남북 어민들의 안전한 어로 활동을 보장할 것"이라고 덧붙였다.

　남북한은 2018년 5월 1일부터 군사분계선 일대에서 확성기 방송과 전단살포를 비롯한 모든 적대행위들을 중지했고 철거 작업도 끝냈다. 6월 14일 열린 남북 장성급 군사회담에서 본격적인 논의도 시작했다. 이날 남북 군사당국은 서해 해상 충동방지를 위한 2004년 6월 4일 남북 장성급 군사회담 합의를 철저히 이행하여 동·서해지구 군통신선을 완전 복구하는 문제를 합의했다. 또한 판문점 공동경비구역을 시범적으로 비무장하는 문제와 문 대통령이 현충일에 언급한 DMZ 내 유해 발굴사업도 논의했다.

　쟁점은 NLL평화수역이다. 지난 1991년 남북기본합의서 부터 2007년 10·4 선언까지 관통하는 논쟁이다. 지난 10년 동안 갈등의 골은 더 깊어졌다. 2010년 발생한 천안함 피격·연평도 포격 사건은 큰 상처로 남았다. 2007년 본격적으로 시작했던 논의를 다시 이어갈 수 있을지를 두고 갑론을박이 나온다. 북한이 도발에 대한 진솔한 유감표명과 재발방지를 먼저 꺼내야 한다. 북한이 협상 기조를 바꿔야 가능하다. 그동안 평화수역 논의가 진척되지 못한 이유는 북한이 NLL을 무력화하는 수단으로 활용했기 때문이다. 북한은 NLL보다 남쪽으로 경계선을 내린 해상경비 개선을 주장한다. 해상경비계선과 NLL 사이로 구역을 설치하자는 입장이다. 반면 한국은 NLL을 중심으로 공동 구역을 설치하자고 제안했다. 따라서 북한이 실효적인 NLL을 인정해야 다음 논의로 나갈 수 있다. 만약 북한이 대내적 정치 명분 때문에 NLL을 인정하기 어렵다면 대안이 있다. 형식적으로 서해 군사분계선 재협상을 열고 결과적으로 NLL을 기준으로 평화수역을 확정하는 방안이다.

DMZ 평화지대화 논의도 시작됐다. DMZ는 군사분계선(MDL)에서 남북으로 2km거리를 두고 남·북 방한경계선을 설정한 구역인데 상호 충돌을 막는다. 그러나 현실은 248km길이 DMZ 안에 남북한 병력이 몰려있다. 한국군은 DMZ 밖에 GOP(일반전초)와 철책을 설치하고 DMZ안에는 60여 개의 GP(전방초소)를 두고 있다. 북한은 DMZ 한국군 GP에 해당하는 민경초소 160여 개와 철책을 설치했다. 이는 한국 GOP가 MDL 바로 앞까지 붙어있는 것과 같은 형국이다. 남북한 군대가 가깝게 붙다 보니 우발적으로 충돌했던 사례가 반복됐다. 따라서 실질적인 평화지대화를 위해 DMZ 안에 설치된 GP를 각각의 한계선 밖으로 빼내자는 논의를 시작했다.

# 11-5  정전 체제를 평화 체제로

많은 사람들이 남북한이 서로 불신과 갈등을 해소하지 못하고 평화가 제도화되지 않는 주요인으로 북한의 도발적 언사와 형태, 개혁·개방의 외면, 제재와 봉쇄를 자초하는 핵과 미사일개발의 강화등을 들고 있다. 북한이 이러한 비타협적인 완고한 입장을 견지하고 있는 이면에는 남한이라는 대안 국가의 의해 자신들이 흡수될 수도 있다는 두려움이 있다.

사실 북한은 1980년 대 초까지만 해도 국토완정론(한 국가의 영토를 단일한 주권하에 두는 완전한 통일)이 말해 주듯 북한의 주권이 전 한반도에 관통하는 북한 주도의 흡수통일을 상정하고 있었다. 그러나 1980년대에 들어서면서부터 표면적으로는 통일을 민족 최대의 과업으로 내세우고 있지만 실제로는 남한과 동등한 입장에서 최소한의 통일 명분을 확보하고 현상을 유지하려는 전략으로 선회하는 조짐을 보여왔다. 북한의 대표적인 통일방안인 연방제안도 패권 내지 혁명전략에서 점차 현상 유지 전략으로 변모하는 양상을 보였다.

이제부터라도 경제력과 사회 역량, 국제환경 등 모든 면에서 북한을 압도하고 있는 남한이 선제적으로 경제협력과 신뢰구축 조치를 시행하면서 강대국들과 적극적으로 한반도 냉전구조를 해체하면서 정전체제를 평화체계로 전환하는 일들을 적극적으로 추진해야 한다.

## 11-6 급격한 통일도 문제

'남북의 급격한 통일을 원치 않는다'는 것이 나와 일반대중의 결론이다. 지금 통일을 논하기에는 남북이 처한 현실이 너무나 팍팍한 것이 사실이다. 이질화가 더욱 심화되는 상황에서 통일이라는 말 자체가 너무도 낯설게 다가오는 것이다. 결국 통일을 위한 준비는 전 사회를 좀 정상적인 사회로 만들어놓는 것으로부터 시작되어야 하지 않을까?

정상적인 사회가 뭐 별 건가. 그냥 '법대로' 돌아가는 사회이다. 헌법정신에 충실하게 운영되는 사회이다. 성실하게 살아가는 사람들이 억울한 일 겪지 않는 사회이다. 아니, 최소한, 아이들 수 백명을 산 채로 수장시키는 사회, 진상 규명을 요구하는 그 부모들에게 최루탄 물대포를 쏘아대고 '종북'의 굴레를 덮어씌우는 사회, 국민 알기를 우습게 여기는 무리들이 선거 때마다 압승하는 그런 사회만 아니어도 될 것 같다. 그래야만 어느 날 갑자기 통일이 우리에게 다가왔을 때 그 어마어마한 충격파를 감당해나갈 수 있을 것이다.

# 11-7 단일국가방식의 통일담론 극복을 해야 하는 이유

한반도의 통일을 남북한이 단일국가를 수립하는 것으로만 보는 고정관념을 버려야 한다. 상대방을 타자화시키고 권력에서 배제하는 단일국가 방식의 평화적인 흡수 통일방안은 존재하기 어렵다. 북한에서 정권 붕괴가 아니라 구가 붕괴가 일어나고 북한 주민과 주변 강대국의 등의 내지 묵인을 전제로 할 때만 상정해 볼수 있는 것이다.

이러한 일이 가까운 장래에 일어날 가능성도 매우 희박하다. 설사 일어난다고 해도 상황을 잘못 관리하면 내전 등 돌이킬 수 없는 재앙에 직면할 수도 있다. 혹자는 독일 통일 사례를 들어 독일 방식의 통일을 꿈꾸기도 한다. 그러나 독일은 분단 이전에 이미 강력한 근대성을 갖는 정치공동체를 공유했던 경험이 있다. 그리고 내전을 겪지 않았고 동독 또한 사회주의 국가들 중에서는 가장 높은 수준의 경제발전도 성취하였다. 동독은 이러한 저력을 바탕으로 소련이 개입을 철회하자 자체의 정치적 역량으로 서독과의 통합을 추구할 수 있었다. 통일문제에 있어서 동서독과 남북한은 적절한 비교성이 없다.

역설일 수도 있지만 남북한은 서로 당장 단일국가 방식의 통일을 주장하지 않거나 포기할 때 사실상의 통일은 시작될 수 있다. 바람직한 통일의 기본 방향은 남북한의 기존 국가체제와 이념 및 정부를 일거에 허무는 빠른 통일이 아니라 서로의 국가를 인정하고 장기간의 평화공존 체제를 제도화하면서 체제와 이념의 상용도를 높여가는 데 두어야 한다.

통일은 반드시 평화적이어야 한다. 평화적 수단으로 이루어지지 않는 통일은 결코 바람직한 미래가 될수 없다. 그러려면 이질성을 수용해야 한다. 서로 다르다는 것을 받아들이는 태도가 필요하다. 남북 모두 상대방에게서 자신이 원하는 모습을 바라기 전에 상대가 원하는 것도 수용해야 한다.

## 11-8  개성공단은 다름과 차이의 공존지대

개성공단 남측 주재원들은 모두 일반인들이다. 이들은 따로 북한에 대해 교육받고 특별한 임무를 갖고 개성공단에 들어간것이 아니라 개성공단 입주기업의 일반 근로자로 생활하면서 접하게 된 개성공단과 북측 근로자들과의 만남을 그들의 눈높이에서, 있는 그대로 가감없이 언급했다. 오랫동안 반공교육을 받았고, 그결과 적지 않은 반북의식을 갖고 있는 일반 국민의 눈높이에서 만나게 된 개성공단과 북측 사람들에 대한 이야기들이이게 때로는 다소 투박하고 북측에 대한 오해와 곡해의 여러 요인들도 없지 않다.

남한과 북한을 부르는 중립적 용어는 '남측', '북측'이다. 2000년 9월 남북 언론교류가 활발하던 시절에 남과 북을 중립적으로 지칭하기 위해 남측의 언론사 기자협회, PD협회 등이 공식적으로 사용하기로 한 용어다.

'노동'의 개념이나 고용관계, 기업구조 등도 남북은 서로 다르다. 기업의 성공과 실패는 결국 우리 기업들이 얼마나 북측을 잘 이해하느냐에 달려 있다.

평양을 비롯한 북한 방문 개성 공단 직원들의 주의사항이 있다. 개성공단의 우리 기업과 근로자들은 북측 사회에 대한 이해와 인식의 지평을 넓히려는 노력을 한다. 개성공단이 북측 땅이기 때문이다. 개성공단 입주기업의 남측 주재원들이 가져야 할 기본적인 태도 몇 가지를 소개하면 다음과 같다.

첫째, 북측의 체제와 제도, 사상, 문화 등을 비난하는 행위는 금기다. 북측은 나름의 체제 작동논리가 있는 엄연한 국가이고 부정할수 없는 국가 존엄이 있다. 분단 74년의 대립적 관계로 살아온 상대방에게 부정 · 비난당하는 것은 참기 어려운 모욕이다. 더불어 북측 사람들의 인식 문제나 생활형편에 관한 문제는 가급적 언급을 지양한다. 그런 표현은 상대적 우월감 혹은 역으로 열등감을 내포하고 있어 신뢰관계를 깨게 된다.

둘째, 남과 북의 여러 다양한 '차이와 다름'들을 '옳고 그름' 맞고 틀

림'' '선과 악'의 이분법적 흑백논리, 대립적 관계로 인식하지 않으려는
노력이다. 마음 속에 자리한 반감, 적대, 폄하, 비하적 태도는 금물이
다. 그런 여러 '다름'들에는 북측의 집단 주의 가치와 남측의 개인주의
가치관, 남측의 사유재산 개념과 북측의 공동소유 개념, 남측의 소유
권 개념과 북측의 사용권 개념, 물질과 정신에 대한 인식의 차이, 생산
성의 동기부여로써 정치도덕적 자극과 물질적 인센티브 중 무엇을 우
선할 것인지의 차이, 교육과 경쟁에 대한 인식이나 평가 등이 포함된
다. 이러한 차이들은 그냥 '다를 수 있다'라고 인식하면 되는 것들이지
만 그 '다름'은 처음에는 낯설게 다가든다.

## 11-9 '다름'이 공존하는 한반도

2000년 6월 김대중 대통령과 김정일 국방위원장 간에 6·15 공동
선언이 맺어진 후 이산가족이 상봉을 했다. 이 감격적인 상봉을 바라
보면서 너나 할 것 없이 눈시울을 붉혔다. 동안의 소년이 백발의 할아
버지가 되어 마흔을 넘긴 어머니와 재회하는 장면을 보면서, 피는 물
보다 진하다는 감동을 느끼며 동시에 이산가족 문제가 더 이상 늦출
수 없는 절박한 민족적 과제임을 절감했다. 그러나 우리는 상봉 장소

에서 TV 인터뷰에 응한 북한 사람들의 말투를 보고 당황했다. 그들 지도자에 대한 끝없는 칭송을 보며 절망감을 느낄 정도로 이질화된 내 형제를 실감했다.

그런데 이런 북한 사람들의 변화를 말하기 전에 우리가 가져야 할 태도가 있다. 바로 나와 다른 '북한'을 인정하는 것이다. 남북 사이에 서로 '다름'을 인정하는 것은 남북이 함께 살고, 나아가 그 '다름'을 극복하고 하나의 의식공동체로 거듭나기 위해 반드시 필요하다. 우리에게 남북의 평화공존은 지난 수십 년동안 지상 목표와도 같았다. 국민 여론 역시 남북간 평화공존을 전폭적으로 지지한다. 당장 여론조사를 해보아도 국민의 절대 다수가 평화공존을 지지한다고 대답할 것이다.

남과 북 사이에 평화공존이란 양측 정부가 전쟁을 하지 않고 함께 살아가기로 약속하고 이를 실천해가는 것을 뜻한다. 평화공존은 서로가 '다름'을 인정하는 것에서 부터 출발한다. 사실 '다름'을 인정할 때 비로소 우리는 서로의 차이를 정확히 알게 되고 또 그것을 줄일 수 있는 방법을 찾아 낼 수 있다. 이 시대는 나와 다른 삶과 문화를 관용하고 인정하는, '다름'과 공존하는 시대이며, 나아가 공존을 넘어 통일을 실현해가는 시대라고 할 수 있다.

남북문제만이 아니라 여러 사회적 이슈들에 대한 논쟁에서 툭하면 한쪽에서는 상대적으로 진보적 주장을 하는 이들에게 '친북좌파' 혹은 '종북좌파'라는 딱지를 붙이며 그들을 자신과 타협할 여지가 없는 배제해야 할 세력으로 매도한다. 다른 쪽에서는 보수적인 주장을 하는 사람들에게 '수구꼴통'이라 비난하며 대화불통 세력으로 낙인찍는다. 물론 양쪽의 상대방 비난을 '둘 다 똑같다'는 식으로 비판하거나 같이 평가하기는 어렵지만 '다름'이 인정되지 않는다는 점에서는 공통점이 있다.

나와 다른 사고와 의식과 문화를 배격하는 이러한 이분법적 대결의식으로 인해 대부분의 중요 문제에 대해서 사회적 합의를 도출해내지 못하고 끝내 국회에서 몸싸움이나 거리에서 충돌로 이어지기 일쑤다. 모든 갈등이 상대방과의 공존을 전제로 하는 윈 - 윈 게임의 관점에서 전개되는 것이 아니라 상대를 생존 공간에서 배제하는 '전부 아니면 전무' 식의 제로섬 게임으로 전개되는 측면이 큰 것이다.

남북공존도 추구해야 하지만 그 전에 '남남공존'의 틀부터 확립할 필요가 있다. 이를 전제로 우리 사회에서 북한문제와 통일문제에 대해 사회적 합의를 이끌어내고 통일시대를 준비하기 위해서도 다름과 공존하는 문화의 정착이 필요하다.

이데올로기적으로도 건전한 보수와 합리적인 진보가 서로 보완적으로 선의의 경쟁을 벌이며 공존하는 사회공동체가 형성되어야 한다. 그러기 위해서는 조금씩 함께 승리하는 협력적 경쟁문화의 창출이 필요하다. 이렇듯 국내적으로 여러 사회세력 간에 공존 문화가 형성되면 남북관계에서도 매 이슈마다 극단적인 대결 대산에 타협과 조정을 위한 노력이 우선될 것이다. 이는 함께 살며 공동 이익을 추구하는 공존과 호혜의 남북관계를 구축해나가는 데도 큰 도움을 줄 것이다.

# 11-10 다름과 차이의 공존

많지 않은 반북의식을 갖고 있는 일반 국민의 눈높이에서 만나게 된 개성공단과 북측 사람들에 대한 이야기들이기에 때로는 다소 투박하고 북측에 대한 오해와 곡해의 여러 지점들도 없지 않다.

남한과 북한을 부르는 중립적 용어는 '남측', '북측'이다. 2000년 9월 남북 언론교류가 활발하던 시절에 남과 북을 중립적으로 지칭하기 위해 남측의 언론사 기자협회, PD협회 등이 공식적으로 사용하기로 한 용어다.

'노동'의 개념이나 고용관계, 기업구조 등도 남북은 서로 다르다. 기업의 성공과 실패는 결국 우리 기업들이 얼마나 북측을 잘 이해하느냐에 달려 있다. 개성공단의 우리 기업과 근로자들은 북측 사회에 대한 이해와 인식의 지평을 넓히려는 노력을 한다. 개성공단이 북측 땅이기 때문이다. 개성공단 입주기업의 남측 주재원들이 가져야 할 기본적인 태도 몇 가지를 소개하면 다음과 같다.

첫째, 북측의 체제와 제도, 사상, 문화 등을 비난하는 행위는 금기다. 북측은 나름의 체제 작동 논리가 있는 엄연한 국가이고 부정할 수 없는 국가 존엄이 있다. 분단 70년의 대립적 관계로 살아온 상대방에게 부정·비난당하는 것은 참기 어려운 모욕이다. 더불어 북측의 사람들의 인신 문제나 생활형편에 관한 문제는 가급적 언급을 지양한다. 그런 표현은 상대적 우월감 혹은 역으로 열등감을 내포하고 있어 신뢰관계를 깨게 된다.

둘째, 남과 북의 여러 다양한 '차이와 다름'들을 '옳고 그름' '맞고 틀림' '선과 악'의 이분법적 흑백논리, 대립적 관계로 인식하지 않으려는 노력이다. 마음속에 자리한 반감, 적대, 폄하, 비하적 태도는 금물이다. 그런 여러 '다름'들에는 북측의 집단주의 가치와 남측의 개인주의 가치관, 남측의 사유재산 개념과 북측의 공동소유 개념, 남측의 소유권 개념과 북측의 사용권 개념, 물질과 정신에 대한 인식의 차이, 생산성의 동기부여로써 정치도덕적 자극과 물질적 인센티브 중 무엇을 우선할 것인지의 차이, 교육과 경쟁에 대한 인식이나 평가 등이 포함된다. 이러한 차이들은 그냥 '다를 수 있다'라고 인식하면 되는 것들이지만 그 '다름'은 처음에는 낯설게 다가든다.

셋째, 모든 인간관계가 '상호작용'의 관계이듯이 남북 근로자의 관계도 상호작용의 관계이다. 결국 우리 스스로 먼저 북측 사람들에 대해 상호존중과 호의적 태도로 접근해야 한다. 진심 어린 존중의 마음, 포용의 마음, 관용적 태도들이 관계를 발전시킨다. 내가 호의를 가질 때 상대방도 호의를 가지고, 내가 경계심을 가지면 상대방도 경계하며, 내가 적의를 가지면 상대방도 적의를 가진다.

넷째, 북측은 사회 전체를 '사회주의 대가정'이라고 인식하고 또 표현한다. 우리가 이해하든 하지 못하든 어버이 수령을 중심으로 한 전

사회의 대가족 개념이 그것이다. 북측 사회를 '유교적 사회주의 체제'라고 평가하는 경우가 있는데, 북측의 집단주의 내면에는 '우리는 가족'이라는 인식이 저변에 깔려 있는 것이다. 이런 상황을 감안하여 남측 기업 주가 북측 성원들을 같은 기업의 한 가족처럼 인식하면 생산성은 분명 많이 올라온다.

결국 우리 기업들이 어떻게 하느냐에 따라 기업 생산성과 안정적인 기업운영이 제도화될 수 있다. 가슴과 마음으로 주는 것은 결코 사라지지 않을 것이다.

## 11-11 남북의 공통점과 차이점

남북은 여러 가지 면에서 차이가 있다. 오랫동안 남북을 관찰한 경험에 따르면 크게 다섯 가지의 이질성과 유사성이 있다. 무엇보다 남한이 형이하학적 가치를 중시하는데 반해 북한은 형이상학적 가치를 중시한다. 이는 매우 역설적인 대목인데 남한이 오히려 더 유물론자 성향이 강하다. 주로 강조하는 것을 보면 첫째, 남한에서는 '부자되세요'라며 경제성장과 외환 보유고를 강조하지만, 북한에서는 자주성이나 주체 등 정신적인 면을 강조한다.

둘째, 남한은 개인주의, 북한은 집단주의입니다. 셋째, 남한은 세계주의를 지향하고, 북한은 민족주의를 지향한다. 남한은 세계로 나아가라 하고, 북한은 민족으로 들어오려고 한다. 넷째, 남한은 미래가 없는 현실은 현실 취급을 하지 않는다. 반면 북한은 과거부터 보고 현재를 보는 과거지향적인 시각이 강하다. 다섯째, 북한의 수령주의는 세계 어느 나라와도 다른 이질적인 특성이다. 수령이란 말은 영어로 번역하기도 힘들고 수령이란 말이 갖는 의미를 제대로 담지 못한다.

또 다섯 가지의 유사성을 살펴보면 첫째, 깊고 넓고 풍부한 경험이 있다. 필자가 50년 넘게 미국에 살면서 항상 느끼는 것이나(박한식) 만큼 다양한 경험을 한 미국 사람이 주변에 별로 없다는 것이다. 최근 100년 동안 겪은 일만 해도 우리 민족은 식민지 경험과 전쟁, 분단, 혹독한 빈곤과 산업화, 민주화, 독재와 민주 정부를 모두 경험했다. 수천 년의 자랑스러운 역사와 문화유산도 가지고 있다. 경험이 많은 사람은 대개 아픔을 많이 겪은 사람이기도 하다. 어떤 민족이 경험이 풍부하다는 것은 곧 굴곡진 현대사 속에서 온갖 고생을 했다는 뜻이기도 하다.

둘째, 언어와 인종이 같고, 눈에 보이지 않는 유교적 가치관과 샤머니즘적 신명도 유사하다. 셋째, '한'을 품고 있고 '정'이 많으며 '흥'이 있다. 넷째, 우리 민족이 갖고 있는 고유한 절대 가치가 있다. 예를 들어 '사람이 되어야지'라는 개념의 말은 남과 북에서 동일하게 쓰인다. 다섯째, 남과 북 모두 긍지를 중요하게 생각한다. 북한은 미국에 맞서 싸우는 것에서 자긍심을 찾고, 남한은 한류에서 긍지를 느낀다. 우리나라 사람만큼 몇 등이라는 순위에 흥미를 갖는 사람들도 없을 것이다.

긍지를 만들어 가는 과정이 바로 통일의 과정이다. 평화를 만드는 것과 우리가 만들어 갈 새로운 경험에서 긍지를 느껴야 한다. 또한 통일을 일구는 것에서 역사적 사명감을 가져야 한다. 우리 민족이 인류 역사에서 중요한 역할을 하는 것이 바로 통일이다. 평화로운 인류 사회를 구현하는 데 방향을 제시하는 것이야말로 우리 민족이 인류 역사에 가장 크게 공헌할 수 있는 길이라고 믿는다.

아울러 통일을 위해서는 서로 상대방의 장점을 인정하는 것이 중요하다. 서로 이해하고 장점을 찾으려는 노력이 필요하다. 모든 사람과 국가가 잘못된 것만 보려고 하면 나쁜 것만 보이기 마련이다. 문익환 목사가 생전에 재판을 받을 때 검사가 '친북'을 소재 삼자 "통일을 하려면 북한과 친해야 한다. 이남 사람들은 친북이 되고 이북 사람들은 친남이 되어야 통일이 된다"고 반박한 적이 있다. 바로 그런 자세가 통일을 만들어 가는 자세가 아닐까 남북 공동선언에서 상호 비방을 중지하자고 했지만 그것만으로는 부족하다. 일부러라도 남한에서는 북한을 칭찬하고, 북한에서는 남한을 칭찬해야 하다. 칭찬하는 관계 속에서 평화가 이루어진다.

남한이나 북한이나 서로 비판하려고 들면 비판할 거리는 얼마든지 많다. 당장 한국에 사는 사람들도 '헬조선'이라면서 사회를 비판하기도 하다. 그렇다면 북한에서는 남한의 어떤 점을 칭찬할 수 있을까?

한국의 대중문화가 세계 곳곳에서 많은 사랑을 받으며 '한류' 열풍을 이어 가고 있는데, 북한에서도 얼마든지 칭찬할 만한 일이 아닐까 싶다. 김일성 주석은 생전에 공개적으로 이야기하지는 않았지만 남한의 경제 발전을 칭찬하고 부러워하고 했다.

말이라는 것이 요물이라서 이쪽에서 '멍청이'라고 욕하면 저 쪽에서는 '바보'라고 대답하고, 그럼 다시 '바보 멍청이'라고 하다가 결국 멱살잡이까지 하게 된다. 반대로 청춘남녀가 처음 만나 연애를 시작할 때는 마음에 안 드는 부분이 있더라도 서로 칭찬을 하면서 애정을 키워 가기 마련이다. 입만 열면 '폭군'이니 '독재자'니 하며 김정일 국방위원장을 비난하던 조지 W. 부시 대통령도 노무현 대통령의 권고의 따라 '미스터 김정일 위원장'이라고 호칭하면서 북한으로부터 유화적으로 이끌어 냈던 선례도 있다. 생각해 보면 그런 것이 사람이 살아가는 세상에서 일이 잘 굴러가는 방식이 아닐까.

## 11-12 동질성 추구보다는 이질성의 포용을

남북은 74년 넘게 매우 이질적인 체제를 경험해 왔다. 그래서인지 통일을 '동질성 회복'이라는 관점에서 이야기하는 사람들이 많다. 동질성 회복은 유아적 발상이라고 생각한다. 그런 접근법으로는 결코 통일을 이룰 수 없다. 동질성 회복이 아니라 이질성을 인정하고 수용하는 것이 중요하다.

이질성을 용납하지 않는 태도가 극단으로 흐르면 '북한이 주적이냐, 아니냐'라는 사상 검증으로 나타나게 된다. 2017년 4월 19일 열린 대통령 선거 후보 토론에서 바른정당 유승민 후보는 더불어민주당 문재인 후보에게 "북한이 우리 주적이냐"라는 질문을 하면 주적논쟁을 일으키려고 한 적이 있다.

주적 개념은 1995년판부터 2000년판 [국방백서]에 등장했다가 이후에 없어졌지만 오랫동안 색깔론 소재로 쓰이고 있다. 조금 다른 측면에서 '주적' 개념을 살펴보고 싶다. 과거 조지 W. 부시 대통령이 천명했던 '악의 축'에 등장하는 악과 '주적'은 매우 유사한 개념이라는 점이다. 'evil'은 일반적으로 쓰는 '적 enemy' 과는 맥락이 다르다. 'enemy'는 항복을 받으면 되지만, 'e-mil'은 단순히 항복을 받는 것이 아니라 죽여 없애야 하는 존재라고 할 수 있다. 'evil'은 종교적 개념이기 때문에 대화나 협상의 대상도 아니며, 공존의 가능성은 상상할 수도 없다. 그런 맥락에서 본다면 '북한은 주적'이라고 강조하는 것은 곧 통일을 하면 안 된다고 말하는 것이나 다름없다.

'종북'이라는 말도 마찬가지 맥락에서 비판적으로 재검토할 수 있지 않을까 생각한다. 1980년부터 1990년대까지 쓰던 '친북'은 주종관계와는 다른 맥락이었는데, '종북'은 '친북'을 내포하면서 주종관계까지 포함하고 있으니 훨씬 더 고약한 말이다.

통일은 반드시 평화적이어야 한다. 평화적 수단으로 이루어지지 않는 통일은 결코 바람직한 미래가 될 수 없다. 그러려면 이질성을 수용해야 한다. 서로 다르다는 것을 받아들이는 태도가 필요하다. 남북 모두 상대방에게서 자신이 원하는 모습을 바라기 이전에 현실에 존재하는 모습 자체를 인정하고 존중해야 한다. 남북에 필요한 것은 단일한 문화를 추구하는 것이 아니라 서로 다양한 문화를 인정하고 그 자체를 즐기며 어우러지는 것이다. 이질성을 존중한다는 것을 '너는 너대로 나는 나대로'라고 오해해서는 안된다. 서로 유사한 점에 주목하면서 함께 사는 데 주안점을 둔다면 통일의 길이 보일 것이다.

통일이란 남쪽은 남쪽대로 자신을 극보하고, 북쪽은 북쪽대로 자신을 극복하는 속에서 이룰 수 있다. 한쪽을 무너뜨리지 않는 원칙에서 출발한 인간관계, 사회 전체의 흐름을 만드는 사회가 바로 통일된 사회라고 할 수 있겠다. 평화는 조화이다. 평화는 '~이 아니다'라는 식으로 속성을 제대로 정의할 수 없다. 부정형이 아니라 긍정형의 정의를 내려야 한다. 한반도에서 통일을 만들어 가는 과정, 그것이 바로 평화를 만들어 가는 과정이고, 또 그래야 한다.

현실에 존재하는 모습 그 자체를 인정하고 존중해야 한다. 남북이 필요한 것은 단일한 문화를 추구하는 것이 아니라 서로 다양한 문화를 인정하고 그 자체를 즐기며 어우러지는 것이다.

어떤 사람은 전통문화를 되살리는 것을 통해 문화의 동질성을 회복하자고 하지만, 전통문화라는 담론이야말로 현대의 산물일 뿐이다. 예를 들어 남과북의 전통문화 공연만 보더라도 상당한 차이가 있다. 전통문화를 다르게 해석하기 때문이다. 이질성을 존중한다는 것을 '너는 너대로 나는 나대로'라고 오해해서는 안된다. 서로 유사한 점에 주목하면서 함께 사는 데 주안점을 둔다면 통일의 길이 보일 것이다. 바로 거기부터 통일 이론이 출발해야 한다.

통일이란 남쪽은 남쪽대로 자신을 극복하고, 북쪽은 북쪽대로 자신을 극복하는 속에서 이룰 수 있다. 한쪽을 무너뜨리지 않는 원칙에서 출발한 인간관계, 사회 전체의 흐름을 만드는 사회가 통일된 사회라고 볼 수 있다. 한반도에서 통일을 만들어가는 과정이 평화이다.

## 11-13 '틀림'의 시각을 벗어나야

자본주의 생활방식에 익숙한 남쪽 사람들은 북녘을 방문해도 사회주의 삶에 익숙한 그들을 쉽게 받아들이기 어렵다. 남녘을 방문한 북쪽 사람들도 마찬가지다. 그러나 남과 북의 생활방식이 다르다고 해서 상대방이 잘못됐다는 '틀림'의 시각으로 서로를 보는 것은 잘못된 태도이다. 서로간의 차이와 다름을 인정하고 서로의 만남과 교류, 토론을 통해 접점을 마련해 나가려는 노력이 필요한 것이다.

그런 점에서 분단 55년에 열림 2000년 남북정상회담은 남과 북의 적대관계를 청산하고, 공존·공생의 새로운 시대를 여는 계기였다. 남북장관급회담이 정례화 되고, 개성공단 조성 등 다양한 분야의 협력이 활성화됐다. 특히 1998년 금강산관광 뱃길이 열린지 5년만이 2003년 육로관광이 시작돼 매년 20~30만명의 관광객이 금강산을 방문했고, 그해 서울과 평양을 잇는 순수관광 목적의 하늘길도 처음으로 열렸다. 그리고 2005년 1만여 명의 남쪽 사람들이 〈아리랑〉 공연을 보기 위해 평양을 방문하기로 했다. 2007년 12월에는 개성 육로관광이 열려 2008년 11월 중단될 때까지 11만명이 다녀왔다. 이러한 만남을 통해 남과 북은 반세기 동안의 단절을 뛰어넘어 서로에게 다가갔다.

안타깝게도 이명박, 박근혜 정부 출범이후 남북관계는 여러 요인으로 급속히 냉각돼 한 차례의 남북회담도 열리지 않았고, 개성·금강산관광도 중단돼 버렸다. 그리고 5년이 흘러 젊은 세대들에게 북녘은 다시 "낯선 타인"이 되어가고 있다 시도 때도 없이 '북한 붕괴론', '체제 급변론'이 등장하고, 안보논리가 득세하면서 '통일로 함께 가는 동반자'로서의 북녘에 대한 객관적 인식은 사라진 채 '종북론'이라는 시대착오적인 색깔론이 횡행하는 실정이다.

그러나 서로에게 자신의 체제와 이념을 강요하고, 싸움을 통해 상대방을 흡수할 수 있는 시대는 이미 지나갔다. 치열한 '경제전쟁' 속에서 살아남기 위해 남과 북이 서로 협력의 길, 함께 경제성장을 모색하는 선택을 해야할 시점이다.

우리 사회에는 북녘을 보는 다양한 시각이 존재한다. 당연한 현상이다. 문제는 북녘을 보는 시선이 너무 단편적이고 편견에 사로잡혀 있다는 점이다. '나무'는 보는데 '숲'을 보지 못하는 한계를 보이고 있는 것이다.

75년을 떨어져 살아온 북녘사회와 북녘 사람들을 이해하기 위해서는 무엇보다도 그들의 '다름'을 받아들여야 한다. 우리가 다른 나라에 가게 되면 그 나라의 다른 사회구조와 다른 삶의 방식을 수용하는 것과 같은 이치다. 남과 북은 삶의 정서가 같지만 사회의 운영 체제는 근본적으로 다르다. 따라서 단편적인 현상으로 북녘 사람들을 평가하거나 적대의식으로 북녘사회를 바라본다면 북녘의 진면목을 있는 그대로 받아들이기 어렵게 된다.

북녘사회를 제대로 이해하기 위해서는 전쟁과 냉전, 적대관계에서 형성된 편견과 주관을 경계해야 한다.

그러기 위해서는 우선 남과 북이 만나야 한다. 남과 북의 사람들이 오가며 막힌 '소통의 장'을 다시 열어야 한다.

한 번의 만남으로 75년의 다른 삶을 극복할 수 없겠지만, 자주 만나다 보면 '소통'이 이뤄지고 '다름'을 넘어 '같음'을 넓혀나갈 수 있을 것이다. 만남이 통일의 지름길이다.

북녘도 지난 10여년 동안에 많이 달라졌다. '지식경제시대'에 맞는 경제건설을 위해 '세계적 추세'와 '실리 추구'가 강조되고 있고, '가는 길 험난해도 웃으며 가자'는 구호가 '자기 땅에 발을 붙이고 눈은 세계를 보라'는 구호로 바뀐 지 오래다. '농민시장'이 '종합시장'으로 바뀌고, 휴대폰과 컴퓨터가 급속히 보급되면서 북녘 주민들의 생활이 근본적으로 바뀌고 있다. 북녘도 바야흐로 스스로 장기적 계획을 세워 '개혁(개선)·개방의 시대'에 접어들고 있는 것이다.

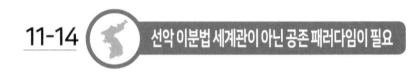

## 11-14 선악 이분법 세계관이 아닌 공존 패러다임이 필요

'평화를 원하면 평화를 준비하라!' 디터 젱하스의 이 경구는 평화를 대하는 우리의 태도가 바뀌어야 된다는 것을 의미한다. 역사 속에서 평화는 사람들이 가지는 막연한 두려움과 공포, 정보의 부족으로 생긴 오해 등에 의해 위협을 받아왔다.

국제관계나 남북관계나 개인의 일상에서나 나와 관계하는 대상을 악마화하는 것은 절대적으로 경계해야 한다. 서로 만남을 지속하고 이해하기 위한 노력을 계속해야 신뢰를 쌓아갈 수 있다. 따라서 평화로운 관계 맺기를 위해서는 과거의 선과 악이라는 이분법적 세계관이 아닌 공존의 패러다임이 필요하다.

한반도의 평화를 이야기하면서 평화는 일상의 문화 속에서 배양돼야 한다. 평화 문화는 일상의 권위주의적이고 갈등적인 문화적 요소를 폐기하고 수평적이고 협력적인 문화적 요소들을 개발해나갈 수 있다는 믿음의 바탕 위에서 형성될 수 있다. 대화를 통해서 갈등을 해결하려는 태도, 타인의 입장과 감정을 고려하는 역지사지의 마음가짐, 과거와 현재에 대해 끊임없이 성찰하는 자세는 상대방의 존재가치를 인정하는 것이다. 평화 문화는 이렇게 문화적 다양성에 대한 승인뿐만 아니라 다름을 존중하는 포괄적인 것이다.

**11-15  적대와 비난의 서곡은 화해와 격려, 협력의 서곡으로 변해야 한다**

"가끔 평화에 대한 정의를 묻는 질문을 받을 때가 있다. 그러면 저는 '적을 친구로 만드는 것이 평화'라고 대답한다. '사람관계나 국가 관계나 평화는 '우정'을 만들어 가는 일이라 생각한다. 친구가 있을 때 우리는 가장 안전하고 행복한 느낌을 갖고 산다. 적을 친구로 만들려면 우리의 서곡(narrative)를 바꿔야 할 것 같다. 지금까지는 적이었으니까 적대와 비난의 이야기를 많이 했지만 적을 친구로 만들려면 이해, 화해, 격려, 칭찬의 말을 더 많이 해야 한다. 그래서 평화와 통일을 원한다면 '적대와 비난의 서곡(negative narrative)를 화해와 격려, 협력의 서곡(positive narrative)'로 바꾸었으면 좋겠다는 생각을 한다.

지난 70년 동안 적대와 비난의 이야기를 해왔지만 우리는 분단문제를 해결하지 못했다. 그렇다면 이제는 새로운 서곡로 문제를 풀어가야 하지 않을까? 분단된 우리 사회에서 평화 또는 통일관련 담론이나 활동은 오랫동안 불온하고 위험한 것으로 간주돼 왔다. 따라서 평화통일운동은 어느 분야보다도 시민활동이 자유롭지 못하고 시민들의 참여도 저조하고 그만큼 활동조건도 열악한 곳이다. 이러한 조건에도 불구하고 남북 간에 화해와 평화의 다리를 놓으며 묵묵히 일생을 바쳐 평화운동을 개척해온 동료들과 후배들이 계셔서 그리고 그가는 길에 뜻을 함께하는 시민들이 계셔서 우리는 오늘 대반전의 2018년 한반도 평화프로세스를 볼 수 있게 되었다. 이현숙 (통일 교육 위원 중앙협의회 의장 글에서)

## 11-16 평화와 통일은 상호존중에서

상상할 수 없는 민족 대번영의 엄청난 기회들이 우리 눈앞에 있다. 평화가 통일이고 평화가 대박이다. 엄청난 국가적 비용도 필요 없고,

특별한 국가적 노력과 국민들의 각고의 인내가 필요한 것도 아니다. '상호존중'의 정신 하나면 된다. 남과 북이 서로를 있는 그대로의 모습으로 존중하는 자세만 가지면 모든 것이 해결된다.

'상호존중'은 서로 적대시하지 않겠다는 것이다. 우리는 우리식 질서인 자본주의 경제질서와 자유민주주의적 가치질서를 추구하고, 북측은 북측대로 사회주의 경제와 인민민주주의의 사회발전 논리들을 추구해 가는 것이다.

남북 간의 평화와 통일을 위한 몇 번의 역사적 합의였던 1972년 7.4 남북공동성명, 1991년 남북기본합의, 2000년 6.15 공동선언, 2007년 10.4선언의 남북정상회담. 북미회담의 공통점을 하나의 단어로 압축하면 그것이 바로 '상호존중'이다. 평화와 통일은 '상호 존중의 정신과 원칙, 태도 이 하나로 시작되고 완성된다. 북이 원하는 것도 바로 상호존중이다.

남북이 상호존중하는 순간 평화, 즉 실질적 통일은 시작되고 또 통일의 완성까지 나악가게 된다. 결국 상호존중의 정신과 평화가 가져다줄 엄청난 국가발전과 국민행복의 여러 상황들은 아는 만큼 보이고 전망할 수 있다.

# 11-17  화해 협력 평화 공존을 위해 냉전문화와 대결의식 버려야

평창동계올림픽을 계기로 남북대화가 재개되면서 모처럼 한반도에 화해·협력의 분위기가 고조되고 있다. 하지만 70년이 넘어가는 분단구조와 여기에서 비롯된 남북한의 냉전 문화 및 대결 의식은 여전히 강력한 영향력을 갖고 있다.남북한 스포츠 단일팀 구성에 반대하는 여론이 더 높으며, 일부라고는 하지만 북한의 평창올림픽 참가 자체를 반대하는 사람들도 있다.

핵 문제와 같은 중대 현안을 해결하는 것도 중요하지만 한반도 분단구조를 궁극적으로 타파하고 화해 · 협력 및 평화 공존의 분위기를 정착시키기 위해서는 남북한 사회에 남아 있는 냉전 문화와 대결 의식을 일소하는 것도 시급한 과제이다. 이러한 맥락에서 남북한 사회문화 교류를 주목할 필요가 있다. 왜냐하면 사회문화 교류를 통해 ▲적대적 대결 의식을 완화할 수 있으며 ▲체제 및 주민들에 대한 상호 이해를 확대할 수 있고 ▲교류 과정에서 각종 오해를 불식시킬 수 있으며 ▲통일 추진의 동력을 제공받을 수 있기 때문이다.

**11-18** 왜 남북은 자주 만나야 되나 만나야 소통이 되고 다름이 같음이 된다

분단 74년이 다 되어 간다. 1945년 처음 일본군의 무장해제를 위해 38선이 그어질 때만해도 분단이 이렇게 오래 갈 것이라고는 누구도 생각하지 못했을 것이다. 분단 후 남과 북은 다른 체제와 이념, 다른 환경 속에서 살아왔다. 여전히 언어와 정서라는 측면에서는 '같음'을 공유하고 있지만 74년을 떨어져 다르게 살면서 가치관이나 생활방식 면에서는 많은 '다름'이 나타났다.

해방 후 미군이 진주한 남쪽에는 '미국식 민주주의'와 자본주의가 사용돼 '개인'과 '시장경제'가 최상의 가치로 자리잡았다. 반면 소련 군이 진주한 북쪽에는 '인민 민주주의'와 사회주의가 선택되어 '집단' 과 '계획경제'가 중요가치로 자리잡았다. 세월이 흘러 서로의 체제가 안착되고, 일제강점기와 해방공간의 경험을 공유한 세대가 사라지면 서 이제는 만나도 낯설기만 하다. 더욱이 전쟁과 냉전의 시기를 거치 면서 맹목적인 적대의식이 뿌리를 내렸고, 남과 북은 서로를 비난하 는데 익숙해졌다.

## 11-19 남북은 배우며 산다

오늘도 또 이렇게 옥신각신 서로를 배우고 있다. 남북 간의 문화 차 이, 행정의 차이, 경제의 차이, 정치의 차이… . 그 수준의 차이는 자명 하지만 이가 상대에게 옳고 그름의 문제로서 이야기할 수 있는 것은 아무것도 없다. 도덕적 기준, 윤리적 기준, 사회관습적 기준, 행정절차 적 기준 등등의 기준 자체가 다를 수 있음을 항상 마음으로 준비해야 한다.

진정 남북이 상호존중과 공존공영의 미래희망을 함께 만들어 가기 위해서라면 한쪽의 옳음이 상대들의 틀림이 될 수 있고 저들의 옳음이

나에겐 틀림이 될 수도 있다는 걸 받아들여야 한다. 그 모든 것은 다름이다. 다름의 공존이다. 그렇게 서로의 '다름'들이 일상적으로 함께 공존하고 있는 것이다. 그렇게 서로의 '다름'들이 일상적으로 함께 공존하고 있는 것이다. 그렇게 서로의 '다름'들이 일상적으로 함께 공존하고 있는 것이다. 그럼에도 희망을 키울 수 있는 것은 공유할 수 있는 같음이 절대적으로 더 많다는 것이다. 이렇게 또 하루의 상대국에 대한 공부가 쌓여간다.

북측에 대한 공부의 첫 번째 태도, 서둘지 말고, 인내심을 가지고, 나의 주관적 가치판단을 잠시 접어두라는 것, 매일매일 반복적으로 진행되는 교훈이다.

# 11-20 안보 접근법과 평화 접근법

대북정책에는 서로 다른 두 가지 접근법이 있다. 이것을 안보 접근법과 평화 접근법이라고 부른다. 안보 접근법은 분단과 전쟁 이래로 그 역사가 오래되었다. 안보 접근법은 힘을 바탕으로 상대를 제압하려고 하기 때문에 군비 경쟁에 기반을 두고 있다. 누가 더 좋은 무기를 얼마나 더 많이 가지고 있는지 경쟁한다. 군비 경쟁은 정치적 정당성을 확보하기 위해 '공포'에 의존한다. 결국 안보 접근법이란 언제나 무기와 공포를 통해서만 유지할 수 있는 것이다. 한반도에 군사적 긴장이 높아지는 것은 언제나 안보 접근법이 횡행할 때다. 이명박 정부가 북한 붕괴론에 기반해서 북한을 고립시키기 위해 시도한 5·24 조치나, 박근혜 정부의 '통일 대박론'과 사드 배치 결정 등은 모두 안보 접근법에 입각해있었다.

생각해 보자. 무기를 더 많이 보유한다고 안보를 달성할 수 있는 시대는 지났다. 9·11 테러는 첨단 무기가 아닌 민간여객기를 납치하는 것만으로도 심각한 피해를 입힐 수 있다는 사실을 전 세계에 각인시켰다. 심지어 최근 이슬람 국가(IS)의 사례에서 보듯이 길거리에서 흔히 볼수 있는 트럭도 강력한 테러 수단이 될수 있다. 또한 이 전쟁은 작전통수권을 가진 미국과 북한의 싸움이 될 텐데 전쟁 자체는 미국이 이길지 모르나 그 와중에 발생하는 피해는 누가 책임질 것인가.

북한이 핵무기를 개발하는 것 역시 안보 접근법의 한계를 고스란히 보여주는 것이다. 북한에서는 '핵무기가 있어야 아무도 우리를 함부로 대하지 못한다'는 인식이 만연해 있다. 대북정책의 역사를 살펴보면 크게 두 가지 상반된 경로로 나눌 수 있는데, 바로 노태우- 김대중-노무현의 길과 김영삼-이명박 - 박근혜의 길이다. 어떤 이에게는 이명박·박근혜 정부를 김영삼 정부의 대북정책 계승자로 보는 것이 불편할 수도 있을 것이다. 또한 십중팔구 김대중·노무현 대통령을 노태우 대통령과 연관시키는 것에 많은 이가 당혹스러움을 느낄 수도 있을 것이다.

먼저 냉전 이전 1970년에서 1980년대 대북정책을 간략히 살펴보 겠다. 그럼 그전에는 어땠을까? 딱히 대북정책이라고 할 만한 것 자체 가 없었다. 특히 이승만 정부는 통일정책도 평화정책도 없었다. 그냥 북한을 투명인간 취급하며 문을 닫아버렸다. 이승만 대통령은 해방 정국에서 이른바 '정읍 발언'을 통해 남한만의 단독 정부 수립이라는 판도라 상자를 연 장본인이다. 그는 대통령으로 있으면서 입만 열면 '북진통일'을 외쳤다. 남북통일을 공약으로 내걸었던 조봉암을 사형 시키고, 진보당을 해산시킨 것은 상징적인 장면이었다.

이승만 대통령은 휴전 협상도 거부했는데, 한국 정부는 전쟁 당사 자이면서도 정작 휴전 협정에는 참여하지 못하는 어이없는 사태까지 벌어졌다. 미국 정부는 이승만 대통령이 무슨 짓을 벌일지 모른다고 판단해 이승만 대통령 제거 방안을 진지하게 고민하기도 했다. 1953 년 10월 22일 미국 국가안전보장회의 결정 167호는 이승만 대통령이 휴전을 깰 경우 유엔군 철수, 이승만 대통령 제거 등의 대응책을 고려 해야 한다고 제시하기도 했다. 심지어 1954년에는 한국군의 북진을 막기 위해 탄약 보급로를 폭격하고, 해상 봉쇄를 실시하는 방안까지 검토했을 정도이었다.

북한과 관련해서 미국과 사사건건 대립했지만 정작 이승만 대통령 은 국회 동의도 없이 편지 한 통으로 작전권을 맥아더에게 넘겨 버렸 다. 일국의 최고 통수권자가 주권의 핵심 요소를 그렇게 쉽게 다른 나라의 일개 장군에게 가져다 바친 일은 아마 전 세계에 유례가 없을 것이다. 그렇다고 해서 국방을 튼튼히 한 것도 아니었다. 구호만 요란했을 뿐이다. 한강 방어선을 지키라고 방송해 놓고 한강 다리를 폭파시킨 일이나, 수많은 젊은이를 얼려 죽고 굶겨 죽인 국민방위군 사건, 조직적으로 자행한 민간인의 학살을 보면 국가 지도자로서 최소한의 자격이 있었는지 의심스럽다.

## 11-21 보수와 진보의 생각

하노이 북미회담이 성공적으로 끝나 올 봄부터는 한반도에 평화의 싹이 움틀 것이 기대되던 때만 해도 한국의 일부 보수 세력은 울상을 짓고 있었다. 70여 년간의 분단구조 안에서 북한에 대한 공포만을 강조하며 기득권을 누려온 그들에게 한반도 평화체제는 상상도 하기 싫은 일이었다. 그랬던 그들인지라 하노이 회담이 사실상의 결렬로 끝나자 얼마나 쾌재를 불렀는지 모른다.

그들은 승리자가 된 양 마구 막말을 쏟아냈다. ‒ ‘문재인 대통령은 김정은의 수석 대변인이고 대국민 사기극을 펼쳤다. 폼페이오는 화가 나서 강경화를 안 만나기로 했다. 문재인 정부가 북한을 중시하는 정책을 안 버리면 미국이 한국을 버리는 날이 곧 올 것이다. 심지어는 비핵화 협상에서 문재인 대통령은 앞으로 중재자고 촉진자고 어림없는 소리이며 북한이 완전 비핵화할 때까지 미국은 제재를 한 푼도 풀어주어서는 안 된다'는 등.

이것이야말로 다른 나라 냉전세력권의 수석대변인 같은 소리가 아니고 무엇이겠나. 하나를 들으면 열을 안다고. 그즈음 일부 대북전문가 사이에서는 한국의 보수 정치인들이 한반도 평화를 저지하려는 일본의 극우세력과 방산업체의 막강한 로비를 받는 미국의 강경세력들 간에 긴밀한 연대를 형성하고 있는 것은 아닌가 하는 의심을 내놓기도 했다.

그러나 그 동안 집권 진보세력이 보여준 형태 또한 국민의 눈살을 찌푸리게 한 것이 사실이다. 당초 하노이 회담에 대한 기대치가 워낙 높았고 그래서 상대적으로 실망감이 더 컸다 하더라도 그렇게 일시에 자제력이 무너질 수가 없는 일이었다. 국회에서 다수당이 아니면 정치력이라도 뛰어났어야 하는데 그것도 못하더니 장관후보자 지명에서 대형 사고를 치고 말았다.

흔히 보수는 부패로 망하고 진보는 분열로 망한다고 했는데 보수가 할 일을 따라 하느라 그랬는지, 진보정권에서 이미 공직자가 되었거나 되려는 사람 중에서도 탐욕스럽게 재산을 모으는 이들이 많았다는 것은 부끄러운 일이다.

LA진보진영에서는 그사이 때아닌 한반도기 논쟁으로 잡음이 있었다. 밖으로 나타나기에는 하노이 북미회담 당시 그 상황을 TV로 공동 시청하는 자리에 한반도기를 걸자느니 안 된다느니 하는데서 시작된 시비로 보였지만 실은 그게 아니었다. LA 평통의 초반부터 권력층과의 친분을 과시하며 분파작용을 일삼아온 한 조직원이 문제를 확대 생성해 외부에 알리면서 시작된 일이고 여기에 부화뇌동하는 일부 주변 인사들의 자세가 문제의 본질이었다.

어느 사회 어느 조직에서나 다른 의견은 있게 마련이다. 그 다른 의견을 안에서 치열하게 토론하며 소화하지 못하고 외부로 쏟아 내거나 거기서 파생되는 문제를 상대방에 전가할 때 상처는 더 깊어질 뿐이다. 진보는 그 다양한 의견을 포용하기 위해 분열보다는 연대를 중요한 가치로 삼아야 한다. 이번 보선에서 민주당이 정의당과 연대한 것이 좋은 예다.

미주에서도 통일, 민주세력들이 중도보수마저 아우르는 광범위한 연대의 태동을 보이는 것은 매우 시의적절한 일로 보인다. 앞으로 다가올 평화체제에서는 보수와 진보가 부패와 분열을 극복하며 서로를 인정하는 유능하고 합리적인 보수, 연대하고 포용하는 진보로 새롭게 태어나야 할 것이다.

오는 11일 미국에서 문재인 대통령과 트럼프 대통령이 회담을 하기로 했다는 소식이 희망을 준다. 문재인 대통령은 북미간 조정자 역할의 수완을 발휘해 꺼질 뻔했던 한반도 평화프로세스의 불을 다시 살려내는 계기가 되기 바란다.

# 12장

# 갈등해소와 소통 및 협력의 시대로

# 12-1 갈등과 해소

갈등의 종류는 다양하다. 갈등의 형태에 따라서는 이념적 갈등, 인종과 종교적 갈등, 지역간 갈등, 계층별 갈등, 세대간 갈등, 남녀간 갈등 등이 있다.

인류 역사상 가장 오래된 갈등은 인종간 그리고 종교적 갈등이다. 그리고 이 갈등은 지금도 진행 중이다. 인종간 갈등의 정점을 홀로코스트(Holocaust) 이다. 아리아인 즉 독일인이 가장 우수한 인종이며, 반면 유대인은 가장 경멸할 대상이기에 인종청소가 필요하다고 주장했다. 그리고 이를 실행에 옮기면서 역사의 비극을 낳게 된 것이다.

비인간적이고 비윤리적인 이 '인종청소'라는 비극은 유고슬라비아의 분리 과정 그리고 코소보 사태에서도 연이어 나타난다. 민족 갈등은 지금도 진행중이다. 대표적인 예로, 영국의 스코틀랜드인, 스페인 바스크족, 터키의 크루드족, 중국 신장지역의 위구르족 등이 분리독립 움직임을 보이는 사실을 들 수 있다.

종교적 갈등은 더 심각하다. 기독교와 이슬람교의 반목과 갈등은 전쟁으로 나타나고 있다. 이들의 발목이 정점을 이룬 것이 바로 '십자군 전쟁'이었는데, 이후 오늘에 이르기까지 격렬한 갈등이 이어지고 있다. 그 갈등의 연장선상에서 세계는 오늘날 IS테러의 공포에 직면하고 있는 것이다. 종교적 갈등은 다른 종교와의 사이에서뿐만 아니라 같은 종교 내부에서도 나타난다. 기독교와 이슬람교의 경우를 보더라도 내부에서 또 다시 파벌이 나누어져, 기독교는 신교와 구교로, 이슬람교는 수니파와 시아파로 나뉘어 갈등이 계속되고 있다.

이념갈등은 남한과 북한, 보수와 진보, 또는 우익과 좌익 간의 갈등으로 나타나고 있다. 역사적으로 좌익과 우익으로 나뉘게 된 배경은 프랑스 혁명으로 거슬러 올라간다.

프랑스혁명 이후 구성된 국민공회는 루이 16세와 왕비 앙트와네트에 대한 처리 문제를 두고 의견이 갈렸다. 당시 우측에 자리 잡은 지롱드당은 최소한 이들에 대해 사형만은 면해 줘야 한다는 입장을 고수하였다. 이에 반해 좌측에 앉은 자코뱅파는 혁명의 완성을 위해서는 이들을 처형해야 한다고 주장했다. 이후 좌파와 우파라는 용어가 생겨났고 이는 다시 진보와 보수로 이어지게 되었다.

그런데 이념갈등은 구체적인 실체가 없다. 우익은 경쟁과 사유재산을 본질로 하는 기존 시장경제 질서와 자본주의 체제를 수호하는 것이 최선이라 주장한다.

반면 좌익은 개혁을 통해 기존질서를 확 바꾸어야만 당면한 어려움에서 벗어나고 또 미래세대의 발전도 기할 수 있다고 주장한다. 양측 주장이 더 설득력이 있고 맞는 말이다. 말 그대로 '우익' 즉 오른쪽 날개와 '좌익' 즉 왼쪽 날개가 건강하게 균형과 조화를 이룰 때 비로소, 새나 비행기는 잘 날아갈 수가 있다.

지역갈등은 기본적으로 민족간 갈등과 맥락을 같이하고 있다. 그러나 같은 민족 내부에서도 지역별 발전격차에 따라 갈등이 일어나고 있다. 미국 북부와 남부, 독일의 동부와 서부, 이탈리아의 북부와 남부 등 많은 지역에서 지역간 갈등이 존재한다. 우리나라도 예외가 아니다. 수도권에 인구와 경제력이 집중됨에 따라 수도권과 지방간 발전격차 문제는 갈수록 심화되고 있다. 또 영남과 호남의 해묵은 갈등은 아직까지도 진행 중에 있다. 우리나라 정당은 여전히 영남과 호남의 동서 분할 구도를 벗어나지 못하고 있다. 지역간 갈등과 국론 분열을 조장하는 이 지방색은 우리 시대 가장 큰 병폐 중의 하나이다.

더욱이 이제는 위험시설, 혐오시설 등이 자신들의 지역에 들어서서는 안 된다는 '님비(NIMBY)현상'과 함께, 수익성 있는 사업은 내 지역에 들어와야 한다는 지역이기주의적 형태인 '핌피(FIMFY) 현상'가지 가세되면서 지역갈등은 더욱 복잡한 양상을 띠고 있다.

계층간 갈등은 통상 양극화에서 연유한다. 그리고 이는 우리 시대의 가장 심각한 경제사회 문제로 대두되고 있다. 양극화로 고통을 받고 있는 계층에서는 이 문제를 '1대 99의 사회', '분배정의가 왜곡된 사회', '희망이 없는 사회'등으로 치부하고 있다. 이러한 잘못된 현상을 제대로 수정하지 못하면 우리 경제사회의 퇴보는 물론이고, 체제의 안정성마저 위협할 가능성이 없지 않다. 더욱 답답한 것은 이러한 우려에도 불구하고 양극화 현상과 이에 따른 사회적 갈등이 좀처럼 해소될 기미를 보이지 않고 있다는 점이다.

# 12-2  나눔과 배려의 정신

나눔은 주위에 끊임없이 따뜻한 관심을 가질 때 가능하다. 나눔은 관심으로부터 시작되어 실행으로 옮겨지기 때문이다. 그런데 나눔이란 꼭 돈이 많아야 가능한 것은 아닐 것이다. 만약 돈을 많이 벌어야만 나눌 수 있다고 생각한다면 어쩌면 우리는 평생 나누지 못할지도 모른다. 나아가 꼭 돈으로만 나눌 수 있는 건 아니다. 자신의 지식, 경험이나 갖고 있는 재능을 나눌 수도 있다. 그리고 시간을 나눌 수도 있고, 생각을 나눌 수도 있고, 마음을 나눌 수도 있다.

기부는 남을 위해서 베풀 수 있는 최고의 사랑이며, 조건 없는 사랑의 표현이다. 미국에서는 그동안 역사적으로 록펠러에서부터 빌 게이츠에 이르기까지 많은 기업가들이 자선재단 등을 만들어 교육이나 사회복지, 빈곤퇴치 등을 위해 노력해왔다.

이처럼 거액의 기부행위도 값지겠지만 기부금은 아주 적은 금액이어도 값지다. 특히 우리의 경우 지금까지 국가나 사회에 기부금을 낸 분들을 보면 돈이 많아서 기부한 것이 아니라는 사실을 알 수 있다. 경제적으로 어려운 가운데서도 푼푼이 모은 돈이거나 여유가 있더라도 검소한 생활을 통해 절약한 돈을 기부하는 경우가 훨씬 더 많았다. 그래서 더욱 감동적이다.

사회봉사활동 또한 바람직한 나눔의 한 유형이다.

살아오는 과정에서 축적된 다양한 지식과 경험, 능력들을 사회에 환원할 수 있는 길이 있다면, 노후생활이 얼마나 보람되고 행복하게 느껴질까? 이는 비록 현역에서는 은퇴해 뒷전으로 물러나 있지만, 사회봉사활동을 통해 그래도 자신의 존재감이 여전하다는 것을 확인할 수가 있기 때문이다. 그리고 사회봉사활동은 중년세대가 후배 세대들에게 남겨놓은 미완의 과제들을 해결해 나가는데 기여하는 방편도 될 수 있다.

개발도상국에 대한 원조도 늘려나가야 한다. 북한에 대한 지원도 확대 해야한다. 우리 주변에는 아직도 우리가 다른 나라를 원조하는 것에 대해 부정적 인식을 가진 사람이 없지 않다. 우리나라에도 헐벗고 못 먹는 사람이 많은데 외국에 원조를 하는 건 가당치 않다는 것이다. 그러나 이는 그렇지가 않다.

지난날 우리나라가 전쟁의 폐허에서 헐벗고 굶주리고 있을 때 미국을 비롯한 여러나라가 원조의 손길을 뻗어주었다. 그것을 발판으로 우리는 이제 세계 10위권의 경제대국으로 부상하였다. 과거 우리가 받았던 그 사랑과 은혜에 보답하기 위해서라도 이제는 남을 돌려주어야 한다.

더욱이 원조란 반드시 공짜로 주는 것만은 아니다. 원조는 장기적인 투자이기도 하다. 우리는 원조를 주는 나라와의 무역을 확대할 수가 있고 자원협력 증진을 기할 수도 있다. 그리고 경제뿐만 아니라 정치 · 사회 · 문화 등 모든면에서 우리의 성실하고 진지한 협력파트너로 삼을수가 있다. 결국 원조를 통해 전 세계에 우리의 얼과 이미지를 심고 있는 것이다.

배려는 인간성을 형성하는 데 있어 가장 으뜸 되는 덕목이다. 배려의 기본 속성은 상대방의 입장에서 생각하고 행동하는 데 있다. 배려가 부족한 사람의 가장 큰 특징은 자기중심적이라는 것이다. 서로 대화를 할 때도 배려할 줄 모르는 사람은 상대방의 말에 귀를 기울이지 않고 자신의 말만 늘어놓는다. 경청하려는 마음가짐이 부족하다.

또한 나 자신과 모습이 다르고 생각이 다르고 취향이 다르다고 해서 미워하거나 싫어하는 것은 곤란하다. 우리 민족은 동질성 의식이 강해 이런 경향이 농후한 편이다. 다문화가정과 가족을 비하하거나 조롱하는 태도, 세대간의 문화와 취향이 다른 것을 이해하려 들지 않고 오로지 자신만의 생각을 강요하고 고집하는 태도는 바람직한 자세가 아니다.

배려는 우리 사회가 보다 성숙해지고 선진화되는 데 있어 가장 기본이 되는 요소이다. 그리고 '기쁨을 나누면 배가 되고, 슬픔은 나누면 반이 된다'는 이야기가 있듯이 기부와 나눔과 같은 선행을 베푸는 활동은 모든 사람에게 긍정적인 결과를 낳게 된다.

아무리 물질적으로 풍요로운 사회라 하더라도 이 나눔과 배려의 정신이 부족하면 그 사회는 행복하지 않으며 선진화된 사회라고 보기 어렵다.

# 12-3   소통과 화합, 협력의 새 시대로

양극화 현상 또한 사회불안을 증폭시키고 지속적인 경제발전을 저해하게 된다. 삶의 수준이 불평등해질수록 사람들은 서로를 신뢰하지 않게 된다. 즉 소득 불균형이 경쟁심화로 연결되고, 경쟁심화하는 주위 사람과 싸워 이겨야 하는 적으로 여기게 되며, 서로를 믿고 돕기보다는 불신하고 싸우게 된다는 것이다.

이처럼 양극화는 위화감을 낳고 위화감은 다시 시기심으로 변하며 시기심은 증오심과 적대감을 만든다. 이런 상태가 지속된다면 우리의 미래는 암울하다. 또 경제 분야의 양극화 현상은 산업전반의 경쟁력 약화를 초래하게 된다.

이는 그렇지 않아도 불안한 우리 경제의 앞날을 한층 더 어렵게 할 것이다. 이와 같이 양극화와 사회갈등 현상이 심화되어 분노로 표출될 경우 경제사회의 불안정을 초래하는 것은 물론이고, 자칫 전체 사회시스템의 붕괴마저 부를 수도 있다. 따라서 우리는 이런 근원적인 문제점들을 치유하는 노력을 적극 기울여 나가야 한다.

지금 우리 경제사회는 매우 중요한 갈림길에 놓여 있다. 경제발전을 위한 노력은 앞으로도 당연히 지속되어 나가야 한다. 그리하여 한시 바삐 중진국의 함정에서 벗어나 선진국 반열에 올라서야 한다. 그러나 경제발전만으로는 충분하지 않다. 이제 우리는 물질적 풍요 이상으로 정신적 만족을 추구하는 시대에 살고 있다. 국민의 삶이 자유와 평등, 그리고 쾌적함과 여유로움을 누릴 수 있도록 정책을 마련하고 추진해 나가야 한다는 뜻이다. 한마디로 행복경제사회를 실현해야 한다.

행복경제사회의 실현을 위해서는 여러 측면에서의 노력이 동시에 이루어져야 한다. 경제적 측면에서는 우리 산업의 국제경쟁력을 높이고 이를 통해 일자리를 늘려나가는 것이 무엇보다 중요하다.

날이 갈수록 우리 사회는 개인의 입장과 영역이 중시되고 있어, 자칫하면 무관심과 냉담, 비정함으로 얼룩진 사회로 치달을 수 있다. 이를 방지하기 위해서는 소통과 나눔, 상생과 협력이라는 새로운 시대정신을 사회 전반에 확산시켜 나가야 한다.

나눔은 주위에 끊임없이 따뜻한 관심을 가질 때 가능하다. 그리고 나눔의 다른 형태인 배려는 인간관계를 형성하는 데 있어 가장 으뜸되는 덕목이다.

배려의 기본 속성은 상대방의 입장에서 생각하고 행동하는 데 있다. 역지사지의 자세로 상대방의 입장을 헤아리다 보면 배려의 싹이 트고 화합이라는 열매를 맺는다.

경쟁은 우리 사회를 발전시키는 원동력임에는 분명하다. 그러나 전체 파이의 크기를 한층 더 키우기 위해서는 경쟁을 뛰어넘는 협력이 필요하다.

# 부록

## 1. 통일교육 지원법

[시행 2018.9.14] [법률 제 15433호, 2018.3.13. 일부개정]

**제 1조 (목적)** 이 법은 통일교육을 촉진하기 위하여 필요한 사항을 규정함을 목적으로 한다.

[전문개정 2008.12.31]

**제 2조 (정의)** 이 법에서 사용하는 용어의 뜻은 다음과 같다.

〈개정 2018.3.13〉

① "통일교육"이란 자유민주주의에 대한 신념과 민족공동체의식 및 건전한 안보관을 바탕으로 통일을 이룩하는 데 필요한 가치관과 태도를 기르도록 하기 위한 교육을 말한다.

② "지역통일교육센터"란 지역주민을 대상으로 통일교육을 하고, 통일교육에 관한 정보를 수집·제공하는 기능 등을 수행하기 위하여 제6조3에 따라 통일부장관이 지정하는 기관·단체 또는 시설을 말한다.

평창올림픽대회 2018

③ "통일관"이란 북한 및 통일에 관한 자료 전시나 체험 등을 통하며 북한에 대한 이해의 폭을 넓히고 국민의 통일의식을 함양하기 위하여 제6조의 4에 따라 통일부장관이 지정하거나 설치하는 시설을 말한다.

[전문개정 2008.12.31]

## 제3조 (통일교육의 기본원칙)

① 통일교육은 자유민주적 기본질서를 수호하고 평화적 통일을 지향하여야 한다.

② 통일교육은 개인적·당파적 목적으로 이용되어서는 아니 된다.

[전문개정 2008. 12.31]

## 제 3조의 2 (통일교육 기본사항)

① 통일부장관은 제3조의 기본원칙에 따른 통일교육을 하기 위한 기본사항을 정한다.

② 통일부장관은 통일교육에 관한 기본사항을 정할 때에 미리 관계 중앙행정기관의 장과 협의를 하여야 한다.

## 제 3조의 3 (통일교육주간)

국민의 통일의지를 높이기 위하여 매년 5월 넷째 주를 통일교육주간으로 한다.

[본조신설 2018.3.13]

## 제 4조 (국가 및 지방자치단체의 책무)

① 국가는 이 법에서 정하는 바에 따라 통일교육의 실시, 통일문제 연구의 진흥, 통일교육에 관한 전문인력의 양성·지원, 통일교육에 관한 교재의 개발·보급, 그 밖의 방법으로 통일교육을 활성화하여야 한다. 〈개정 2009.10.19〉

② 국가는 통일교육을 하는 자(법인 또는 단체를 포함한다. 이하 같다)에게 예산의 범위에서 대통령령으로 정하는 바에 따라 필요한 경비의 전부 또는 일부를 지원할 수 있다. 〈개정 2009.10.19〉

③ 지방자치단체는 국가의 시책과 지역적 특성을 고려하여 지역별 시책을 수립·시행하여야 한다. 이 경우 그 시책의 수립·시행에 필요한 사항은 조례로 정할 수 있다. 〈개정 2018.3.13〉

④지방자치단체는 지역주민을 대상으로 통일교육을 하는 자에게

예산의 범위에서 필요한 재정적 · 행정적 지원을 할 수 있다. 〈신설 2018.3.13〉

⑤ 국가 및 지방자치단체는 이 법에 따른 시책을 효율적으로 수행하기 위하여 상호협력체제를 구축하여야 한다. 〈신설 2018.3.13〉

[전문개정 20208.12.31]

[제목개정 2009.10.19]

[제6조에서 이동, 종전 제4조는 제6조로 이동 〈2018.3.13〉]

## 제 5조 삭제 〈2008.12.31〉

## 제 6조 (통일교육기본계획의 수립)

① 통일부장관은 통일교육을 효율적으로 추진하기 위하여 통일교육기본계획(이하 "기본계획"이라 한다)을 수립한다.

② 기본계획에는 다음 각 호의 사항이 포함되어야 한다.

〈개정 2018.3.13〉

1. 통일교육의 기본원칙 · 추진목표와 방향

2. 통일교육과 관련하여 각 부처 및 기관 · 단체의 협조에 관한 사항

3. 통일교육에 관한 국민의식 제고

4. 통일교육실태의 조사 · 평가 및 시정에 관한 사항

5. 통일교육에 관한 전문인력의 양성 · 지원에 관한 사항

6. [초 · 중등교육법] 제19조제1항 각 호에 따른 교원에 대한 통일교육 관련 전문성 강화에 관한 사항

7. 통일교육 관련 교재의 개발 · 보급에 사항

8. 국내외 통일교육 기관 및 단체의 육성 · 지원에 관한 사항

9. 통일교육에 필요한 시설 및 장비의 확충 · 관리에 관한 사항

10. 통일문제 및 통일교육에 관한 연구의 진흥에 관한 사항

11. 통일교육 협력체제의 구축 및 운영에 관한 사항

12. 그 밖에 통일교육의 진흥을 위하여 필요한 사항

③ 통일부장관은 기본계획을 수립할 때에 미리 관계 중앙행정기관의 장과 협의하여야 한다.

④ 통일부장관은 기본계획을 수립할 때에 통일교육에 관한 학식과 경험이 풍부한 전문가의 의견을 들을 수 있다.

[전문개정 2008.12.31]

[제4조에서 이동, 종전 제 6조는 제 4조로 이동 〈2018.3.13〉]

## 제 6조의 2 (공공시설의 이용)

통일교육을 하는 자는 통일교육을 위하여 필요한 경우에는 공공시설을 그 본래의 용도에 지장이 없는 범위에서 대통령령으로 정하는 바에 따라 이용할 수 있다.

[전문개정 2008.12.31]

## 제 6조의 3 (지역통일교육센터의 지정 · 운영)

① 통일부장관은 통일교육을 주된 목적으로 하거나 통일교육을 할 능력이 있다고 인정되는 기관 · 단체 또는 시설(이하 "기관 등"이라 한다)을 지역통일교육센터로 지정할 수 있다.

② 지역통일교육센터로 지정된 기관 등의 장은 그 지정된 내용 중 대통령령으로 정하는 중요 사항이 변경된 경우에는 통일부장관에게 그 사실을 신고하여야 한다.

③ 통일부장관은 지역통일교육센터로 지정된 기관 등이 다음 각 호의 어느 하나에 해당할 때에는 그 지정을 취소할 수 있다. 제1호에 해당할 때에는 그 지정을 취소하여야 한다.

   1. 거짓이나 그 밖의 부정한 방법으로 지정을 받았을 때

   2. 통일교육을 할 능력이 크게 부족하다고 인정될 때

④ 통일부장관은 지역통일교육센터로 지정된 기관 등의 다음 각 호의 어느 하나에 해당할 때에는 6개월 이내의 범위에서 기간을 정하여 업무정지를 명할 수 있다.

   1. 제3조에 따른 통일교육의 기본원칙을 위반하여 통일교육을 하였을 때

   2. 거짓이나 그 밖의 부정한 방법으로 경비지원을 받거나 지원받은 경비를 목적 외의 용도에 사용하였을 때

   3. 제2항에 따른 변경신고를 하지 아니하였을 때

⑤ 통일부장관은 제3항에 따라 지역통일교육센터의 지정을 취소하려면 청문을 하여야 한다.

⑥ 그 밖에 지역통일교육센터의 지정 및 운영 등에 필요한 사항은 대통령령으로 정한다.

[전문개정 2008.12.31]

## 제6조의 4 (통일관의 지정 등)

① 통일부장관은 국민에게 북한 및 통일에 관한 정보를 제공하고 통일교육의 장으로 활용하기 위하여 통일관을 설치·운영하거나 북한 및 통일에 관한 교육·체험활동을 하는 시설을 통일관으로 지정할 수 있다.

② 제1항에 따라 통일관으로 지정 받으려는 시설의 장은 시설, 예산, 인력, 교육운영 계획 등 대통령령으로 정하는 지정요건을 갖추어 통일부장관에게 지정을 신청하여야 한다.

③ 제1항에 따라 통일관으로 지정된 시설의 장 (이하 "통일관광"이라 한다)은 제2항에 따른 지정요건 중 대통령령으로 정하는 중요 사항이 변경된 경우 통일부장관에게 그 사실을 통보하여야 한다.

④ 제1항부터 제3항까지에서 규정한 사항 외에 통일관의 지정신청 및 변경 통보의 절차와 방법 등은 대통령령으로 정한다.

[본조신설 2018.3.13]

## 제6조의 5 (통일관에 관한 시정명령)

통일부장관은 통일관이 다음 각 호의 어느 하나에 해당하는 경우 기간을 정하여 통일관장에게 시정을 명할 수 있다.

1. 제 3조에 따른 통일교육의 기본원칙에 위반되는 통일교육을 실시한 경우

2. 제6조의 4제2항에 따른 지정요건을 충족하지 못하게 되거나 운영 의지를 명백히 상실하였다고 인정되는 경우

3. 제6조의4제3항에 따른 변경통보를 하지 아니한 경우

[본조신설 2018.3.13]

## 제6조의6 (통일관의 지정취소 등)

① 통일부장관은 다음 각 호의 어느 하나에 해당하는 경우에는 통일관의 지정을 취소할 수 있다. 다만, 제1호에 해당하는 경우에는 그 지정을 취소하여야 한다.

  1. 거짓이나 그 밖의 부정한 방법으로 통일관의 지정을 받은 경우

  2. 제6조의5에 따른 시정명령을 받고도 정당한 사유 없이 정한 기간에 이를 이행하지 아니한 경우

② 통일부장관은 제1항에 따라 통일관의 지정을 취소하려면 청문을 하여야 한다.

[본조신설 2018.3.13]

## 제6조의7 (공무원 등에 대한 통일교육의 실시)

① 중앙행정기관의 장, 지방자치단체의 장 및 [공공기관의 운영에 관한 법률] 제4조에 따른 공공기관의 장은 소속 공무원 및 직원 등에게 제2조제1호에 따른 통일교육을 실시하고, 그 결과를 통일부장관에게 제출하여야 한다.

② 통일부장관은 제1항에 따른 통일교육을 효과적으로 실시하기 위하여 필요한 교재를 개발·보급할 수 있다.

③ 제1항 및 제2항에서 규정한 사항 외에 통일교육의 방법 및 실시 시기 등 통일교육 실시에 필요한 사항은 대통령령으로 정한다.

[본조신설 2018.3.13]

## 제7조 (통일교육의 반영)

국가나 지방자치단체가 설립한 교육훈련기관 및 대통령령으로 정하는 사회교육기관을 설치·운영하는 자는 대통령령으로 정하는 바에 따라 교육훈련과정에 통일교육(제3조의 2제1항에 따른 통일교육에 관한 기본사항을 포함한다)를 반영하도록 노력하여야 한다.

[전문개정 2008.12.31]

## 제8조 (학교의 통일교육 진흥)

① 정부는 [초·중등교육법] 제2조에 따른 학교(이하 "초·중등학교"라 한다)의 통일교육을 진흥하기 위하여 노력하여야 한다.

② 통일부장관은 대통령령으로 정하는 바에 따라 통일교육(제3조의2제1항에 따른 통일교육에 관한 기본사항을 포함한다)이 초·중등학교의 교육 과정에 반영될 수 있도록 교육부장관 또는 특별시·광역시·특별자치시·도 및 특별자치도 교육감(이하 "교육감"이라 한다)에게 요청할 수 있으며, 요청을 받은 교육부장관 또는 교육감은 교육과정에 통일교육을 반영하여야 한다.〈개정 2009.10.19, 2011.7.28, 2013.3.23, 2013.4.8,13〉

③ 정부는 대학 등 [고등교육법] 제2조에 따른 학교를 설립·경영하는 자에게 통일문제와 관련된 학과의 설치, 강좌의 개설, 연구소의 설치·운영 등을 권장하여야 하며, 대통령령으로 정하는 바에 따라 통일에 관한 체험을 권장하여야 하며, 대통령령으로 정하는 바

에 따라 통일에 관한 체험 교육 및 강좌에 필요한 경비의 전부 또는 일부를 지원할 수 있다. 〈개정 〈2008.3.13〉

④ 통일부장관은 교육부장관과 협의하여 대통령령으로 정하는 바에 따라 매년 초·중등학교의 통일교육에 대한 실태조사를 실시할 수 있다. 〈신설 2013.8.13〉

[전문개정 2008.12.31]

## 제 9조 (통일교육의 수강 요청 등)

① 통일부장관은 통일교육을 하는 자, 남북 교류·협력사업에 종사하는 자, 통일대비업무에 종사하는 자, 그 밖에 통일 교육을 받을 필요가 있다고 인정되는 자에게 통일교육을 받도록 요청할 수 있다.

② 통일부장관이 제1항에 따라 통일교육대상자를 선정하려면 미리 해당 행정기관 또는 단체의 장과 협의하여야 한다.

[전문개정 2008.12.31]

## 제 9조의 2 (통일교육 전문강사의 양성)

① 통일부장관은 통일교육원에 통일교육 전문과정을 개설하여 그 과정을 수료한 사람에게 통일교육 전문강사 자격을 부여할 수 있다.

② 제1항에 따라 개설되는 통일교육 전문과정의 운영 등에 관한 구체적인 사항은 통일부장관이 정한다.

[본조신설 2009.10.19]

## 제 10조 (통일교육협의회)

① 통일교육을 하는 자는 효율적인 통일교육을 위한 협의·조정, 그 밖에 상호 간의 협력증진을 위하여 통일부장관의 인가를 받아 통일 교육협의회(이하 "협의회"라 한다)를 설립할 수 있다.

② 협의회의 조직과 운영 등에 필요한 사항은 대통령령으로 정한다.

[전문개정 2008.12.31]

## 제10조의 2 (통일교육위원)

① 통일부장관은 통일교육 활동을 통하여 대국민 통일의지와 역량을 강화함으로써 평화통일 기반조성에 기여하기 위하여 통일교육위원을 위촉한다.

② 통일부장관은 다음 각 호의 어느 하나에 해당하는 사람 중 성별을 고려하여 통일교육위원으로 위촉한다. 〈개정 2018.3.13〉

　1. 각급 교육기관 및 지역사회에서 통일교육 활동에 적극 참여하고 있는 사람

　2. 제9조의2에 따라 통일교육 전문과정을 수료한 사람

　3. 그 밖에 통일문제에 관한 지식과 경험이 풍부한 사람으로 통일부장관이 인정하는 사람

③ 통일교육위원은 다음 각 호의 활동을 수행한다.

　1. 통일교육의 실시

　2. 통일교육 관련 행사의 지원

　3. 그 밖에 통일교육 활성화를 위한 사항으로 통일부장관이 필요

하다고 인정하는 활동

④ 통일부장관은 통일교육위원에게 예산의 범위에서 통일교육 활동에 필요한 경비를 지원할 수 있다.

⑤ 이 법에 따른 통일교육을 실시하는 기관, 단체 등은 통일교육위원의 활동을 장려하기 위하여 각종 행정적 지원을 할 수 있다.

⑥ 통일부장관은 통일교육위원으로 위촉된 사람이 다음 각 호의 어느 하나에 해당하는 경우 해촉할 수 있다. 〈신설 2018.3.13〉

  1. 제3조에 따른 통일교육 기본원칙에 위배되는 통일교육을 실시한 경우

  2. 직무와 관련된 비위사실이 있는 경우

  3. 직무태만, 품위손상, 그 밖의 사유로 인하여 위원으로 적합하지 아니하다고 인정되는 경우

  4. 심신장애로 인하여 직무를 수행하기 어려운 경우

  5. 위원 스스로 직무를 수행하는 것이 곤란하다고 의사를 밝히는 경우

⑦ 통일교육위원의 위촉 및 해촉 등에 필요한 사항은 대통령령으로 정한다. 〈개정 2018.3.13〉

[본조신설 2009.10.10]

**제 11조 (고발 등)** 통일부장관은 통일교육을 하는 자가 자유민주적 기본질서를 침해하는 내용으로 통일교육을 하였을 때에는 시정을 요구하거나 수사기관 등에 고발하여야 한다. 〈개정 2018.3.13〉

[전문개정 2008.12.31]

[제목개정 2018.3.13]

법 〈제15433호, 2018.3.13〉

## 제1조 (시행일) 이법은 공포 후 6개월이 경과한 날부터 시행한다.

## 제2조 (통일관 지정에 관한 경과조치)

이 법 시행 당시 북한 및 통일에 관한 자료 전시나 체험 등을 수행하는 시설 중 통일교육원장의 지원을 받고 있는 시설은 제6조의4의 개정규정에 따라 지정 받은 통일관으로 본다.

다만, 이번 시행 후 6개월 이내에 제6조의4제2항의 개정규정에 따른 요건을 갖추어야 한다.

# 2. 통일교육지원법시행

제정    1999.8.6 대통령령 제1650호
개정    2001.1.29 대통령령 제17115호 (교육인적자원부와 그 소속기관직제)
        2001.1.29 대통령령 제17116호 (여성부직제)

## 제1조 (목적) 이 영은 통일교육지원법에서 위임된 사항과 그 시행에 관하여 필요한 사항을 규정함을 목적으로 한다.

## 제2조 (통일교육기본계획)

①통일부장관은 통일교육 지원법 (이하 "법"이라 한다)제4조의 규정에 의하여 수립한 통일교육기본계획(이하 "기본계 획"이라 한

다.)을 관계기관 및 단체에 통보하여야 한다.

②통일부장관은 기본계획을 원활한 시행을 위하여 필요한 경우에는 관계기관 및 단체의 장에게 협조를 요청할 수 있으며 협조요청을 받은 관계기관 및 단체의 장은 특별한 사유가 없는 한 이에 협조하여야 한다.

### 제 3조 (통일교육심의위원회의 구성)

① 법 제5조 제1항의 규정에 의한 통일교육심의위원회(이하 "위원회"라 한다)의 위원은 다음 각 호의 자가 된다.

1.교육인적자원부차관 · 통일부차관 · 법무부차관 · 국방부차관 · 행정자치부차관 · 문화관광부차관 · 노동부차관 · 여성부차관 · 기획예산처차관과 국무조성실소속 공무원 중 당해 기관의 장이 지명하는 자 각1인

2.국회의장이 추천하는 자 6인

3.통일교육에 관한 학식과 경험이 풍부한 자 중에서 위원장이 임명하는 자

② 위원회의 부위원장은 공무원인 위원과 공무원이 아닌 위원 중에서 각 1인씩 호선한다.

### 제 4조 (임원의 임기) 위원회의 위원 중 공무원이 아닌 위원의 임기는 2년으로 한다.

### 제 5조 (위원장의 직무)

① 위원장은 위원회를 대표하며, 위원회의 사무를 총괄한다.

② 위원장이 부득이한 사유로 직무를 수행할 수 없는 때에는 위원장이 지명하는 부위원장이 그 직무를 대행한다.

### 제 6조 (회의)

① 위원장은 위원회의 회의를 소집하며, 그 의장이 된다.

② 위원회의 회의는 재적위원 과반수의 출석으로 개의하고, 출석위원 과반수의 찬성으로 의결한다.

평창 평화통일집회

### 제 7조 (전문위원)

① 통일교육에 관한 전문적인 조사 · 연구 등을 위하여 위원회에 5인 이내의 비상임 전문위원을 둘 수 있다. ② 전문위원은 통일교육에 관한 지식과 경험이 풍부한 자 중에서 위원장이 위촉한다.

③ 전문위원에게는 예산의 범위 안에서 연구비 및 여비를 지급할 수 있다.

### 제 8조 (간사)

위원회의 사무를 처리하기 위하여 위원회에 간사 1인을 두되, 간사는 위원장이 통일부 소속 공무원 중에서 임명한다.

### 제 9조 (실무위원회)

① 법 제5조 제5항의 규정에 의한 통일교육심의위원회 실무위원회

(이하 "실무위원회"라 한다)는 위원장 1인을 포함한 15인 이내의 위원으로 구성한다.

②실무위원회의 위원장은 통일부차관이 되고, 위원은 다음 각 호의 자가 된다.

1. 교육인적자원부 · 통일부 · 법무부 · 국방부 · 행정자치부 · 문화관광부 · 노동부 · 여성부 · 기획예산처 · 국무조정실소속 실 · 국장급 공무원 중 당해기관의 장이 지명하는 자 각 1인

2. 통일교육에 관한 학식과 경험이 풍부한 자 중에서 통일부장관이 임명하는 자.

## 제 10조 (협조요청)

위원회 및 실무위원회는 직무수행을 위하여 필요한 때에는 관계전문가를 참석하게 하여 의견을 듣거나 관계기관 · 단체 등에 대하여 자료 및 의견의 제출 등 필요한 협조를 요청할 수 있다.

## 제 11조 (수당)

위원회 및 실무위원회에 출석하는 위원, 관계공무원 및 관계전문가에 대하여는 예산의 범위 안에서 수당과 여비를 지급할 수 있다. 다만, 공무원이 그 소관업무와 직접적으로 관련되어 출석하는 경우에는 그러하지 아니한다.

## 제 12조 (운영세칙)

이 영에서 규정한 것 외에 위원회 및 실무위원회의 운영에 관하여 필요한 사항은 위원회의 의결을 거쳐 위원장이 정한다.

## 제13조 (경비의 지원등)

① 법 제6조 제2항의 규정에 의한 통일교육지원 대상경비는 다음 각 호와 같다.

  1.통일교육시설·설비의 설치 및 운영에 필요한 비용

  2.통일교육자료의 개발 및 보급에 필요한 비용

  3.통일문제관련 조사 및 연구에 필요한 비용

  4.통일관련 강좌의 개설 및 운영에 필요한 비용

  5.기타 통일부장관이 인정하는 통일교육시행에 필요한 비용

② 통일부장관은 통일교육을 실시하는 자의 수행능력, 전년도 실적 및 당해 연도의 사업 계획 등을 고려하여 제1항의 규정에 의한 경비지원을 할 것인지 여부를 결정하여야 한다.

③ 통일부장관은 경비지원의 효과를 지원을 할 것인지의 여부를 결정하여야 한다.

④ 통일부장관은 허위 기타 부정한 방법으로 경비지원을 받거나 지원받은 경비를 목적 외로 사용하는 자에 대하여는 그 지원을 중지하거나 이미 지급한 경비를 회수할 수 있다.

## 제14조 (통일교육의 반영)

① 법 제7조에서 "대통령령이 정하는 사회교육기관"이라 함은 다음 각 호의 기관을 말한다.

  1.정부투자기관관리기본법에 의한 정부투자기관이 설립 한 교육훈련기관

2.교원연수에 관한 규정 제2조의 교원연수기관

3.기타 통일부장관이 지정하는 공공연수기관

② 국가 및 지방자치단체가 설립한 교육훈련기관과 제1항의 규정에 의한 사회교육기관은 법 제7조의 규정에 의하여 당해 교육훈련과정에 다음 각호의 통일교육을 반영하도록 노력하여야 한다.

1. 2주 이상 3월 미만인 교육훈련과정: 1시간 이상

2. 3월 이상 6월 미만인 교육훈련과정: 2시간 이상

3. 6월 이상인 교육훈련과정: 3시간 이상

## 제15조 (통일교육협의회)

① 법 제10조의 규정에 의한 통일교육협의회(이하 "협의회"라 한다)는 다음 각 호의 사업을 행한다

1.통일교육에 관한 조사 및 연구

2.통일교육에 관한 자료수집 및 간행물의 발간

3.통일에 관한 계몽 및 홍보

4.통일교육종사자의 자질향상과 복리증진

5.통일부장관으로부터 위탁받은 업무

6.기타 통일교육의 진흥을 위하여 필요한 사항

② 협의회는 그 업무를 효율적으로 수행하기 위하여 협의회에 사무국과 지방협의회를 둘 수 있다.

## 부칙

이영은 공포한 날부터 시행한다.

# 3. 7.4 남북공동성명

최근 평양과 서울에서 남북관계를 개선하며 갈라진 조국을 통일하는 문제를 협의하기 위한 회담이 있었다. 서울의 이후락 중앙정보부장이 1972년 5월 2일부터 5월 5일까지 평양을 방문하여 평양의 김영주 조직지도부장과 회담을 진행하였으며, 김영주 부장을 대신한 박성철 제2부수상이 1972년 5월 29일부터 6월 1일까지 서울을 방문하여 이후락 부장과 회담을 진행하였다.

이 회담들에서 쌍방은 조국의 평화적 통일을 하루빨리 가져와야 한다는 공통된 염원을 안고 허심탄회하게 의견을 교환하였으며 서로의 이해를 증진시키는데서 큰 성과를 거두었다.

이 과정에서 쌍방은 오랫동안 서로 만나보지 못한 결과로 생긴 남북 사이의 오해와 불신을 풀고 긴장의 고조를 완화시키며 나아가서 조국통일을 촉진시키기 위하여 다음과 같은 문제들에 완전한 견해의 일치를 보았다.

1. 쌍방은 다음과 같은 조국통일원칙들에 합의를 보았다. 첫째, 통일은 외세에 의존하거나 외세의 간섭을 받음이 없이 자주적으로 해결하여야 하나. 둘째, 통일은 서로 상대방을 반대하는 무력 행사에 의거하지 않고 평화적 방법으로 실현하여야 한다. 셋째, 사상과 이념·제도의 차이를 초월하여 우선 하나의 민족으로서 민족적 대단결을 도모하여야 한다.

한미정상회담

2. 쌍방은 남북 사이의 긴장상태를 완화하고 신뢰의 분위기를 조성하여 위하여 서로 상대방을 증상 비방하지 않으며 크고 작은 것을 막론하고 무장도발을 하지 않으며 불의의 군사적 충동사건을 방지하기 위한 적극적인 조치를 취하기도 합의하였다.

3. 쌍방은 끊어졌던 민족적 연계를 회복하며 서로의 이해를 증진시키고 자주적 평화 통일을 촉진시키기 위하여 남북 사이에 다방면적인 제반 교류를 실시하기로 합의하였다.

4. 쌍방은 지금 온 민족의 거대한 기대 속에 진행되고 있는 남북적십자회담이 하루 빨리 성사되도록 적극 협조하는데 합의하였다.

5. 쌍방은 돌발적 군사사고를 방지하고 남북 사이에 제기되는 문제들을 직접, 신속 정확히 처리하기 위하여 서울과 평양 사이에 상설 직통전화를 놓기로 합의하였다.

6. 쌍방은 이러한 합의사항을 추진시킴과 함께 남북 사이의 제반 문제를 개선 해결하며 또 합의된 조국통일원칙에 기초하여 나라의 통일문제를 해결할 목적으로 이후락 부장과 김영주 부장을 공동위원장으로 하는 남부조절위원회를 구성운영하기로 합의하였다.

7. 쌍방은 이상의 합의사항이 조국통일을 일일천추로 갈망하는 온 겨레의 한결같은 염원에 부합된다고 확신하면서 이 합의사항을 성실히 이행할 것을 온 민족 앞에 엄숙히 약속한다.

서로 상부의 뜻을 받들어
이후락 김영주
1972년 7월 4일

## 4. 남북 사이의 화해와 불가침 및 교류 · 협력에 관한 합의서

남과 북은 분단된 조국의 평화적 통일을 염원하는 온 겨레의 뜻의 따라, 7.4 남북공동성명에서 천명된 조국통일 3대원칙을 재확인하고, 정치 군사적 대결상태를 해소하여 민족적 화해를 이룩하고, 무력에 의한 침략과 충돌을 막고 긴장 완화와 평화를 보장하며, 다각적인 교류 · 협력을 실현하여 민족공동의 이익과 번영을 도모하며, 쌍방 사이의 관계가 나라와 나라 사이의 관계가 아닌 통일을 지향하는 과정에서 잠정적으로 형성되는 특수관계라는 것을 인정하고, 평화 통일을 성취하기 위한 공동의 노력을 정주할 것을 다짐하면서, 다음과 같이 합의하였다.

## 제1장 남북화해

제1조 남과 북은 서로 상대방의 체제를 인정하고 존중한다.

제2조 남과 북은 상대방의 내부문제에 간섭하지 아니한다.

제3조 남과 북은 상대방에 대한 비방·중상을 하지 아니한다.

제4조 남과 북은 상대방을 파괴·전복하려는 일체 행위를 하지 아니한다.

제5조 남과 북은 현 정전상태를 남북 사이의 공고한 평화상태로 전화시키기 위하여 공동으로 노력하며 이러한 평화상태가 이룩될 때까지 현 군사정전협정을 준수한다.

제6조 남과 북은 국제무대에서 대결과 경쟁을 중지하고 서로 협력하며 민족의 존엄과 이익을 위하여 공동으로 노력한다.

제7조 남과 북은 서로의 긴밀한 연락과 협의 위하여 이 합의서 발표 후 3개월 안에 판문점에 남북연락사무소를 설치·운명한다.

제8조 남과 북은 이 합의서 발효 후 1개월 안에 본 회담 테두리 안에서 남북정치분과위원회를 구성하여 남북화해에 관한 합의의 이행과 준수를 위한 구체적 대책을 협의한다.

## 제2장 남북불가침

제9조 남과 북은 상대방에 대하여 무력을 사용하지 않으며 상대방을 무력으로 침략하지 아니한다.

대통령과 전직 통일부장관들

**제10조** 남과 북은 의견대립과 분쟁문제들을 대화와 협상을 통하여 평화적으로 해결한다.

**제11조** 남과 북의 불가침 경계선과 구역은 1953년 7월 27일 군사 정전에 관한 협정에 규정된 군사분계선과 지금까지 쌍방이 관할하여 온 구역으로 한다.

**제12조** 남과 북은 불가침의 이행과 보장을 위하여 이 합의서 발표 후 3개월 아네 남과북군사공동위원회를 구성 · 운영한다. 남북군사공동위원회에서는 대규모 부대이동과 군사연습의 통보 및 통제문제, 비무장지대의 평화적 이용문제, 군인사교류 및 정보교환문제, 대량 살상무기와 공격능력의 제거를 비롯한 단계적 군축실현문제, 검증문제 등 군사적 신뢰조성과 군축을 실현하기 위한 문제를 협의 · 추진한다.

**제13조** 남과 북은 우발적인 무력충돌과 그 확대를 방지하기 위하

여 쌍방 군사당국자 사이에 직통 전화를 설치 · 운영한다.

제 14조 남과 북은 이 합의서 발효 후 1개월 안에 본 회담 테두리 안에서 남북군사분과위원회를 구성하여 불가침에 관한 합의의 이행과 준수 및 군사적 대결상태를 해소하기 위한 구체적 대책을 협의한다.

## 제 3장 남북교류 · 협력

제 15조 남과 북은 민족경제의 통일적이며 균형적인 발전과 민족전체의 복리향상을 도모하기 위하여 자원의 공동개발, 민족 내부 교류로서의 물자교류, 협작 투자 등 경제교류와 협력을 실시한다.

제 16조 남과 북은 과학 · 기술, 문화 · 예술, 보건, 체육, 환경과 신문, 라디오, 텔레비전 및 출판물을 비롯한 출판 · 보도 등 여러 분야에서 교류와 협력을 실시한다.

제 17조 남과 북은 민족 구성원들의 자유로운 화해와 접촉을 실현한다.

제 18조 남과 북은 흩어진 가족 · 친척들의 자유로운 서신거래와 왕래와 상봉 및 방문을 실시하고 자유의사에 의한 재결합을 실현하며, 기타 인도적으로 해결할 문제에 대책을 강구한다.

제 19조 남과 북은 끊어진 철도와 도로를 연결하고 해로, 항호를 개설한다.

제 20조 남과 북은 우편과 전기통신 교류에 필요한 시설을 설치 · 연결하며, 우편 · 전기통신 교류의 비밀을 보장한다.

제 21조 남과 북은 국제무대에서 경제와 문화 등 여러 분야에서 서

로 협력하며 대외에 공동으로 진출한다.

제22조 남과 북은 경제와 문화 등 각 분야의 교류와 협력을 실현하기 위한 합의의 이행을 위하여 이 합의서 발표 후 3개월 안에 남북경제교류·협력공동위원회를 비롯한 부분별 공동위원회들을 구성·운영한다.

제23조 남과 북은 이 합의서 발표 후 1개월 안에 본 회담 테두리 안에서 남북교류·협력분과 위원회를 구성하여 남북교류·협력에 관한 합의의 이행과 준수를 위한 구체적 대책을 협의한다.

## 제4장 수정 및 발효

제24조 이 합의서는 쌍방의 합의에 의하여 수정·보충할 수 있다.

제25조 이 합의서는 남과 북이 각기 발효에 필요한 절차를 거쳐 그 본문을 서로 교환할 날부터 효력을 발생한다.

1991년 12월 13일
남북고위급회담
남측 대표단 수석대표
대한민국
국무총리 정원식

2018. 4. 27 남북정상의 판문점 선언

## 5. 한반도의 비핵화를 관한 공동선언

남과 북은 한반도를 비핵화함으로써 핵전쟁 위험을 제거하고 우리 나라의 평화와 평화통일에 유리한 조건과 환경을 조성하며 아시아와 세계의 평화와 안전에 이바지하기 위하여 다음과 같이 선언한다.

1. 남과 북은 핵 무기의 시험, 제조, 생산, 접수, 보유, 저장, 배비, 사 용을 하지 아니한다.

2. 남과 북은 핵에너지를 오직 평화적 목적에만 이용한다.

3. 남과 북은 핵 처리시설과 우라늄농축시설을 보유하지 아니한다.

4. 남과 북은 한반도의 비핵화를 검증하기 위하여 상대 측이 선정하고 쌍방이 합의하는 대상들에 대하여 남북핵통제공동위원회가 규정하는 절차와 방법으로 사찰을 실시한다.

5. 남과 북은 이 공동선언의 이행을 위하여 공동선언이 발효된 후 1개월 안에 남북핵통제공동위원회를 구성·운영한다.

6. 이 공동선언은 남과 북이 각기 발효에 필요한 절차를 거쳐 그 본문을 교환한 날부터 효력을 발생한다.

1972년 1월 20일
남북고위급회담
남측 대표단 수석대표
대한민국
국무총리 정원식

## 6. 6.15 남북공동선언

조국의 평화적 통일은 염원하는 온 겨레의 숭고한 뜻에 따라 대한민국 김대중 대통령과 조선민주주의인민공화국 김정일 국방위원장은 200년 6월 13일부터 6월 15일까지 평양에서 역사적인 상봉을 하였으며 정상회담을 가졌다.

남북정상들은 분단 역사상 처음으로 열린 이번 상봉과 회담이 서로 이해를 증진시키고 남북관계를 발전시키며 평화통일을 실현하는데 중대한 의의를 가진다고 평가하고 다음과 같이 선언한다.

남북정상

1. 남과 북은 나라의 통일문제를 그 주인인 우리 민족까지 서로 힘을 합쳐 자주적으로 해결해 나가기로 하였다.

2. 남과 북은 나라의 통일을 위한 남측의 연합제 인과 북측의 낮은 단계의 연방제안이 서로 공통성이 있다고 인정하고 앞으로 이 방향에서 통일을 지향시켜 나가기로 하였다.

3. 남과 북은 올해 8.15에 즈음하여 흩어진 가족, 친척 방문단을 교환하며, 비전향 장기수 문제를 해결하는 등 인도적 문제를 조속히 풀어 나가기로 하였다.

4. 남과 북은 경제협력을 통하여 민족경제를 균형적으로 발전시키고, 사회, 문화, 체육, 보건, 환경 등 제반 분야의 협력과 교류를 활성화하여 서로의 신뢰를 다져 나가기로 하였다.

5. 남과 북은 이상과 같은 합의사항을 조속히 실천에 옮기기 위하여 빠른 시일 안에 당국 사이의 대화를 개최하기로 하였다.

김대중 대통령은 김정일 국방위원장이 서울을 방문하고 정중히 초청하였으며, 김정일 국방위원장은 앞으로 적절한 시기에 서울을 방문하기로 하였다.

2006년 6월 15일

대한민국                                    조선민주주의인민공화국
대통령                                              국방위원장
김대중                                                  김정일


## 7. 남북관계 발전과 평화번영을 위한 선언

대한민국 노무현 대통령과 조선민주주의인민공화국 김정일 국방위원장 사이의 합의에 따라 노무현 대통령이 2007년 10월 2일부터 4일까지 평양을 방분하였다.

방문 기간 중 역사적인 상봉과 회담들이 있었다.

상봉과 회담에서는 6.15공동선언의 정신의 재확인하고 남북관계 발전과 한반도 평화, 민족공동의 번영과 통일을 실현하는데 따른 제반 문제들을 허심탄회하게 협의하였다.

쌍방은 우리민족끼리 뜻과 힘을 합치면 민족번영의 시대, 자주통일의 새 시대를 열어나갈 수 있다는 확신을 표명하면서 6.15 공동선언에 기초하여 남북관계를 확대 · 발전시켜 나가기 위하여 다음과 같

평양 15만 군중앞에 문대통령 공동선언 2018.9.18

이 선언한다.

1. 남과 북은 6.15 공동선언을 고수하고 적극 구현해 나간다. 남과 북은 우리민족끼리 정신에 따라 통일문제를 자주적으로 해결해 나가며 민족의 존엄과 이익을 중시하고 모든 것을 이에 지향시켜 나가기로 하였다. 남과 북은 6.15 공동선언을 변함없이 이행해 나가려는 의지를 반영하여 6월 15일 기념하는 방안을 강구하기로 하였다.

2. 남과 북은 사상과 제도의 차이를 초월하여 남북관계를 상호존중과 신뢰관계로 확고히 전환시켜 나가기로 하였다 남과 북은 내부 문제로 간섭하지 않으며 남북 관계 문제들을 화해와 협력, 통일에 부합되게 해결해 나가기로 하였다. 남과 북은 남북관계를 통일 지향적 발전시켜 나가기 위하여 각기 법률적 · 제도적 장치들을 정비해 나가기로 하였다. 남과 북은 남북관계 확대와 발전을 위한 문제들을 민족의 염원에 맞게 해결하기 위해 양측 의회 등 각 분야의 대화

와 접촉을 적극 추진해 나가기로 하였다,

3. 남과 북은 군사적 적대관계를 종식시키고 한반도에서 긴장완화와 평화를 보장하기 위해 긴밀히 협력하기로 하였다. 남과 북은 서로 적대시하지 않고 군사적 긴장들 완화하며 분쟁문제들을 대화와 협상을 통하여 해결하기로 하였다. 남과 북은 한반도에서 어떤 전쟁도 반대하며 불가침의무를 확고히 준수하기로 하였다. 남과 북은 서해에서의 우발적 충돌방지를 위해 공동어로수역을 지정하고 이 수역을 평화수역으로 만들기 위한 방안과 각종 협력사업에 대한 군사적 보장조치 문제 등 군사적 신뢰구축조치를 협의하기 위하여 남측 국방부 장관과 북측 인민 무력부 부장간 회담을 금년 11월중에 평양에서 개최하기로 하였다.

4. 남과 북은 현 정전체제를 종식시키고 항구적인 평화체제를 구축해 나가야 한다는데 인식을 같이하고 직접 관련된 3자 또는 4자 정상들이 한반도지역에서 만나 종전을 선언하는 문제를 추진하기 위해 협력해 나가기로 하였다. 남과 북은 한반도 핵문제를 해결을 위해 6자회담 [9.19 공동성명]과 [2.13 합의]가 순조롭게 이행되도록 공동으로 노력하기로 하였다.

5. 남과 북은 민족경제의 균형적 발전과 공동의 번영을 위해 경제협력사업을 공리공영과 율무상통의 원칙에서 적극 활성화하고 지속적으로 확대 발전시켜 나가기로 하였다. 남과 북은 개성공업지구 1단계 건설을 빠른 시일 안에 완공하고 2단계 개발에 착수하며 문산

- 봉동간 철도화물수송을 시작하고, 통행·통신·통관 문제를 비롯한 제발 제도적 보장조치들을 조속히 완비해 나가기로 하였다. 남과 북은 개성 – 신의주 철도와 개성 – 평양 고속도로를 공동으로 이용하기 위해 개보수 문제를 협의·추진해 가기로 하였다. 남과 북은 안변과 남포에 조선협력단지를 건설하며 농업, 보건의료, 환경보호 등 여러 분야에서의 협력사업을 진행해 나가기로 하였다. 남과 북은 남북 경제협력사업의 원활한 추진을 위해 현재의 [남북경제협력추진위원회]을 부총리급 [남북경제협력공동위원회]로 격상하기로 하였다.

6. 남과 북은 민족의 유구한 역사와 우수한 문화를 빛내기 위해 역사, 언어, 교육, 과학기술, 문화예술, 체육 등 사회문화 분야의 교류와 협력을 발전시켜 나가기로 하였다. 남과 북은 백두산관광을 실시하며 이를 위해 백두산 – 서울 직항로를 개설하기로 하였다. 남과 북은 2008년 북경 올림픽경기대회에 남북응원단이 경의선 열차를 처음으로 이용하여 참가하기로 하였다.

7. 남과 북은 인도주의 협력사업을 적극 추진해 나가기로 하였다. 남과 북은 흩어진 가족과 친척들의 상봉을 확대하며 영상 편지 교환사업을 추진하기로 하였다. 이를 위해 금강산면회소가 완공되는데 따라 쌍방 대표를 상주시키고 흩어진 가족과 친척의 상봉을 상시적으로 진행하기로 하였다. 남과 북은 자연재해를 비롯하여 재난이 발생하는 경우 동포애와 인도주의, 상부상조의 원칙에 따라 적극

협력해 나가기로 하였다.

8. 남과 북은 국제부대에서 민족의 이익과 해외 동포들의 권리와 이익을 위한 협력을 강화해 나가기로 하였다. 남과 북은 이 선언의 이행을 위하여 남북총리회담을 개최하기로 하고, 제 1차회의를 금년 11월중 서울에서 갖기로 하였다. 남과 북은 남북관계 발전을 위해 정상들이 수시로 만나 현안 문제들을 협의하기로 하였다.

2006년 6월 15일

| 대한민국 | 조선민주주의인민공화국 |
|---|---|
| 대통령 | 국방위원장 |
| 김대중 | 김정일 |

## 8. 한반도의 평화와 번영, 통일을 위한 판문점 선언

판문점 선언, 4.27 선언(2018)
대표: 문재인, 김정은

대한민국 문재인 대통령과 조선민주주의인민공화국 김정은 국무위원장은 평화와 번영, 통일을 염원하는 온 겨레의 한결같은 지향을 담아 한반도에서 역사적인 전환이 일어나고 있는 뜻 깊은 시기에 2018년 4월 27일 판문점 평화의 집에서 남북정상회담을 진행하였다.

양 정상은 한반도에 더 이상 전쟁은 없을 것이며 새로운 평화의 시대가 열리었음을 8천만 우리 겨레와 전 세계에 엄숙히 천명하였다.

양 정상은 냉전의 산물인 오랜 분단과 대결을 하루 빨리 종식시키고 민족적 화해와 평화번영의 새로운 시대를 과감하게 열어나가며 남북관계를 보다 적극적으로 개선하고 발전시켜 나가야 한다는 확고한 의지를 담아 역사의 땅 판문점에서 다음과 같이 선언하였다.

1. 남과 북은 남북 관계의 전면적이며 획기적인 개선과 발전을 이룩함으로써 끊어진 민족의 혈맥을 잇고 공동번영과 자주통일의 미래를 앞당겨 나갈 것이다.

남북관계를 개선하고 발전시키는 것은 온 겨레의 한결 같은 소망이며 더 이상 미룰 수 없는 시대의 절박한 요구이다.

① 남과 북은 우리 민족의 운명은 우리 스스로 결정한다는 민족 자주의 원칙을 확인하였으며 이미 채택된 남북 선언들과 모든 합의들을 철저히 이행함으로써 관계 개선과 발전의 전환적 국면을 열어나가기로 하였다.

② 남과 북은 고위급 회담을 비롯한 각 분야의 대화와 협상을 빠른 시일 안에 개최하여 정상회담에서 합의된 문제들을 실천하기 위한 적극적인 대책을 세워나가기로 하였다.

③ 남과 북은 당국 간 협의를 긴밀히 하고 민간교류와 협력을 원만히 보장하기 위하여 쌍방 당국자가 상주하는 남북공동연락사무소를 개성지역에 설치하기로 하였다.

④ 남과 북은 민족적 화해와 단합의 분위기를 고조시켜 나가기 위하여 각계각층의 다방면적인 협력과 교류 왕래와 접촉을 활성

화하기로 하였다.

안으로는 6.15를 비롯하여 남과 북에 다같이 의의가 있는 날들을 계기로 당국과 국회, 정당, 지방자치단체, 민간단체등 각계각층이 참가하는 민족공동행사를 적극 추진하여 화해와 협력의 분위기를 고조시키며, 밖으로는 2018년 아시아경기대회를 비롯한 국제경기들에 공동으로 진출하여 민족의 슬기와 재능, 단합된 모습을 전 세계에 과시하기로 하였다.

⑤ 남과 북은 민족 분단으로 발생된 인도적 문제를 시급히 해결하기 위하여 노력하며, 남북 적십자회담을 개최하여 이산가족 · 친척상봉을 비롯한 제반 문제들을 협의 해결해 나가기로 하였다. 당면하여 오는 8.15를 계기로 이산가족 · 친척 상봉을 진행하기로 하였다.

⑥ 남과 북은 민족경제의 균형적 발전과 공동번영을 이룩하기 위하여 10.4선언에서 합의된 사업들을 적극 추진해 나가며 1차적으로 동해선 및 경의선 철도와 도로들을 연결하고 현대화하여 활용하기 위한 실천적 대책들을 취해나가기로 하였다.

2. 남과 북은 한반도에서 첨예한 군사적 긴장상태를 완화하고 전쟁 위험을 실질적으로 해소하기 위하여 공동으로 노력해 나갈 것이다. 한반도의 군사적 긴장상태를 완화하고 전쟁위험을 해소하는 것은 민족의 운명과 관련되는 매우 중대한 문제이며 우리 겨레의 평화롭고 안정된 삶을 보장하기 위한 관건적인 문제이다.

북미정상회담을 위해

① 남과 북은 지상과 해상, 공중을 비롯한 모든 공간에서 군사적 긴장과 충돌의 근원으로 되는 상대방에 대한 일체의 적대행위를 전면 중지하기로 하였다.

당면하여 5월 1일부터 군사분계선 일대에서 확성기 방송과 전단 살포를 비롯한 모든 적대 행위들을 중지하고 그 수단을 철폐하며, 앞으로 비무장지대를 실질적단 평화지대로 만들어 나가기로 하였다.

② 남과 북은 서해 북방한계선 일대를 평화수역으로 만들어 우발적인 군사적 충돌을 방지하고 안전한 어로 활동을 보장하기 위한 실제적인 대책을 세워나가기로 하였다.

③남과 북은 상호협력과 교류, 왕래와 접촉하여 활성화되는 데

따른 여러 가지 군사적 보장대책을 취하기로 하였다. 남과 북은 쌍방 사이에 제기되는 군사적 문제를 지체 없이 협의 해결하기 위하여 국방부장관회담을 비롯한 군사당국자회담을 자주 개최하며 5월 중에 먼저 장성급 군사회담을 열기로 하였다.

3. 남과 북은 한반도의 항구적이며 공고한 평화체제 구축을 위하여 적극 협력해 나갈 것이다.

한반도에서 비정상적인 현재의 정전상태를 종식시키고 확고한 평화체제를 수립하는 것은 더 이상 미룰 수 없는 역사적 과제이다.

① 남과 북은 그 어떤 형태의 무력도 서로 사용하지 않을 데 대한 불가침 합의를 재확인하고 엄격히 준수해 나가기로 하였다.

② 남과 북은 군사적 긴장이 해소되고 서로의 군사적 신뢰가 실질적으로 구축되는 데 따라 단계적으로 군축을 실현해 나가기로 하였다.

③ 남과 북은 정전협정체결 65년이 되는 올해에 종전을 선언하고 정전협정을 평화협정으로 전환하며 항구적이고 공고한 평화체제 구축을 위한 남·북·미 3자 또는 남·북·미·중 4자회담 개최를 적극 추진해 나가기로 하였다.

④ 남과 북은 완전한 비핵화를 통해 핵 없는 한반도를 실현한다는 공동의 목표를 확인하였다.

남과 북은 북측이 취하고 있는 주동적인 조치들이 한반도 비핵화를 위해 대단히 의의 있고 중대한 조치라는데 인식을 같이 하고 앞으로 각기 자기의 책임과 역할을 다하기로 하였다.

남과 북은 한반도 비핵화를 위한 국제사회의 지지와 협력을 위해 적극 노력해 나가기로 하였다.

양 정상은 정기적인 회담과 직통전화를 통하여 민족의 중대사를 수시로 진지하게 논의하고 신뢰를 굳건히 하며, 남북관계의 지속적인 발전과 한반도의 평화와 번영, 통일을 향한 좋은 흐름을 더욱 확대해 나가기 위하여 함께 노력하기로 하였다.

당면하여 문재인 대통령은 올해 가을 평양을 방문하기로 하였다.

2018년 4월 27일 판문점

| | |
|---|---|
| 대한민국<br>대통령<br>문재인 | 조선민주주의인민공화국<br>국무위원회위원장<br>김정은 |

# 9. 2차 만남 (남북)

내용[편집]

2018년 5월 26일 판문점 공동경비구역 북측 구역 내에 있는 통일각에서 비밀리에 즉석으로 열렸으며, 대한민국 대통령 문재인과 조선민주주의인민공화국 국무위원장 김정은, 그리고 대한민국 서훈 국가정보원장, 송인배 대통령비서실 제1부속비서관과 조선민주주의인민공화국 김영철 조선로동당 중앙위원회부위원장 겸 통일전선부장, 김

남북미 정상

여정 조선로동당 중앙위원회 선전선동부 제1부부장만 회담에 참석
하였다.


배경 개최

회담 제의와 성사

본 정상회담은 회담이 성사되기까지, 제안 이후에 12 시간회담이
라고 알려졌다.

2018 년 5월 28 일 백태현 통일부 대변인은 정례브리핑에서 "이번
남북정상회담은 필요에따라 신속하게 격식 없이 진행된 것"이라며
"따라서 공식수행원은 없었다"고 말했다.

2018 년 5월 27일 제2차 남북정상회담 결과 발표에서 문재인 대통
령은 지난 회담에서 두 정상은 필요하다면 언제 어디서든. 격식-없이
만나 서로 머리를 맞대고 민족의 중대사를 논의하자고 약속한 바 있

으며 김 위원상은 그제 오후, 일체의 형식 없이 만나고 싶다는 뜻을 전해왔고, 흔쾌히 수락하였음을 밝혔다.

# 10. 3차 남북정상회담

9월 평양공동선언(2018)
9·19선언
대표: 문재인, 김정은
2018.09.19, 평양

　　대한민국 문재인 대통령과 조선민주주의인민공화국 김정은 국무위원장은 2018년 9월 18일부터 20일까지 평양에서 낭북정상회담을 진행하였다. 양 정상은 역사적인 판문점선언 이후 남북 당국간 긴밀한 대화와 소통, 다방면적 민간교류와 협력이 진행되고, 군사적 긴장완화를 위한 횡기적인 조치들이 취해지는 등 훌륭한 성과들이 있었다고 평가하였다. 양 정상은 민족자주와 민족자결의 원칙을 재확인하고, 남북관계를 민족적 화해와 협력, 확고한 평화와 공동번영을 위해 일관되고 지속적으로 발전시켜 나가기로 하였으며, 현재의 남북관계 발전을 통일로 이어갈 것을 편라는 온 겨레의 지향과 여앙을 정책적으로 실현하기 위하여 노력해 나가기로 하였다. 양 정상은 판문점선언을 철저히 이행하여 남북관계를 새로운 높은 단계로 진전시켜 나가

기 위한 제반 문제돌과 실천적 대책들을 허심탄회하고심도있게 논의
하였으며, 이번 평양정상회담이 중요한 역사적 전기가 될 것이라는
데 인식을 같이 하고 다음과 같이 선언하였다

1. 남과 북은 비무장지대를 비롯한 대치지역에서의 군사적 적대관
계 종식을 한반도 전 지역에서의 질적인 전쟁위험 제거와 근본적인
적대관계 해소로 이어나가기로하였다

① 남과 북은 이번 평양정상회담을 계기로 체결한「판문점선언
군사분야이행합의서」를 평양공동선언의 부속합의 서로 채택하
고 이를 철저히 준수하고 성실히 이행하며, 한반도를 항구적인
평화지대로 만들기 위한 실천적 조치들을 적극취해나가기로 하
였다.

② 남과 북은 남북군사공농위원회를 조속히 가동하여 군사분야
합의서의 이행실태를 그는 점검하고 우발적 무력충돌 방지를 위
한 상시적 소통과 긴밀한 협의를 진행하기 하였다

2. 남과 북은 상호호혜와 공리공영의 바탕위에서 교류와 협력을 더
욱 증대시키고, 인족경제를 균형으로 발전시키기 위한 실질적인 대

책들을 강구해나가기로 하였다.

① 남과 북은 금년내 동, 서해선 철도 및 도로 연결을 위한 착공식을 갖기로 하였다

② 남과 북은 조건이 마련되는 데 따라 개성공단과 금강산관광사업을 우선 정상화하고, 서해 경제공동특구 및 동해관광공동특구를 조성하는 문제를 협의해나가기로 하였다.

③ 남과 북은 자연생태계의 보호 및 복원을 위한 남북 환경협력을 적극 추진하기로 하였으며, 우선적으로 현재 진행 중인 산림분야 협력의 실천적 성과를 위해 노력하기로 하였다

④남과 북은 전염성 질병의 유입 및 확산 방지를 위한 긴급조치를 비롯한 방역 및 보건·의료 분야의 협력을 강화하기로 하였다.

3. 남과 북은 이산가족 문제를 근본적으로 해결하기 위한 인도적 협력을 더욱 강화해 나가기로 하였다.

①남과 북은 금강산 지역의 이산가족 상설면회소를 빠른 시일내 개소하기로 하였으며, 이를 위해 면회소 시설을 조속히 복구하기로 하였다.

② 남과 북은 적십자 회담을 통해 이산가족의 화상상봉과 영상편지 교환 문제를 우선적으로 해결해나가기로 하였다.

4. 남과 북은 화해와 단합의 분위기를 고조시키고 우리 민족의 기개를 내외에 과시하기 위해 다양한 분야의 협력과 교류를 적극 추진하기로 하였다.

① 남과 북은 문화 및 예술분야의 교류를 더욱 증진시켜 나가기로 하였으며, 우선적으로 10월 중에 평양예술단의 서울공연을 진행하기로 하였다.

② 남과 북은 2020년 하계올림픽경기대회를 비롯한 국제경기들에 공동으로 적극 진출하며, 2032년 하계올림픽의 남북공동개최를 유치하는 데 협력하기로 하였다.

③ 남과 북은 10.4 선언 11 주년을 뜻깊게 기념하기 위한 행사들을 의의있게 개최하며, 3.1 운동 100 주년을 남북이 공동으로 기념하기로 하고, 그를 위한 실무적인 방안을 협의해나가기로 하였다.

5. 남과 북은 한반도를 핵무기와 핵위협이 없는 평화의 터전으로 만들어나가야 하며 이를 위해 필요한 실질적인 진전을 조속히 이루어나가야 한다는 데 인식을 같이 하였다.

① 북측은 동창리 엔진시험장과 미사일 발사대를 유관국 전문가들의 참관 하에 우선 영구적으로 폐기하기로 하였다.

② 북측은 미국이 6.12 북미공동성명의 정신에 따라 상응조치를 취하면 영변 핵시설의 영구적 폐기와 같은 추가적인 조치를 계속 취해나갈 용의가 있음을 표명하였다.

③ 남과 북은 한반도의 완전한 비핵화를 추진해나가는 과정에서 함께 긴밀히 협력해나가기로 하였다.

6. 김정은 국무위원장은 문재인 대통령의 초청에 따라 가까운 시일

내로 서울을 방문하기로 하였다.

# 11. 북미 정상회담 (1차)

김정은 조선민주주의인민공화국 국무위원회 위원장과 도날드 제이. 트럼프 미합중국 대통령사이이 싱가포르수뇌회담 공동성명.

김정은 조선민주주의인민공화국 국무위원회 위원장과 도날드 제이. 트럼프 미합중국 대통령은 2018년 6월 12일 싱가포르에서 첫 역사적인 수뇌회담을 진행하였다.

김정은위원장과 트럼프대통령은 새로운 조미관계수립과 조선반도에서의 항구적이며 공고한 평화체제구축에 관한 문제들에 대하여 포괄적이며 심도있고 솔직한 의견교환을 진행하였다.

조선반도의 트럼프대통령은 조선민주주의인민공화국에 안전담보를 제공할것을 확언하였으며 비핵화에 대한 확고부동한 의지를 재확인하였다.

김정은위원장과 트럼프대통령은 새로운 조미관계수립이 조선반도와 세계의 평화와 번영에 이바지할 것이라는 것을 확신하면

김연철 통일부 장관

서, 호상 신뢰 구축이 조선반도의 비핵화를 추동 할 수 있다는것을 인정하면서 다음과 같이 성명한다.

1. 조선민주주의인민공화국과 미합중국은 평화와 번영을 바라는 두 나라 인민들의 념원에 맞게 수립해 나가기로 하였다.

2. 조선민주주의인민공화국과 미합중국은 항구적이며 공고한 평화체제를 구축하기 위하여 공동으로 노력할 것이다.

3. 조선민주주의인민공화국은 2018 년 4월 27일에 채택된 판문점선언을 재확인하면서 조선반도의 완전한 비핵화를 향하여 노력할 것을 확약하였다.

4. 조선민주주의인민공화국과 미합중국은 전쟁포로 및 행방불명자들의 유골발굴을 진행하며 이미 발굴확인된 유골들을 즉시 송환할 것을 확약하였다.

김정은위원장과 트럼프대통령은 력사상 처음으로 되는 조미수뇌회담이 두 나라사이에 수십년간 지속되어온 긴장상태와 적대관계를 해소하고 새로운 미래를 열어나가는데서 커다란 의의를 가지는 획기적인 사변이라는데 대하여 인정하면서 공동성명의 조항들을 완전하고 신속하게 리행하기로 하였다.

조선민주주의인민공화국과 미합중국은 조이수뇌회당의 결과를 리행하기 위하여 가능한 빠른 시일안에 미합중국 국무장관과 조선민주주의인민공화국 해당 고위인사 사이의 후속협상을 진행하기로 하였다.

김정은 조선민주주의인민공화국 국무위원회 위원장과 도날드 제이.트럼프 미합중국 대통령은 새로운 조미관계발전과 조선반도와 세계의 평화와 번영, 안전을 추동하기 위하여 협력하기로 하였다.

2018년 6월 12일 싱가포르 쎈토사섬

미합중국
대통령
도날드 제이. 트럼프

조선민주주의인민공화국
국무위원회 위원장
김정은

도널드 트럼프 대통령의 발언으로는 해당 합의문 외에도 추가적인 합의문이 있다고 한다.

서명식 당시 잘 보면 서명한 합의문이 각 1 부가 아니라 각 2부이다. 이것이 추가적인 합의문이 아닌가 생각할 수도 있지만, 영어판과 한국어판 2 부를 서명했다고 보는 것이 합리적이다. 추가적인 합의문이 있더라도 서명식에서 공개적으로 서명하지는 않았을 것이다.

## 12. 북미 정상회담 (2차)

2018년 2월 2차 북미정상회담이 하노이에서 실제로 끝났다.

"북한이 태도를 바꾸지 않는 한 성사될 것 같지 않다"며 "재선을 노리는 트럼프 대통령이 명확한 진전에 대한 북한의 보장 없이 3차 정상회담을 수용하면 정치적 타격을 입을 것"이라고 말했다.

**민주 평통 수석 부의장**

그러나 후자는 3차 북미회담이 "틀림없이 가능하다"며 '김정은 변수'를 들었다. "김위원장이 트럼프와 협상에 적극적인 모습을 보여왔고, 어느 종류의 합의든 하노이 실패를 만회할 필요가 있다"는 것이다. 그는 "다만 두 사람 모두 실패를 되풀이하지 않기 위해 자신들이 원하는 성과르 얻을 수 있을 때 만나야 한다는 데서 큰 압박을 받을 것"이라고 덧붙였다.

"김정은이 북한 지도자로선 처음으로 하노이에서 망신을 당했기 때문에 어늘 쪽도 사전 합의 없는 3차 회담은 원하지 않는다"며 "실무회담에 힘이 실리고 전통적 외교 협상처럼 구체적 사전 합의를 촉진하는 건 좋은 일이지만 북미양쪽이 타협 할 의사를 보이지 않는 상황에서 합의가 불가능하다"고 보기도 한다.

정부 당국자는 "북한이 하노이 정상회담 결렬의 충격파에서 벗어나지 못하고 있고, 지난 4월 10일을 전후해 당과 정부의 간부들을 교체하는 등 내부 정비를 했다"며 "아직 대외 관계에 나설 정도로 전략 수립이나 시스템 정비가 마무리되지 않았을 수 있다"고 말했다.

# 13. 북미정상 및 문재인 대통령과의 만남

2019년 6월 30일 미국 현진 대통령으로는 처음으로 군사분계선
(MDL)을 넘어 북한 땅을 밟았다. 그리고 김정은 북한 국무위원장과
함께 다시 남한 영토로 넘어와 판문점 남측 지역인 자유의 집에서 사
실상 3차 북미 정상회담을 가졌다. 자유의 집 앞에서, 그리고 이후
MDL에서 문재인 대통령까지 가세해 남북미 정상 간 3자 만남도 이뤄
졌다. 극적 드라마에 대한 반응은 엇갈렸다. '하노이 노딜' 이후 표류
하던 비핵화 회담이 돌파구를 마련했다는 평가가 있었지만, 사진 찍
기용 이벤트에 불과했다는 반론도 나왔다.

### 남북미 정상 주요 발언

문재인 대통령

"미국 정상이 북한 땅 밟은 건 행동으로 적대관계 종식, 새로운 평
화 시대 시작 선언한 것"(2월 국무회의)

"북미 정상 판문점 만남은 기존 외교 문법으로 생각할 수 없는 놀라
운 상상력의 산물"(2월 국무회의)

김정은 위원장

"분단의 상징인 판문점에서 북미가 평화의 악수… 어제와 달라진
오늘을 표현하는 것"(30일 판문점)

미 트럼프 대통령

"북미 정상 훌륭한 관계, 난관·장애 극복하는 신비로운 힘이 될 것
으로 확신" (30일 판문점)


트럼프 대통령

"선(MDL)을 넘어설 수 있었던 건 큰 영관, 김정은 위원장과는 굉장
히 좋은 관계" (30일 판문점)

"조만간 북미 실무팀이 만나서 (협상) 조율을 할 것" (30일 판문점)

# 참고 및 인용 문헌

고성호외, 북한의 이해, 통일부 통일 교육원, 2004

국가안정보장회의 상임위원회, 평화번영과 국가안보, 국가안정보자회의, 2004

길은배, 청소년 통일 의식에 기초한 통일교육 활성화 방안 연구,

민족평통 사무처 용역 과제 2002

길은배, 외국 민주시민 교육의통일교육적 합의: 통일교육 인프라 구축 방향 모색, 통일연

구원, 2003 p1 – p31

김근식외, 통일 · 남북관계 사전, 통일부 통일부교육원, 2004. 7

김동수외, 통일문제 이해, 통일부 통일교육원, 2004

김성철외, 북한 이해의 길잡이, 박역사, 2001

김정수, 학교통일교육의 과제와 활성화 방안, 민주평통 2002

김진향, 개성공단 사람들 내일을 여는 책, 2016

김하중, 교과서를 통해 본 북한, 남북문제연구소, 1994

민병천, 평화안보론, 대왕사, 2001

민병천, 평화통일론, 대왕서, 2001

민주평통자문회의, 통일시대, 2017–2019 민화협민족화해 2019 – 2019

박종철외, 동북아 안보 · 경제허벽체제 형성방안, 통일연구워느, 2003

방완주, 조선개관, 백과사전 출판사(평양), 1998

박한식 선을 넘어 생각했다. 부키, 2018

북한문제 연구소, 북한 365일, 2004.2

서동만, 평화교육, 통일교육, 국제이해교육: 주요 개념의 이해와 접점 모색.

국제이해교육 200, 3

서보혁외, 평화학과 평화운동, 도서출판 모시는 사람들, 2016

송영대, 사회통일 교육의 현황과 개선방안, 평화문제 연구소 2001

육군사관학교, 개정 북한학, 박영사, 2003

이장희, 통일교육 활성화를 위한 과제와 정책방안, 아시아 사회과학 연구원, 2003

이재봉, 마케봉의 법정증언, 들녁, 2015

이종석, 현대 북한의 이해 역사 비평사, 2000

이종석, 통일을 보는 눈, 개과고원, 2018

이철환, 양극화와 갈등 그리고 행복, 다락방, 2017

임상철, 북한 농업, 도서출판 서일, 1999

정민수, 북한 이해, 시그마프레스, 2004.8

정상돈외, 통일교육의 다오ㅓㄴ화와 제도개선방안, 통일교육연구소, 오름, 2002

정현백외, 평화지향적 통일교육의 이해, 통일부, 통일교육원 2008

정현백외, 통일교웃과 평화교육의 만남, 통일부 통일교육원, 2002

조재우, 학교통일교육의 문제점과 개선방향, 민주평통, 2002

차종환, 미주 동포들이 보는 조국, 평화문제 연구소 , 1992

차종환, 갈등 그리고 화해, 국민화합 해외동포 협의회, 1990

차종환, 해외동포 청소년의 통일교육, 평화문제 연구소, 1996

차종환, 교회의 갈등 그리고 화해 계평 대학교 출판부, 2002

차종환, 남북한 통일 정책과 민족교육, 한미교육연구원 , 2002

차종환, 북한의 교육정책과 명문 대학, 평화문제연구소, 2002

차종환, 통일이야기(초급), L.A. 민주평통, 2003

차종환, 청소년을 위한 통일이야기(중급), 예가, 2004

차종환, 신세대를 위한 통일이야기(고교용), 예가, 2004

차종환, 미주 동포들의 민주화 및 통일운동, 나산출판사, 2004

차종환외, 남북통일과 평화교육, 나산출판사, 2005

차종환, 남북한의 다름과 이해, LA 민주 평통, 2009

최영표, 한국 통일교육의 발전과 과제, 민주평통 자문회의 주체, 참여정부의 통일정부, 새
로운 패러다임 모색, 통일교육 발전 방안 워크숍 발표논문, 2003

추병완, 통일교육에서 평화교육적 접근의 타당성, 통일문제연구, 평화문제 연구소,
2003, 상반기

태영호, 태영호의 증언 3등서 기실의 암호, 기파장, 2018

통일교육원, 사회통일교육 지침서, 통일부, 2017

통일부, 2018년도 통일교육 기본계획, 통일부, 2017

통일부, 2004 북한개요, 통일부, 2003

통일부, 2017년도 통일교육 기본지침서, 2017

통일부, 참여 정부의 평화번영정책, 통일부, 2003

통일부, 2017 통일백서, 통일부, 2018

통일부, 알기 쉽게 풀어 쓴 통일 이야기, 통일부 통일교육원, 2006

통일부, 통일 백석, 통일부 2018

통일부, 시사 통일교육 자료, 통일부 통일 교육원, 2009

통일부, 통일문답, 통일 교육원, 2003

통일부, 통일 문제 이해, 통일 교육원, 2011

통일부, 통일문제 이해,

통일부, 통일교육, 통일교육원, 2018

통일부, 통일교육 북한이해, 2018

통일부 평화학과 평화운동, 보시는 사람들, 2016

한만길외, 통이교육의 실태조사 및 성과분석, 통일연구원, 2003

한용섭, 한반도 평화와 군비통제, 박영사, 2004

함인회 외, 통일교육 분야별 실태조사 및 개선방안 연구, 통일부 용역과제, 2002

허문영외, 통일정책 추진체계 실태연구, 통일연구원, 2004

현경대 외, 조선 향토 대백과 No 1~20, 평화문제 연구소, 2004

# 차종환(車鍾煥)(Cha, Jong Whan)

## 1. 학력

· 강진 농고 (현 전남생명과학고교) 1951~1954
· 서울대학교 사범대학 생물학과 1954-58
· 서울대학교 대학원(석사과정) 1958-60
· 동국대학교 대학원(박사과정) 1962-66
· 이학박사 학위수령(도목생육에 미치는 초생부초의 영향, 동국대) 1966
· UCLA 대학원 Post Doctoral 과정 3년 이수 1975-77
· 교육학박사 학위수령(한미교육제도 비교 연구, P.W.U.) 1986

## 2. 경력

· 서울대 사대부속 중고교 교사 1959-67
· 사대, 고대, 단대, 건대, 강원대, 이대강사 1965-70
· 동국대 농림대 및 사대교수 1965-76
· BYU(H.C.) 초빙교수 및 학생 1970
· Bateson 원예 대학장 1971-72
· UCLA 객원교수 1971-74
· 해직교수(동국대) 1976, 30년만에 명예회복(2006)
· 한미 교육연구원 원장 1976-
· UCLA 연구교수 1977-92
· 남가주 서울사대 동창 회장 1979-80
· 남가주 호남향우회 초대, 2대 회장 1980-82
· 남가주 서울대 대학원 동창 회장 1980-83
· 평통 자문 위원 30년 이상
· 한미 농생물 협회장 1983-99
· 차류 종친회 미주 본부장 1984-1990
· 남가주 서울대 총동창 회장 1985-86
· 남가주 서울대 총동창회 고문 1986-
· 국민 화합 해외동포 협의회 명예회장 1990-
· 미주 이중국적 추진위원회 위원장 1993
· 평화문제연구소(한국)객원 연구위원 및 미주 후원회장 1994-
· 우리 민족 서로 돕기 운동 공동 의장 1997-

- 한국 인권문제 연구소 L.A 지부 고문 1998–
- 한반도 통일 연구회 부회장 및 미주 본부장1998–
- 한국 인권 문제 연구소 중앙 부이사장 및 수석 부회장 2000–2002
- 재외 동포법 개정 추진 위원회 공동대표 (LA 및 한미) 2001–
- 한국 인권문제연구소 L.A지회 회장 2002–2004
- 한미 인권 연구소 중앙 이사장 2005–2007
- 재미동포 권익향상 위원회 공동대표 2004 –
- 미주 한인 재단 회장 서리 및 이사장 2004 – 2006
- 한미 평화 협의회 회장 2005 –2007
- 6.15 미주 공동위 공동 대표 2007
- 한인 동포 장학재단 이사장 2006–2007
- 민화협 (미서부) 상임고문 2007
- 한미 인권 연구소 (중앙) 소장 2007–2009
- 공명선거 협의회 공동 대표 (한국) 2007–
- 민주평통 L.A. 지역협의회장 2007.7.1–2009.6.30
- 한미 허브 연구소 발기인 대표 2011. 4. 21
- 우리영토 수호 회복 연구회 명예회장 2011. 9
- 세계 한인 민주회의 상임고문 2011
- 독도 아카데미(독도수호국제연대)정책기획자문위원2013
- 개헌촉구미주본부 본부장 2016.7.8
- 3.1 운동 100주년 기념 정부 및 민간 단체에서 민족대표 및 상임고문 위촉

## 3. 수상 및 명예
- Who's Who in California 16판(86)부터 계속 수록
- 교육 공로상 수령 (제1회 한인회 주체) 1987
- 우수 시민 봉사단 수령 (L.A시 인간관계 위원회) 1987
- 퀴바시에 북미주 한국인 지도자상 1993
- L.A시 우수시민 봉사자상 (L.A시 의회) 1994
- 국무총리 표창장 (대한민국) 1995
- 대통령 표창장 (대한민국) 2001
- 에세이 문학 완료 추천 문단 등단 2003년 가을
- 대통령 훈장 (국민훈장 목련장) 2005. 12
- 대통령 공로상 2009. 6
- 한국 기록원: 최다 학술논문과 최다 저서분야에 인증됨 2013.7 (한국 국회에서)
- 감사패, 공로패, 위촉패, 추대장 등 147

## 저서 목록 (공저, 편저, 감수 포함)

### [한글 저서]

6. 植物生態學 (문운당, 1969)

10. 農林氣象學 (선진문화사, 1973)

11. 토양 보존과 관리 (원예사, 1974)

12. 農生物統計學 (선진문화사, 1974)

13. 最新植物生理學 (선진문화사, 1974)

14. 韓國의 氣候와 植生 (서문당, 1975)

15. 環境오염과 植物 (전파과학사, 1975)

16. 放射線과 農業 (전파과학사, 1975)

17. 最新植物生態學 (일신사, 1975)

18. 生物生理生態學 (일신사, 1975)

### [번역서]

26. 침묵의 봄(Ⅰ) (세종출판사, 1975)

27. 침묵의 봄(Ⅱ) (세종출판사, 1975)

### [영문 전서]

28. Radioecology and Ecophysiology of Desert Plant at Nevada Test Site (U.S.A.E.C. 1972)

29. Iron Deficiency in Plants (S.S & P.A. 1976)

30. Phytotoxicity of Heavy Metals in Plants (S.S. & P.A. 1976)

31. Trace Element Excesses in Plant (J.R.N. 1980)

32. Nevada Desert Ecology (BYU. 1980)

33. Soil Drain (Williams & Wilkins, 1986)

34. Interaction of Limiting Factors in Crop Production (Macel Derkker, 1990)

### [한국어 저서 속]

52. 갈등 그리고 화해 (국민화합해외동포협의회, 1990)

54. 백두산, 장백산, 그리고 금강산 (선진문화사, 1992)

86. 이것이 미국 교육이다 (나산출판사, 1997)

87. 가정은 지상의 천국 (기독교 문화사, 1997)

90. 21세기의 주인공 EQ (오성출판사, 1997)

91. EQ로 IQ가 휘청거린다 (오성출판사, 1998)

95. 백두산의 식물생태 (예문당, 1998)

101. 묘향산 식물생태 (예문당, 1999)

106. 비무장 지대의 식물생태 (예문당, 2000)

107. 금강산 식물생태 (예문당, 2000)

132. 교회의 갈등 그리고 화해(공저) (계명대학교, 2002)

133. 체코와 슬로바키아의 명소와 명문대학 (나산출판사, 2002)

145. 달라진 남한말과 북한말(공저) (예가, 2002)

151. L.A 4.29 폭동의 실상 (밝은 미래 재단, 2003)

160. 미주동포의 민주화 및 통일운동 (나산출판사, 2004)

162. 구월산, 장수산 식물생태 (예문당, 2004)

163. 청소년을 위한 통일 이야기 (예가, 2004)

164. 신세대를 위한 통일 이야기 (예가, 2004)

167. 조선향토 대백과 (제1~20권) 평양시 감수, 평화문제연구소 및 조선과학백과사전 출판사, 2003~2005

184. 북한의 현실과 변화 (나산출판사, 2005)

185. 남북분단과 통일 및 국가안보 (나산출판사, 2005)

186. 남북통일과 평화교육 (나산출판사, 2005)

187. 21세기를 맞는 오늘의 북한 (양동출판사, 2005)

192. 미주 동포들의 인권 및 민권운동 (나산 출판사, 2005)

201. 겨레의 섬 독도 (해조음, 2006)

202. 한국령 독도 (해조음, 2006)

208. 동서양 생활 문화 무엇이 다른가 (동양서적, 2007)

209. 얼룩진 현대사와 민주 및 통일 운동. 상 (한미인권 연구소, 2007)

210. 얼룩진 현대사와 민주 및 통일 운동. 하 (한미인권 연구소, 2007)

212. Life & Dream of the Pioneer Kim Ho (한미인권 연구소, 2007)

215. 통일관련 문답 (LA 평통, 2007)

217. Charles H. Kim: His Life and Times (대원 출판사, 2008)

221. 북한 탐방기 (예가, 민주평통 2008)

222. 박연폭포에서 지리산 유달산까지 (한미 교육 연구원, 2009)

223. 남북한의 다름과 이해 (민주평통, 2009)

224. 이것이 북한 교육이다 (나산, 2009)

227. 미주 동포 통일 의식 구조 (LA 민주평통, 2009)

232. 재외 동포의 참정권과 복수국적 (대원 문화사, 2010)

234. Korea-Japan Relations over Dokdo (Dae Won Cultural Co. 2011)

243. 위기의 청소년, 선도교육의 길 (동양서적, 2012)

244. 지리산 완전정복 (지리산 생태관광) (동양서적, 2012)

248. 차종환 박사 교육철학 (동양서적, 2013. 개정판)

251. 비행청소년 선도대책 (대원출판사, 2013)

252. 청소년의 성교육 (대원출판사, 2014)

257. 독도는 통곡한다 (해조음, 2015)

## [근간]

※ 본 저서 목록의 앞 숫자는 저자의 저서 출판 년도별 순서이고 누락된 번호의 저서는 본저서와 관계가 적은 책입니다.

# 조봉남

## 경 력

1974년 한국 태권도 국가대표
1975년 한국 대표사범단
1976년 국기원 시범단
1977년 세계태권도 국제심판
1979년 바레인 국왕초청 시범경기
1979년 Zion 고등학교 교사
1980년 리비아 태권도 대표팀감독
1980년 케냐 태권도 대표팀감독
1981년 대한민국 안기부 파견 공무원(수단)
1981년 수단 경찰대학 정보부 태권도 교관
1985년 태권도 공인 9단

## 사회봉사 활동내역

2016년 ~ 현재 오렌지카운티 다문화축제 회장
2016년 ~ 현재 미주한인재단 회장
2015년 ~ 현재 민주평통 오렌지샌디에고협의회 부회장
2015년 ~ 현재 OC검찰청 자문위원
2002년 ~ 현재 미육군 국가방위군 현역중령
2006년 ~ 현재 로스엔젤레스 경찰국 자원봉사대장
2005년 ~ 현재 로스엔젤레스 경찰국 자문위원
1998년 ~ 2000년 명지대학교 미주 총동창회 회장

1987년 ~ 2015년 OC한인축제재단 대회장, 이사장, 회장 역임
2011년 ~ 2012년 미주한인 총상공회의소 총연합회 부회장
2000년 ~ 2017년 상공회의소 상우회 회장 역임
2007년 ~ 2009년 한인 경찰협회 이사장
1987년 ~ 2017년 오렌지 카운티 상공회의소 이사장, 회장 역임

## 수상경력

2017년 미국 대통령 평생 봉사상
2015년 로스앤젤레스 한국 총영사 표창
2010년 로스앤젤레스 경찰국장 표창
2002년 미국 대통령 표창
2001년 오렌지 카운티 슈퍼바이저위원장 표창
2000년 오렌지 카운티 검찰총장 표창
1995년 미국 상원의원 다수 표창(15회)
1985년 캘리포니아 주지사 표창
1983년 미국 하원의원 다수 표창(20회)
1982년 수단 대통령 표창
1981년 바레인 국왕 표창
1980년 육군사관학교장 표창
1976년 김운용 IOC 부위원장 표창
1975년 세계태권도연맹 표창다수